Wilhelm Pleyer

So lacht man im Sudetenland

Wilhelm Pleyer

So lacht man im Sudetenland

Hirschau
und
Hockewanzel

RAUTENBERG
im Verlagshaus Würzburg

Umwelthinweis:
Dieses Buch und der Umschlag wurden auf chlorfrei gebleichtem Papier gedruckt.
Die Einschrumpffolie – zum Schutz vor Verschmutzung – ist aus umweltverträglichem und recyclingfähigem PE-Material

Printed in Germany
Druck und Verarbeitung: Offizin Andersen Nexö, Leipzig
Zeichnungen von Toni Schönecker

Rautenberg im Verlagshaus Würzburg

ISBN 3-8003-3075-X

VORWORT

Dies Buch enthält Volksschwänke, Ortsneckereien, Histörchen, Berichte von Originalen, Anekdoten, — sowohl Erstunkenes und Erlogenes wie verbürgt Wahres, aus allen Teilen des Sudetenlandes, unter Bevorzugung all dessen, was Land und Leute kennzeichnen kann, so daß so etwas wie eine heitere Volks- und Landeskunde angestrebt wird.

Hirschau und Hockewanzel sind die beiden Brennpunkte einer Ellipse des Volkshumors, innerhalb welcher auch alle übrigen Möglichkeiten angesiedelt sind. Fast immer geht es beim Volksschwank und der lustigen Geschichte auf die beiden hinaus: auf den, der sich drankriegen läßt, und auf den, der ihn drankriegt, auf den Schildbürger und auf den Eulenspiegel, die sich auch in derselben Person darstellen können. Jeder Schalk fordert dazu heraus, ihm selber einen Streich zu spielen, und ein Übermaß an Schlauheit kann sich der Torheit nähern, so daß ein Hirschauer und ein Hockewanzel ihre Rolle manchmal tauschen. Die Geschichten vom Hockewanzel beginnen bezeichnender Weise mit einem Streich, der ihm selber gespielt wird, und es bleibt nicht der einzige.

So kommen in diesem Buche mancherlei Hirschau und mancherlei Hockewanzel vor; beide verkörpern allgemein menschliche Wesenszüge und manchmal auch besondere der Menschen des Sudetenlandes.

Ein großer Teil dessen, was, in Mundart gebracht oder sonst an Ort und Landschaft gebunden, unter den Sudetendeutschen umging und umgeht, ist gemeindeutscher Besitz, wobei Deutschland im Schwank wie in Märchen und Sage wiederum am Menschheitsbesitze teilhat. Man kann diese Teilhaberschaft am Gute aller deutschen Landschaften als ein Zeugnis mehr betrachten, daß das Sudetenland ein Teil Deutschlands ist.

Nicht wenige Stücke finden sich bei dem größten deutschen Anekdoten- und Schwänke-Erzähler Johann Peter Hebel. Der wiederum hat kaum etwas erfunden, sondern der Wirklichkeit und öfter noch dem Volksmunde nacherzählt — jedoch so nacherzählt, daß Uraltes zu seiner Schöpfung geworden ist, erst durch ihn die gültige Form empfangen hat. Hebel ist nicht zu übertreffen. Wenn man freilich in der Sammlung sudetendeutscher Schwänke eines Gelehrten dem »Wohlfeilen Mittagessen« und den »Drei Wünschen« begegnet, die hochdeutsch dem Reichenberger Mundartdichter Karl Baier nacherzählt sind, dann ist dieser Umweg fast ein Schwank für sich. In dieselbe Sammlung gelangten auf ähnlichem Umwege Hebels »Der Herr Wunderlich«, ferner die Geschichte von dem Fuhrmann, der langsamer hätte fahren sollen, um eher das Ziel zu erreichen (bei Hebel »Der verachtete Rat«), und »Das letzte Wort«. Das letztere Stück kehrt freilich in jeder Sammlung wieder, ebenso wie die Geschichte von den dreien, die jeder recht haben; sie ist bei J. P. Hebel unter dem Titel »Billige Rechtspflege« nachzulesen und noch jüngst in eine Berliner Sammlung neuester Witze aufgenommen worden. Die in unserem Buche so genau gebotene Geschichte von den Eiern, die Kaiser Joseph teuer bezahlen mußte, dürfte sich aus Juliusthal bei Zwickau in Nordböhmen sehr rasch nach Frankreich und von da zu Hebel herumgesprochen haben, denn dessen »Teure Eier« gleichen den deutschböhmischen wie ein Ei dem anderen. Der Rheinische Hausfreund hat eine drastische sittliche Lehre angefügt — unsere Wirtin übertreibt es nicht so wie der französische Wirt, dafür können wir es beim Spaß bewenden lassen.

Mancher solche Wanderschwank ist hier mit Absicht aufgenommen, schon um der Jugend willen, bei der ja auch die Schwänke und Witze noch bartlos sind. Im übrigen aber wollte unser Buch möglichst viel Neues bieten, und dies möglichst bunt. Im Stoff, im Landschaftlichen, in der Wiedergabe wurde Vielfalt angestrebt, Buntheit und Fülle, doch nicht so etwas wie Vollständigkeit; denn auch etliche solche Bücher könnten den Reichtum nicht bergen.

Alle Texte sind neu gefaßt, die manchmal entstellten, allzu breit ausgewalzten Stücke auf die knappe Form des Volkshumors gebracht. Anderseits hat es da und dort den Erzähler und Nacherzähler selber verlockt, einen Schwank oder eine Anekdote auszumalen, aus dem Witz eine Geschichte zu machen und dabei das Nichtzuviel und Nichtzuwenig zu proben; wie es im einzelnen Falle gelungen, ob es gelungen, das mag der Leser feststellen und auch damit Unterhaltung finden. Eine andere Lockung lag darin, zu zeigen, wie Schwänke und Anekdoten nicht bloß »erstunken und erlogen« werden, sondern sich immer wieder und überall ereignen, wie Gestalten des Volkshumors im Fleische wandeln. Freilich werden auch sie schon zu Lebzeiten mit Allerweltsschwänken aufgeschmückt (so hat jeder derbe Arzt, auch Doktor Stransky, einmal einem Botenweiblein »Ausziehen!!« befohlen), doch das Tatsächliche übertrifft gar oft das Erfundene und das Übertragene.

In meinen ersten Hochschulsemestern zu Prag zeichnete ich auf, was meine Eltern und meine Schulkameraden an Schwänken erzählt hatten, und sammelte bei den Studenten Schwänke dazu. Diese Stücke sind in den zwanziger Jahren in Kalendern und Blättern veröffentlicht worden, u. a. in den damals von mir geleiteten humoristischen Zeitschriften »Rübezahl« und »Der Hockauf«, und zum Teil auch in meine Bücher eingegangen, so in den »Till Scheerauer«, besonders in den ersten Teil »Tal der Kindheit«. Den Stoffen und den Formen von »Hirschau und Hockewanzel« war ich mein Leben lang zugetan.

Schließlich sei der getreuen Sammler und Überlieferer landschaftlichen Schwankgutes aus dem Sudetenlande gedacht. Es sind dies vornean Rudolf Kubitschek für den Böhmerwald, Josef Hofmann, Otto Zerlik und Josef Weitzer für das Egerland, Johann Endt für das Erzgebirge, Heinrich Karasek und Walther J. Jiratschek für das Isergebirge, Josef Tatsch für das Riesengebirge, Hugo Scholz für das Braunauer Ländchen, Rudolf Richter und Richard Sokl für Nordmähren und Sudetenschlesien, Ferdinand Appel und Karl Langer für den Schönhengstgau, Matthias Krebs für Südmähren, und schließlich Anton Nittel, der Erzähler der Geschichten vom Hockewanzel, — um nur einige von ihnen zu nennen, die nach Sammlung und Sichtung des Bestandes erst noch richtig zu würdigen sein werden.

Söcking in Oberbayern
an Wenzlai 1957

Wilhelm Pleyer

HIRSCHAU

Die Hirschauer sind die Schildbürger des Böhmerwaldes. Wie just das waldentlegene Dorf zu seinem Ruhm gekommen ist, weiß niemand mehr zu sagen. Wie überall kommen auch im Böhmerwald diejenigen, die man gemeiniglich Schildbürger nennt, über und über vor, aber an den Hirschauern blieb es hängen. Sie haben es zur Kenntnis genommen und denken sich Ihres. Ein »Hirsch« muß eben allemal aus Hirschau kommen, und wer dorther stammt, muß ein »Hirsch« sein.

Auch die Hirschauer haben ihre Kirche verrückt wie die Schildbürger, ihrer neun sind von einem Hasen in die Flucht gescheucht worden wie die sieben Schwaben, sie sind lustig bergauf und traurig hinunter, wie es von Till Eulenspiegel berichtet wird — die Dummen und die Überwitzigen kommen ja immer wieder zusammen —, auch die Hirschauer haben ein blühendes Flachsfeld durchschwommen, auch sie ein Rathaus ohne Fenster gebaut und das Licht in Säcken hineinschaffen wollen, auch ihrer einer hat das Licht in der Mausfalle fangen wollen, auch sie haben den Stier auf ein Dach gezogen, daß er das Grüne darauf abweide, auch ihrer haben zwölfe immer nur elfe gezählt, auch die Hirschauer haben Salz angebaut, auch sie haben eine lebende Leiter in den Brunnen hinuntergelassen, und der oberste hat frisch in die Hände gespuckt, auch sie haben einen Krebs zum Tode verurteilt und grausamlich ertränkt, auch sie haben die Kirchenglocke in einen See versenkt und das Märkzeichen auf dem Bootsrand angebracht, auch sie haben die Fliegen auf den Dachboden gejagt und zur Sicherheit die Bodenstiege weggerissen, — und so fort und so fort, ganz wie die Schildbürger, die Lalenburger, die sieben

Schwaben, die Scheleser, die Schöppenstedter, die Büsumer, die Abderiten.

Ludwig Aurbacher, der die Abenteuer der sieben Schwaben und des Spiegelschwaben aufgeschrieben hat, rechnet auch das oberbayerische Weilheim unter diese ehrwürdigen Städte; sein Gewährsmann Bräuwastel behauptet sogar, früher sei an der Stelle Weilheims die Stadt Lalenburg gestanden, sie sei durch einen Unfall zerstört worden, und die Einwohner hätten sich in alle Gegenden zerstreut. »Am meisten mögen sie sich jedoch freilich zu Schilda in Sachsen, zu Hirschau in der Oberpfalz und allhier zu Weilheim in Ober-Bayern angesiedelt haben.« Hier wird also noch ein anderes Hirschau genannt, das wohl schon vor Hirschau im Böhmerwald dranglauben mußte.

Die Weilheimer Stücklein, die Ludwig Aurbacher mitteilt, werden samt und sonders auch von Hirschau im Böhmerwalde berichtet.

Auch bei Johann Peter Hebel ist ein Hirschauerstücklein angeführt: die Hirschauer bauen da eine Brücke in der Richtung des Stromes, die den Vorteil hat, nicht so leicht vom Hochwasser weggerissen zu werden. Hirschau an einem Strom — auch da wird das Überall und Nirgendwo sichtbar.

Einem Hirschauer war seine Wiese am Wald zu entlegen, er hätte sie gern bei seinen anderen Gründeln gehabt. Da schlug er an den vorderen Ecken der Wiese kräftige Pfosten ein, knotete sein Wiesbaumseil daran und spannte die Ochsen davor. Als sie anzogen, kam gerade ein Lüftlein aus dem Walde und bog die hohen Gräser und Schmielen in der Richtung des Ochsengespanns. Wie sie sich so silbern hinwellten, ersah es der Hirschauer und rief voller Freude: »Aha, es ruckt sie schon!« Dann trieb er seine Ochsen noch kräftiger an, und es dauerte gar lange, bis er es endlich aufgab.

Einmal fuhr ein Hirschauer mit einer tüchtigen Ladung Mist aufs Feld hinaus. Aber als er draußen abladen wollte, da hatte er den Mistkrahl vergessen. Also drehte er um und fuhr mit seiner Ladung auf den Hof zurück, steckte den Krahl in den Mist und fuhr wiederum hinaus.

Ein Ururenkel dieses Hirschauers soll Lastkraftfahrer in der Wehrmacht geworden sein und dort auch unter den Gescheiten viele gelehrige Schüler gefunden haben.

Ein Hirschauer verkaufte einen Ochsen an einen Unbekannten. Mit dem war leicht handeln, der Hirschauer hatte noch nie so günstig ein Stück Vieh losgeschlagen. Vor lauter Freude vergaß er, den Fremden nach Namen und Ort zu fragen, würde wohl auch nicht das Richtige erfahren haben.

Der Fremde durfte den Ochsen gleich mitnehmen, obzwar er ihn schuldig blieb. »Das Geld bring ich in vierzehn Tagen«, sagte er, und dem Hirschauer war es recht.

Als die vierzehn Tage vergangen waren, und das Geld noch immer ausstand, dachte er nach und sagte bei sich: »Wenn man nur wüßte, wie er heißt!«

Als noch einmal vierzehn Tage um waren, ohne daß sich der Käufer hatte sehen lassen, meinte unser Hirschauer: »Wenigstens wo er daheim ist, sollte man wissen!«

Aber als noch mehr Zeit vergangen war, fand er sich damit ab, daß er den Ochsen verloren hatte und auf den Preis verzichten mußte, und tröstete sich damit: »Ganz höllsakrisch gefreut hat mich das eine: daß ich dem Kerl den Ochsen so sündteuer aufgehängt hab!«

Beim Einführen legte ein Hirschauer immer noch eine Garbe darauf und sagte: »Derziehen sie die, derziehen sie die auch noch.« Aber als schon so hoch geladen war, daß es gar nimmer höher ging, da konnte das Kühgespann den Wagen nicht vom Fleck rucken. Also schmiß der Hirschauer eine Garbe um die andere wieder hinunter, indem er sagte: »Derziehen sie die nicht, derziehen sie die auch nicht.« Schließlich war der Wagen halb geladen, und die Kühlein schritten munter, daß die Euter flogen. Als ihn ein Fremder, der gerade des Weges kam, tüchtig verlachte, rief unser Hirschauer: »Wenig auf und wenig ab, kommt man geschwinder hin und wider!« Aber der Fremde lachte weiter.

Einmal hatte ein Hirschauer Kienföhrenreisig heimgefahren und alle drei Fuhren übereinander abgeladen. Nun hackte er Büschel und Viehstreu für den Winter. Da schergte er immer einen Ast ganz unten heraus; denn die Äste ganz oben waren leichte Arbeit, und die wollte er sich aufheben, bis er müde war.

Die Katze eines Hirschauers erschien mit zwei Kätzlein, die waren gar lieblich anzuschauen. Da ging der Hauswirt lächelnd hin und machte in dem Hoftor neben dem Loch, durch das die alte Katze kroch, noch zwei kleinere Löcher, auf daß die Jungen sich frei bewegen konnten.

Einem Hirschauer kam ein großartiger Gedanke: Im Winter hatte man vom Schnee zuviel, das Dörfel konnte kaum aus ihm herausschauen, und im Sommer hatte man so gar keinen! Also mußte man, wie man das Sommergras für den Winter zu Heu machte, auch den Schnee für den Sommer trocknen! Wie schön würde der kühlen, wenn im Hochsommer alles vor Hitze lechzte! — Da schleppte dieser Hirschauer einen Korb um den anderen mit Schnee auf den Dachboden und breitete dort das Sommergut sorgsam aus. Obzwar er seine Eingebung geheimgehalten hatte, weil er den Nutzgenuß wenigstens im ersten Jahre seinen Mitbürgern voraushaben wollte, sprach sich die Sache doch herum, und wurden nach und nach alle Hirschauer Dachböden zu Schneedarren. Zwar ließ sich der Schnee nicht über den Sommer aufheben, doch tropfte er noch zu Johanni ganz schön von den Stubenbalken herunter.

Ein Hirschauer wachte in der Nacht auf und hörte, wie etwas ums Haus schlich. Da stand er leise auf, weckte seinen Knecht, gab ihm ein Backscheit in die Hand, nahm selber eines und fisperte: »Michel, du schleichst wüsta ums Haus, und ich hott. Und sowie wir auf den Kerl treffen, schlagen wir ihn nieder!« Also schlichen sie hinaus. Als die Haustür knarzte, machte der fremde Kater, der sich da herumgetrieben hatte, einen Satz über den Zaun und war weg. Die zwei Männer aber tappten um das Haus, und weil sie auf keinen anderen trafen, trafen sie aufeinander und schlugen drein, was die Scheite hielten. »Zu Hilfe, Bauer!« schrie der Knecht, »Zu Hilfe, Michel!« schrie der Bauer. Daran erkannten sie ihren schmerzlichen Irrtum, aber nicht sogleich.

Ein Hirschauer sollte von seinem Weib aus nach Budweis, sich nach Maurerarbeit umschauen. Er hatte aber keine Lust dazu, kehrte um, verkroch sich unbemerkt auf den Boden im Heu und wollte erst aus Budweis zurück sein, wenn die Wegzehrung verbraucht war.

Wie er da so im Heu lag und lauschte, hörte er seine Kinder in der Stube turnieren und schreien und sein Weib schelten und jammern, daß sie gegen das tobende Völklein nichts ausrichten könne. Da knurrte der Hirschauer in seinem Heu: »Seid froh, Volk, daß ich in Budweis bin, sonst könntet ihr was erleben!«

Ein Leierkastenmann hatte sein fahrbares Werkel im Hirschauer Spritzenhäusel eingestellt und in dem Strohschober auf der Gemeindetrift Nachtquartier bezogen. In der Nacht nun brach auf einer Einschidit Feuer aus, und das Horn weckte die Hirschauer Feuerwehr. In der Finster stolperte der erste zum Spritzenhäusel, und schlaftrunken und hastig erwischte er die Deichsel des Leierwerkels und zog es heraus. Die anderen gesellten sich zu ihm, und so

fuhren sie eiligst in der Richtung der Brandröte. Als es ziemlich jäh über eine Anhöhe hinunter ging, schrie der Deichselführer: »Einschleifen! Einschleifen!« Und sofort ergriff einer die Kurbel des Leierkastens und drehte. Da spielte der Kasten: »Ja da fahr'n wir amal nach Nußdorf hinaus ....«

Wenn die Hirschauer ihren Bürgermeister wählen, dann kriechen alle verheirateten Männer in einen großen Heuschober und halten ihre nackte Hinterseite heraus. Alsdann gehen die Weiber um den Schober herum, und wen sein Eheweib erkennt, der ist Bürgermeister von Hirschau.

Einmal wurde so der Gemeindehirt zum Bürgermeister gekürt. Als er am anderen Morgen seine Hosen anzog, sagte er: »Ja, mein liebes Hoserl, heut zieht dich der Burgermeister an!«

Am nächsten Sonntag tat des Gemeindehirten Weib, das jetzt Bürgermeisterin war, wie alle vornehmen Leute und kam zu spät in die Kirche. Als sie zwischen den Kirchenbänken in die erste vorging, war der Pfarrer gerade auf die Evangelienseite geschritten, und alle standen auf. Da sagte die Bürgermeisterin: »Bleibt nur sitzen, bleibt nur sizen, — ich weiß schon, wer ich bin!«

Der Bürgermeister von Hirschau war unterwegs und begegnete auf einer schmalen Dorfstraße einem Ochsengespann. Er ging jedoch nicht zur Seite, sondern stellte sich mitten vor die Ochsen hin und sagte hoffärtig und herausfordernd: »Ha?!! Soll am End der Bürgermeister von Hirschau den Ochsen ausweichen, oder werden die Ochsen ihm ausweichen?!« Der Bauer aber, dem das Gespann gehörte, trat hinter den Wagen zurück und sagte: »Da misch ich mich nicht ein; das müßt ihr schon untereinander ausmachen.«

Die Hirschauer waren so arm, daß sie am Sonntag in demselben Zeug in die Kirche gingen, in dem sie die Woche über gearbeitet hatten. Darüber spotteten die Leute aus den anderen Ortschaften, und die Hirschauer empfanden es bitter. Weil das Ansehen der Hirschauer eine Angelegenheit der ganzen Gemeinde war, wurde auch in der Gemeindestube mit aller schuldigen Gründlichkeit darüber beraten und der Beschluß gefaßt: es sei bei dem besten Schneider

der Stadt auf Gemeindeunkosten ein samtener Ärmel zu bestellen. Und auf der Kirchweih, als die Leute nach Hirschau kamen, zog ein Hirschauer um den anderen den samtenen Ärmel über und hielt den Arm zum Fenster hinaus: das sollte die Auswärtigen glauben machen, die Hirschauer seien alle in Samt gekleidet.

Einmal kam der Fürst nach Hirschau, da wurde ihm ein Festschmaus gegeben: sauere Milch mit Bröckeln in einer großen Schüssel für alle. Die Bröckeln waren jedoch zweierlei, weißes Brot für den Fürsten und schwarzes für den Bürgermeister und die Gemeinderäte.

Wie sie nun schon eine Weile löffelten, geriet einem Gemeinderat ein weißes Bröckel auf den Löffel, und er tat es ins Maul. Der Bürgermeister schlug dem Rat mit seinem Löffel auf die Finger, und der erschrak richtig wie ein Ertappter. In der Verlegenheit nahm er das weiße Bröckel wieder aus dem Maul und legte es gehorsam in die Schüssel zurück. Der Fürst tat, als ob er nichts gemerkt hätte, war aber just in diesem Augenblick satt geworden, wischte seinen Löffel ab, wie es sich für anständige Leute gehört, und legte ihn mit gar freundlichen Dankesworten hin.

Einmal in halbdunkler Nacht ging ein Hirschauer durch den Wald heimzu, da sah er etwas Mächtiges und Schwarzes am Wegrand liegen. Er bückte sich und tupfte mit dem Finger daran — und fuhr vor etwas Pelzigem zurück. Er nahm allen Mut zusammen und stierte mit seinem Stecken dar — da ließ sich ein kurzes Brummen vernehmen. Nun rannte er wie irrsinnig fort und nach Hirschau hinein und meldete es im Wirtshaus: »Was hab ich immer gesagt? Was hab ich immer gesagt?! Der letzte Bär im Böhmerwald ist noch nicht geschossen!« Etliche Hirschauer, die bekuraschiertesten, zogen unter seiner Führung aus, mit einer Laterne und zwei Flinten. Sie fanden wirklich das Ungeheuer an, leuchteten von weitem ein wenig hin, zielten und schossen. Da hörten sie ein Krachen wie von zerschmetterten Knochen und ein erschreckliches Brummen, das jedoch rasch erstarb. Nach dieser gewaltigen Anstrengung gingen sie nicht näher heran, sondern zogen sich schleunig nach Hirschau zurück, um noch in derselben Nacht die Kunde ihrer kühnen Tat zu verbreiten und den Morgen im Wirtshaus abzuwarten. Im Morgengrauen marschierten sie wieder hinaus. Da fanden sie einen alten Kalmuck, der mit dem Pelzfutter nach oben auf einer Baßgeige lag; Kalmuck und Baßgeige waren von den groben Schröten durchlöchert, alle Saiten hingen zerfetzt. Ein Stück weiter aber schnarchte im Straßengraben ein besoffener Musikant. Also war von den Hirschauern der letzte Bär des Böhmerwaldes geschossen worden. Die Schützen schlichen sich ganz leise davon.

HIRSCHAUER ALLERORTEN

Die Zähne des Nachtwächters

In einem Dorf bei Iglau begann der Nachtwächter, nachdem er Inhaber der Medaille für vierzigjährige treue Dienste geworden war, in seinem Amte zu versagen, insofern, als er die Stunden nur mehr kläglich und teilweise blies. Vor den Gemeinderat gerufen, öffnete er nur den Mund, um zu zeigen, wie der Zahn der Zeit seinen Zähnen an den Zahn gegangen war, und bat den Gemeinderat, ihm ein künstliches Gebiß auf Gemeindekosten zu bewilligen: dann werde er wieder blasen wie in seinen besten Jahren.

Der Gemeinderat beschloß denn auch in diesem Sinne, und der Nachtwächter wurde nach Iglau zum Zahnarzt geschickt. Er mußte mehrere Male zur Anprobe kommen, dann wurde er mit dem neuen Gebiß entlassen.

Aber ganz zerknittert kam er ins Dorf und lief sogleich zum Vorsteher. »Vorsteher«, jammerte er mit seinen perlweißen Mädelzähnen, »Vorsteher, ich bin unglücklich! Ich werde ein Narr!«

»Sei nicht so kindisch!« schalt der Vorsteher. »Wo Tausende ihre dritten Zähne gewöhnen, wirst du sie auch gewöhnen!«

»Nein, nicht deswegen, Vorsteher! Nicht deswegen! Der Doktor hat zuletzt gesagt: ‚Über Nacht müssen Sie das Gebiß unbedingt ins Wasser legen!'«

Die Schuhnummer

Ein Waldbauer soll vom Winterberger Jahrmarkt seiner Alten ein Paar Schuhe mitbringen.

Der Schuster schielt hin, ob der Kunde nicht wenigstens das Steckelmaß nach den vorigen Schuhen mithat, und fragt: »Also wie haben wir's denn mit der Frau Gemahlin?«

Der Waldbauer sagt: »No ja, ziemlich wampert ist sie, und rotkopfet auch.«

Die Sonnenuhr

In einem verträumten deutschen Städtchen in der Zips wurde das Rathaus mit einer Sonnenuhr geschmückt. Ein Meister aus Käsmark malte sie mit aller Kunst: ein Sonnengesicht, darüber lichte Wölklein mit Engeln drauf, darunter

finsterer Nebel, aus dem gehörnte Teufelchen lauerten. Im Bogen um das Bild waren die Stundenzahlen angebracht, und der Schatten eines Stabes hausierte sie verläßlich ab.

Einmal kam ein fürchterliches Hagelwetter, das richtete an allen Gebäuden Schaden an, auch am Rathaus und auch an der Sonnenuhr. Ihr schönes Bild war so verwüstet, daß Nebel und Sonnenwölklein, Englein und Teuflein nicht mehr auseinanderzukennen waren.

Da mußte der Meister aus Käsmark nochmals kommen und sein Werk auf den vorigen Glanz bringen. Und als er fort war, trat ein heimischer Zimmermeister an und baute zum ewigen Schutz der kunstreichen Malerei ein Wetterdächlein darüber.

Seither zeigte die Sonnenuhr nie mehr eine Stunde an, und in dem Städtchen hieß es: »Ja, eine schöne Uhr, alles was recht ist; aber das arge Wetter damals hat sie nicht mehr verwunden.«

Der große Mond

Eine Frau aus einem Waldtal kam zu Verwandten auf Besuch, die in der Ebene lebten. Am Abend ging der Mond riesengroß und silbergoldig auf. Da rief sie: »Ach, was habt ihr doch für einen schönen Mond! Wir haben daheim nur so einen Scherb!«

Es war aber auch ein Junge in einem Waldtal, der wurde Kuhhirt auf einer Meierei, die ebenfalls im offenen Lande gelegen war. Beim ersten Austreiben am Nachmittag sagte ihm der Schaffer, er müsse mit dem Vieh auf der Hut bleiben, bis die Sonne untergegangen wäre. Am Abend kam der Junge ohne die Kühe gerannt, schmiß dem Schaffer die Geißel dar und rief: »Bei euch soll doch der Teufel Kühjunge sein! Die eine Sonne geht unter, die andere auf!«

Die Rattentrommler von Pröles

Die Pröleser heißen die Rattentrommler, und das hat seinen Grund.

Pröles im Egerland litt einmal unter einer schrecklichen Ratten- und Mäuseplage. Weder mit der Schaufel, noch mit Gift war dem Geziefer ernstlich beizukommen. Wollten die Pröleser nicht selber umkommen, mußten sie ihre Todfeinde niederkämpfen. Aber wie?

Da fiel dem Feuerwehrhauptmann ein, daß man die Plage durch die Musikkapelle seiner Wehr bekämpfen könnte: eine kräftige Marschmusik mit Trommeln müßte doch den Viechern genug Angst einjagen, daß sie sich verzögen!

Und die Pröleser Feuerwehrkapelle marschierte los, durch die Gassen und kreuz und quer über die Felder, und hatte vollen Erfolg: die Mäuse rissen aus, und die Ratten, die bekanntlich sehr musikalisch sind, blieben meistens auf der Stelle tot.

Dichtung und Wahrheit

Aus der Umgebung von Leitmeritz trafen sich drei Dorfrichter und gingen mitsammen auf ein Bier. Es wurden mehrere Biere, die Unterhaltung wurde immer lustiger, und schließlich kamen sie aufs Reimemachen.

Der Richter von Trnobrand fing an:

»Ich bin der Richter von Trnobrand
Und esse gerne Kuchenrand.«

Darauf der Richter von Simmer:

»Ich bin der Richter von Simmer
Und richte immer dümmer.«

So bloßstellen wollte sich der Richter von Michzen nicht; sondern er hielt sich an das Vorbild des Richters von Trnobrand und sagte:

»Ich bin der Richter von Michzen
Und esse gerne Mohnbuchten.«

Die anderen lachten: »Du, das reimt sich aber schlecht!« Der Richter von Michzen zuckte nur die Achsel: »Schmekken tut's gut.«

Der 30. Feber

Da ist ein Dorf, in dem brauchst du nur zu fragen: »Den wievielten haben wir heut?«, dann hast auch schon die Hucke voll. Nämlich deswegen:

Eines Tages mußte der Vorsteher einen Viehpaß ausstellen. Wie es zum Datum kam, fragte er den Bauer: »Den wievielten haben wir nachher?« Der Bauer sagte: »Gestern haben wir den 29. Feber gehabt.« Darauf der Vorsteher: »Alsdann ist heut der 30. Feber«, und trug das Datum ein.

Wunderbarliche Aufhebung der Schwerkraft

Ein ländliches Ehepaar fuhr mit dem Steierwagel hinter Komotau gegen Quinau hinauf. Es sollte eine Wallfahrt sein, und die macht man zu Fuß und nicht im Wagen. Also taten sie unterwegs gern ein gutes Werk mit dem Steierwagel und luden ein altes Weibel mit einem schweren Bukkelkorb auf. »Tut doch den schweren Korb herunter!« sagte der Mann. »Nein, nein«, sagte das Mutterl, »was denkts denn! Ich bin ja schon froh, daß ich nicht laufen muß. Die Pferde haben da hinauf schon so genug zu ziehen!«

Der Geschäftsmann

Bei einem Volksfest kam ein Kellner darauf, daß der Wirt das Paar Krenwürstel einen Kreuzer unter dem Einkaufspreis verkaufen ließ, und hielt es ihm vor. »Das tut nichts zur Sache«, sagte der Wirt; »das verstehst du nicht: Die Menge muß es machen!«

Franza, der Feuerwehrmann

Das war in einem nordmährischen Dorfe, zur tiefen Nacht, da schlief Franza den Schlaf des Gerechten, als jemand ans Fenster drosch und schrie: »Franz! Franz! Bei Hauk Seffa hot's Feuer!!«

Franza springt aus dem Bett, packt seine Hose und fährt unbedacht hinein. Dann aber hält er inne, nachdenklich, und tut die Hose langsam wieder herunter: »Nee, nee — — ich muß doch erst worta, bis se blosa!«

Die Ziege auf der Bahnschranke

Ein Bauer hat eine Ziege gekauft und geht mit ihr heimwärts. Da kommen sie an eine Bahnschranke, die ist unten und rührt sich nicht. Das kann lang dauern. Also bindet der Bauer die Ziege an, jedoch, in solchen Wiesbäumen wenig bewandert, am falschen Ende, und geht in das nahe Wirtshaus. Das Bier schmeckt. Während dessen passiert der Zug, die Schranke wird hochgeleiert, die Ziege mit, eine Weile strampelt sie noch, dann ist sie erhenkt. Der Bauer kommt, ein wenig torkelig, sieht die Ziege oben, traut seinen Augen nicht und schreit: »Luder, elendes, mußt du überall hinkraxeln?!«

DIE SCHELESER

Als die Schildbürger des Saazerlandes gelten die Scheleser, »die Schnecken« genannt. Den Bewohnern des Landstädtchens an der Sprachgrenze geschieht jedoch mit beidem Unrecht; sie sind weder Schildbürger noch Schnecken.

Ihre Vorfahren hatten das Unglück, daß ihr Städtchen an der großen Heerstraße lag, und daß nach dem Dreißigjährigen Krieg nicht mehr viel von ihm übrig war. Der Grundherr Graf Czernin auf Petersburg siedelte damals Leute von seinen südböhmischen Besitzungen an, aber auch — ein vereinzelter Fall — Schwaben, aus der Gegend von Ulm. Neben vielen anderen hat sich der Familienname Ulm bis heute erhalten, und der Hausname des Steiner'schen Anwesens ist »beim Schwaben-Ägyd«. In der Mundart, mit der die »Schäläser« geneckt werden, ist ebenfalls viel von dieser Herkunft bewahrt. Obendrein betrieben jene neuen Scheleser die Schneckenzucht, die damals in Schwaben blühte. Von da dürfte der Spottname Schnekken herrühren. Man ärgert die Scheleser, indem man summt, womöglich mit der Behauptung, daß sich das Bieseln der Schnecken derart vernehmlich mache.

Weil damals manches an der Art der neuen Scheleser seltsam anmutete, und weil die Volksbücher und die Geschichten der Fahrenden den Schwaben allerhand nachsagten, kam es dazu, den Schelesern ungefähr alles anzuhängen, was an Schildbürgereien im Umlauf war. Unter den Scheleser Stückeln ist kaum eines, das nicht auch von den Schildbürgern, den Hirschauern und so fort erzählt würde.

Wie den Hirschauern mit einer Baßgeige erging es den Schelesern mit einem Dudelsack.

Einmal waren ein paar Scheleser auf der Jagd, da hatte ein Dudelsackpfeifer sein Instrument über ein Stäudel gelegt und sich selber daneben, und war eingeschlafen. Nun erblickte ein Scheleser das Stück, von dem die Pfeifen wegstanden, und hielt das Fell für ein Wild und die Pfeifen für Hörner, und da er gerade an der Reihe war, löste er einen Schuß und traf. Der Dudelsack gab einen gar schrecklichen, langgezogenen Ton von sich, und der Schütz und seine Gesellen stoben davon. Sie wurden jedoch von dem fluchenden Pfeifer eingeholt und mußten ihm wohl oder übel den Schaden ersetzen. Da trösteten sie einander: »Die Jagd ist eine Passion, und jede Passion kostet ein Geld.«

Ein einziges Scheleser Stückel ist echt und verbürgt; aber es ist der Fall eines Einzelnen, wie er in jeder größeren Familie vorkommt.

Ein Geschäftsreisender, Witzbold oder auch etwas Schlimmeres, hatte einen Scheleser kennengelernt und gemerkt, daß der sein Mann war. Eines Tages kam er über den Acker dieses Schelesers daher und sagte: »Hören Sie, die Erde von diesem Acker ist eine besondere Erde! So speckig, und dieser ganz merkwürdige Duft — ich verstehe was von der Sache und mache mir so meine Gedanken ... Man müßte einmal eine Probe an das zuständige Institut der Universität Wien schicken und untersuchen lassen. Trifft meine Vermutung zu, dann sind Sie ein gemachter Mann. Es muß nur alles verschwiegen geschehen, denn es ist möglich, daß auch auf den Nachbaräckern solche Erde vorkommt.«

Der Scheleser ist wie betrunken.

Der Reisende bietet sich an, die Angelegenheit in Wien zu besorgen, und nimmt ein Packel Erde mit.

Nach Tagen heißen Harrens langt ein gar würdiges Schreiben aus Wien ein, darin steht: In der Erde befänden sich Bestandteile, wie man sie für die neueste und feinste Schnurrbartwichse verwendet. Man sehe sich in der erfreulichen Lage, nach Verständigung mit einer großen Firma bereits eine Bestellung auf vorläufig zehn Sack aufzugeben. Die Adresse ist dabei. Es ist auch gleich mitgeteilt, was nach der Lieferung gezahlt wird, und der Scheleser sieht: seine Träume erfüllen sich.

In der Nacht faßt er mit seinen Leuten zehn Säcke ein und führt sie im grauen Morgen zum Bahnhof. Den neugierigen Fragen der Eisenbahner verschließt er sich mit geheimnisvollem Lächeln und Achselzucken.

In Wien aber wissen sie nicht, wohin mit den Säcken, denn die Adresse stimmt nicht. Sie fragen den Absender in Scheles. Der erschrickt nicht wenig; dann schreibt er zurück, es werde wohl eine chemische Fabrik sein, die die Erde braucht. Auf weitere Fragen antwortet der Scheleser, es will eine Firma Schnurrbartwichse daraus machen; sie sollen es aber unter Amtsverschwiegenheit bei sich behalten, es sei ein Geheimnis, von dessen Bewahrung für ihn alles abhänge. Das chemische Institut der Universität Wien wisse davon, man brauche es nur zu fragen.

Da kommt aus Wien ein Schreiben, die Firma gebe es gar nicht, und es handle sich ganz offenkundig um eine Mystifikation; statt der kostenpflichtigen Rückbeorderung der Fracht empfehle man die natürlich ebenfalls kostenpflichtige, jedoch billigere Abfuhr »dieser ganz gewöhnlichen Erde« in Wien.

Da ging dem guten Mann endlich der Seifensieder auf. Er bezahlte gramvoll und grimmig, doch ganz still für die Abfuhr und dachte dabei: so kommt doch nichts heraus. Aber der Reisende oder auch einer von den Eisenbahnern brachte die Geschichte unter die Leute, und der den Schaden hatte, brauchte für den Spott nicht zu sorgen. Wenn er auf seinem Acker arbeitete und drüben ein Lastzug vorbeifuhr, dann standen die Bremser gerade und zwirbelten überdeutlich ihren Schnurrbart, und der Lokomotivführer ließ es manchmal pfeifen, wenn unser Scheleser nicht hinschauen wollte. Schaute er aber hin, dann schimpfte er die Kerle Halunken und Tagdiebe und drohte ihnen mit der Faust; später drehte er ihnen nur den Rücken zu und was darunter ist. —

Beinahe ein Scheleser Stückel war dies:

Ein Student aus der Gegend lernte in Prag in der Schriftleitung der »Deutschen Landpost« das Zeitungmachen. Da veröffentlichte er in dieser Zeitung die »Schneckenstadtler Stückeln«. Der Name Schneckenstadtel war zu deutlich, und aus Scheles langten grobe Briefe und mehrere Abbestellungen ein. Doch das war noch nicht alles. In den folgenden Ferien, als der Student den Schelesern vor der Nase herumlief, wurde im Stadtrat darüber beraten, was gegen diesen Verbreiter der Scheleser Stückeln zu unternehmen sei. Da der Student schier jeden Abend, von seinem Mädchen kommend, durch den Neuhofer Wald in sein Quartier ging, drängte sich ein finsterer Gedanke auf. Zwar unprotokolliert, doch im übrigen allen Ernstes wurde beschlossen, durch ein paar feste Scheleser Burschen die Kränkung der Ehre ihrer Vaterstadt rächen zu lassen.

Welcher Art die Hindernisse waren, die sich der Durchführung in den Weg stellten, ist nicht bekannt geworden; jedenfalls blieb dieser Beschluß und damit das Scheleser Stückel eine halbe Sache, — was der Student persönlich begrüßen, sachlich aber bedauern mußte.

DER HEILIGE GEIST VON BUCHAU

Einer der volkstümlichsten Schwänke der Sudetendeutschen ist die Geschichte vom Heiligen Geist, der auf Buchau zu fliegen sollte. Die Geschichte wird so erzählt:

Einmal regt sich der Buchauer Pfarrer bei der Predigt mächtig auf, und wie er mit erhobener Stimme und erhobener Faust seinen Zuhörern den Zorn des Himmels vermittelt, haut er den Heiligen Geist in Gestalt einer silbernen Taube vom Kanzelhut, und sie fliegt auf den Steinboden und zerschellt. Da müssen drei Buchauer Bürger nach Prag zum Silberschmied, eine neue Heilige-Geist-Taube kaufen. Der Meister bemerkt die Einfalt der drei Kunden, und weil er grad keine silberne Taube im Laden hat, steckt er heimlich eine lebendige weiße Taube in eine Schachtel und sagt: »Da habt ihr einen Heiligen Geist für derweil. Packt ihn aber nicht eher aus als bis daheim! In drei Wochen könnt ihr wiederkommen, dann kriegt ihr einen schöneren.« Die drei gehen mit ihrer Schachtel heimwärts auf Buchau zu. Unterwegs, wie sie in einem Straßenwirtshaus rasten, zupft erst den einen die Neugier, wie wohl der Heilige Geist für derweil ausschauen mag, und bald alle drei. Also machen sie eine Klunse in die Schachtel, und wie drin was kratzt und krabbelt, werden sie noch neugieriger. Weil es in der Wirtsstube zu duster ist, gehen sie unter die Haustür ans Licht und heben den Schachteldeckel langsam ab. Wie die Taube es hell sieht und die frische Luft spürt, regt sie die Flügel, läßt ein Drecklein der Erleichterung fallen, zwängt sich kräftig heraus, hüpft nieder und hebt sich auf und fliegt davon und auf Prag zu. Da winken ihr die Buchauer mit allen sechs Armen nach und schreien immerzu: »Heiliger Geist, auf Buchau zu! Heiliger Geist, auf Buchau zu!!« Aber der fliegt nach Prag auf des Silberschmieds

Haus. — Seither ärgert man die Buchauer mit dem Zuruf »Heiliger Geist, auf Buchau zu!«, und sie ärgern sich entweder, weil es wirklich so zugegangen ist, oder sie ärgern sich, weil das Ganze erstunken und erlogen ist, um sie zu ärgern.

So der alte Schwank.

Nun hatten es aber die Buchauer schon lange verlernt, sich zu ärgern, wenn der Ruf »Heiliger Geist, auf Buchau zu!« erscholl, und ihr eigener Humor machte den Witz der anderen zunichte. Die weiße Taube war ihr Wahrzeichen geworden, an dem sie sich in der Fremde gern erkennen ließen. Jetzt in der Vertreibung treffen sich die Buchauer jedes Jahr einmal; es ist eines der bestbesuchten der zahlreichen Vertriebenen-Wiedersehen. Und jedesmal, wenn es zum Ende des Beisammenseins kommt, wird aus einer Schachtel eine weiße Taube freigelassen, und wenn sie sich erhebt und im ersten Schwunge rund fliegt, folgt ihr der vielhundertstimmige Schrei der Buchauer: »Heiliger Geist, auf Buchau zu! Heiliger Geist, auf Buchau zu!!« Und es ist der Aufschrei des Heimwehs, der Sehnsucht nach der schönen Heimat drüben bei Karlsbad, im alten Egerland.

DER OBERGENERALDICHTER JOHANN GOLDSCHALD

Vielleicht hat sich unter dem wenigen, das die Vertriebenen aus der Heimat mitnehmen konnten, eine von etlichen hundert Besuchskarten erhalten:

Johann Goldschald
Obergeneraldichter
Haslau

Haslau liegt in der Mitte zwischen Eger und Asch, unfern von Franzensbad, nächst dem Goethestein, einem Felsen, von dem Goethe gern über das Egerland schaute. Die Landschaft ist von dem Hauche hoher Dichtung durchwittert, und eines Tages beschloß auch der bis dorthin unbescholtene Haslauer Mitbürger Johann Goldschald, Dichter zu werden. Ein Sohn der jüngeren Zeit — er reichte noch in unser Jahrhundert herein —, stellte er die Repräsentation voran und ließ sich jene Besuchskarten drucken. Damit ging er vor allem in die großen und größeren Ladengeschäfte der Gegend und gab sich — Musenkuß hin, Musenkuß her — völlig kaufmännisch: »Ich möchte über Ihr Geschäft ein Gedicht machen. Was wollen Sie sich's kosten lassen?» Man las die Karte und war einem Handel dieser Art heiter geneigt. Für einen mittleren Preis, den er zu halten wußte, für fünf Kronen, schrieb Goldschald seine Reime auf, nicht viele, denn sie waren kostbar, und nicht lauter eigentliche Reime, denn er war Obergeneraldichter, aber nicht Obergeneralpedant, auch soll man für fünf Kronen nichts Übermenschliches verlangen. Gewöhnlich las der Dichter das mindestens branchemäßig zutreffende Gedicht gleich selber vor, um mit allerhand Pathetik über die kritischen Zeilenenden hinwegzuführen. Sein Abgang war jedesmal der eines Mannes, der seinen Mitmenschen etwas Richtiges geschenkt hat.

Bei einer Gegenleistung unter fünf Kronen hörte der Anspruch auf einwandfreie Reime überhaupt auf. Ein grantiger Geschäftsmann, der die Sache ernstnahm, las Gold-

schalds Lieferung durch und sagte: »Aber Mann, was Sie da zusammengeschrieben haben, das reimt sich ja gar nicht!« Worauf ihn sein Geschäftspartner zurechtsetzte: »Ja glauben Sie etwa, daß es sich reimen kann, wenn Sie einem Dichter zwei Kronen geben?!«

Auch Johann Goldschald mußte es erfahren: viele zahlten willig, den meisten wäre schon die Besuchskarte die fünf Kronen wert gewesen, aber je schofler einer zahlte, desto anspruchsvoller zeigte er sich. Im ganzen jedoch gingen die Geschäfte des Obergeneraldichters nicht schlecht, und sein gutes Selbstbewußtsein behielt er unter allen Umständen. War das Genie anerkannt, dann fühlte es sich bestätigt, war es verkannt, dann fühlte es sich bestärkt. Die Kinder, in denen sich das Lachen der Älteren verriet, lachten den Hausierer mit den Besuchskarten aus, und er verzieh ihnen gerne, weil sie es nicht besser verständen; die Großen aber bezeigten ihm, wenn auch nicht ohne Anstrengung, den Respekt, der einem Obergeneraldichter gebührt, und das war ihm denn auch selbstverständlich.

Übrigens reimte sich einiges von Johann Goldschald doch, so der freilich für häufigeren Gebrauch bestimmte Spruch:

Ich klopf an Porte, Tür und Tor
Und stelle mich ergebenst vor.
Wenn Sie mir ein paar Kronen geben,
So lassen Sie die Dichtkunst leben.

Von Johann Goldschalds Werken ist infolge der Vertreibung kaum etwas erhalten geblieben, und das ist aufrichtig zu bedauern. Doch ist es schön, daß es ihn gegeben hat, den Obergeneraldichter von Haslau, der so vielen Freude bereitete, vornweg natürlich, wie alle diese Glücklichen, sich selber.

HOCH ZU STECKENROSS

Aus den Werken des Drumdichters Karl Bernth

Es zeugt von keinem schlechten Humor, wenn neben den großen Dichtern eines Landes auch das Andenken derjenigen gepflegt wird, deren Pegasus ein Steckenpferd mit Flederwischen war, ob auch ernsthaft und angestrengt geritten: von Friederike Kempner aus Schlesien im Damensattel, von Karl *Bernth* aus Böhmen herrenreiterlich, nach seinem eigenen Reim: *Hei, wie das glänzet, wie das blitzt, / Wenn Roß und Reiter zu Pferde sitzt!*

Karl Bernth, auch Heinreich der Wepper genannt, kam drei Jahre vor Adalbert Stifter zur Welt und überlebte ihn um elf Jahre. Geboren wurde er 1802 in Morawes bei Brüx. Er studierte in Prag die Rechte und war unter anderem in Brüx, in den Elbestädten Leitmeritz und Tetschen, in Trautenau und in Niemes im Gerichtsdienste; seinen Ruhestand als Assessor verlebte er in Brüx, wo ihn 1879 beim Dichten der Tod überraschte. Während seine dramatischen Schöpfungen verlorengingen — die Beschickten gaben die Stücke wohl nicht mehr her —, sind seine Gedichte durch wiederholte Auflagen auf die dankbare Nachwelt gekommen. Prosa hat Bernth nur so zwischendurch beim Versemachen geschrieben.

Bernth steht zu der Kempner wie Schiller zu Goethe; beide halten dieselbe Palme. Schon die Einteilung seiner Gedichte läßt es ahnen: *1. welche die Allerhöchste Kaiserfamilie betreffen; 2. die frommen und religiösen, und 3. verschiedene andere, theils pitoresken, theils humoristischen und sarkastischen Inhaltes.* Die Sammlung eröffnet ein Gedicht mit dem symbolisch anmutenden Titel *Das Attentat* (auf Kaiser Franz Joseph im Jahre 1853) — alle Proben sind genau nach Bernth wiedergegeben, auch die eigenwillige Zeichensetzung ist beibehalten —: *Helfet Musen mir besingen! / Meines ernsten Strebens Ziel, / Hebet mich auf Adlersschwingen! / Daß in kräft'ger Worte Styl, / Ich das Attentat beschreibe, / Doch getreu der Wahrheit bleibe.* Die Musen ließen sich das nicht zweimal sagen und halfen, alle neune, vermutlich gekrümmt vor Lachen: O'*Donnel war der Begleiter, / Als nun seine Majestät / Hier spazierte froh und heiter / An der Mauer Brustwehr steht, / Und geruhte sich zu bücken; / Um hin in die Stadt zu blicken.* Da fällt der Meuchler den Kaiser von hinten an *Und will so sein Messer drücken / Durch des Kaiserhauptesrücken;* indes geschah nichts Schlimmeres, *Da durch die Kravattenschlinge / Ja nicht ging die Messerklinge.* O'Donnel *Faßt den Mörder, daß nicht weiter / Er den Kaiser nochmal sticht,* und saugt die Wunde aus: *Trotz der Kaiser es negirte, / Vorsichtsweise doch vollführte.* Und dann der bei Bernth obligate Drumschluß, der ihm den Titel »Drumdichter« einbrachte; sogar ein doppelter: *Und d'rum ist verliehen worden / Jedem schon ein Ritterorden ... Gott d'rum segne dies Bemühen / Und laß frisch Sein Leben blühen.* Dieses Gedicht zeigt schon alle wesentlichen Elemente der Bernth'schen Dichtung, insonderheit die kühnen Wortbildungen, Wortstreckungen, Wortstellungen und Satzverkürzungen. Wo der Reim anfängt, endet sogar der Respekt vor der Allerhöchsten Person: *Jubel ist in Oest'reichs Auen / Alles schmückt der Wonnekranz; / Da genesen ist zu schauen / Nunmehr Kaiser Josef Franz.* Es folgt ein Hochzeitsgedicht auf das Allerhöchste Paar *(Und nimmt sie zur Kaiserin)* und eins *Zur glücklichen Entbindung: Heut erscholl die frohe Kunde / Vom Donau- zum Moldaustrand, / Daß in früher Morgenstunde / Schon die Kaiserin entband.... / Ueberall ertönen wieder / In der ganzen Monarchie, / Darum frohe Dankeslieder / Unter Musik-Harmonie. / Gott erhalte und beschütze / Den gebor'nen Kaisersohn....* Ein Gedicht an diesen geborenen Kronprinzen schließt: *So wirst Du dann im Glanze / Regier'n auf Habsburgs Thron, / G'schmückt mit dem Lorbeerkranze / Als Kaiser Dir zum Lohn.* Ein dem Kaiser gewidmetes Kriegslied empfiehlt recht einleuchtend: *Steht ihr allda dem Feinde gegenüber,.... / Scheut ihn doch nicht! bekämpft vielmehr ihn lieber.* Der Kaiserin Elisabeth wird nahegelegt: *Und durch ihr holdes Blicken / Mehr sich der Schönheitskranz, / So daß sie mit Entzücken / Preist Kaiser Josef Franz.* Dann wird *Der Sturz ihrer Majestät.... in Frankreich* besungen: *Selbst ohne Sattel saß am Roß / Nicht ahnend die Gefahr der Dinge, / Die Teufe in des Feldes Schoß / Erschreckt ihr Roß und machte Sprünge, / Wodurch im Reiten schön und nett / Sie ward geschleudert so zur Erden, / Daß sie leblos gleich mußt in's Bett / Nach Sassetot getragen werden .... /*

Denn Sie erholte bald doch Sich / Durch Pflege mit dem Eisauflegen .... / Sehnlichst erwarten sie die Stund / Wo man vernimmt die frohe Kunde, / Die Kaiserin ist ganz gesund / Aus jedem Patriotenmunde. — Doch genug der Proben aus Allerhöchsten Kaiserfamiliengedichten. Bei Kaisers hatte man viel Vergnügen an diesen Versen, und Se. Majestät ließ dem Dichter für das allerehrfurchtsvollst dedicirte Exemplar der neuen Auflage jeweils 25 Gulden überweisen. Einmal erschreckte der Bezirkshauptmann den vorgeladenen Dichter mit den strengen Worten: »Im allerhöchsten Auftrage habe ich Ihnen fünfundzwanzig aufzuzählen — — Gulden nämlich!«

Da Bernth (ein sehr verliebter) Junggeselle blieb, besang er folgerichtig den Ehestand als göttliches Gebot: *D'rum hat bei Beginn der Zeiten / Gott den Eh'stand eingesetzt .... / Deshalb laßt auf Gott uns hören, / Sein Gebot befolgend ehren.* Vom Rollberg bei Niemes nahm er diesen Abschied: *Nun du alter Vaterroll! / Dieses und sonst alles Liebes / Dir zu Theil stets werden soll, / Lebe wohl! Ich scheid' von Niemes!* Zum 100. Geburtstag Mozarts ward gesungen: *Ja heute vor einhundert Jahren! / Entsprossen aus dem Mutterschoos, / War Mozart klein, wie Alle waren, / Doch ward er schon als Knabe groß, / Als Jüngling ward er kühn und dreister, / Und dann als Mann der Musikmeister.* Das gleiche Gedicht enthält eine ebenso schlichte wie zutreffende Einsicht in das Wesen der Musikschöpfung: *Die Melodien aufzufinden / Leicht aus der großen Töne Schaar....* Dem deutschen Sängerbund ein brausend Drum, diesmal ohne Apostroph: *Drum reicht Euch die Brüderhände! / Schließet fest das Freundschaftsband, / Euer Lied tön' ohne Ende / Gott, dem Kaisr und Vaterland.* Auch hier muß, wie man sieht, sich Se. Majestät in das Prokrustesbett seines allerehrfurchtsvollst ergebensten Unterthanen k. k. Justiz-Assessor Karl Bernth verfügen. — *Laut jubelnd Gesänge ringsumher erklingen, / Und alles durchhallet der rauschende Schall.* Was denn noch? *Nach Trinkem* (ein Bernth'scher Dativ!) *der köstlichen Säfte der Reben, / Das Schlafen sich Jedem wohlthätig erweist.* — Der Geliebten will er *gerne Floras schönste Kinder streuen,* bilderfreudig wie Wippchen. Das Geheimnis ewiger Jugend hatte Bernth darin gefunden, daß er niemals sein Alter verriet, und so sang er bis zuletzt in herzhafter Anschaulichkeit: *Hohe Stirne, voll der Busen, / Und der Unschuld Myrthenkranz ....* Dies jedoch ist dem Frühling gesagt: *Zerschmilz des Eises Rinde, / Durch deine heiße Gluth, / Komm eilig und entbinde! / Des Frostes starre Wuth.* (Die Zeichensetzung immer von Bernth!) Mit der Geliebten möchte er auch in einer Gemeinschaftstruhe begraben werden, *Den Satz am Leichenstein: / Hier schlummern, die sich liebten / In ewig süßer Ruh; / Da sie sich nie betrübten, / Drum deckt der Stein sie zu.*

Das tiefere Geheimnis des Bernth'schen Dichtens mag man in den folgenden Strophen erlauschen: *Erfüllet ist die milde Luft / Voll von dem zarten Blütenhauch'. / Die Silberquelle sprudelt Duft / Aus ihrem wasserreichen Schlauch. — Wandert in die lust'ge Waldung! / Setzt euch hier auf Moosengrund / Und zu eurer Unterhaltung / Schließet fest den Liebesbund. — Voll Getreide / Ist die Scheuer / Und mit Freude / Bei der Leyer / Tanzen Mädchen und die Knaben, / Wenn sie viel gedroschen haben. — Kein Vogel singt mehr in dem Wald, / Kein Schäfer auf der Flur, / Blos noch des Jägers Büchse knallt / Zur Trauer der Natur.*

Wer behaupten wollte, die Technik sei bei uns nicht früh genug besungen worden, den widerlegt Bernths Gedicht *Die Eisenbahn* mit den Versen: *Hiebei das Auge sich erquickt, / Rennt imposant es her, / Indem die Waggons sind geschmückt / Mit vielem Passageur.* Die Brüxer Sprudelquelle versiegte wieder, von Bernth wie folgt besungen: *Bei Brüx aus einem Bohrlochsmunde, / Auf einem Feld von Tschausch nicht weit, / Du sprudelst fort zu jeder Stunde, / Was allgemein ringsum erfreut. / Nur Bundt, geübter Bohrenmeister, / Hat dich zur Existenz gebracht, / Er bohrte tief und immer dreister, / So alles hat probat gemacht.* Auch den Bergbau besingt er, *Auf den man setzt die Hoffnung drauf.* Und das Stadttheater in Teplitz, welches Gedicht er wie ähnliche andere eine Ballade nennt; es ist nichts vergessen: *Die Gard'rob' zum An- und Auskleiden / Ist passend eingerichtet gut .... / Geschmackvoll in der Hinterseite / Ist deine Restauration, / Wo sich erquicken viele Leute / Mit Speis und Trank hier im Salon.* — Auch aus den *Gedichten* (freiwillig) *humoristischen Inhalts* zwei Proben: *Das Möck die Schneider alle kränkt, / Schon mancher hätte sich erhängt, / Wenn er nicht fühlte Lebenslust / Beim Messen um die Damenbrust. — Kaffee, du liebe Bohnenfrucht! / Wirst jeden Morgen aufgesucht! / Wirst schwarz gebrannt und fein gemalen, / Gebrüht mit heißen Wasserstrahlen.*

Der Alte in dem schwarzen Samtflaus war eine in Brüx und Umgebung volkstümliche Gestalt. Nicht nur an seinen Versen hatte man Spaß, er mußte auch *in persona* herhalten; so zu einer Ehrung durch den Schah von Persien — leider war die persische Delegation von Löwen überfallen worden, die gelegentlich der Verzehrung eines Mitgliedes auch den Sonnenorden mit verschluckt hatten. Der heiß erwartete Ersatz kam nie nach. In diesem Falle dürfte Bernth etwas gemerkt haben; ansonsten ließ er sich nicht einmal klarmachen, daß seine Dichtungen nicht ganz so vortrefflich waren wie die von Goethe und Schiller. Er war unerschütterlich glücklich und bereitete vielen Menschen Vergnügen — traurig genug, daß man beides zugleich fast nur von Dilettanten (solchen der Kunst, nicht etwa der Politik) sagen kann.

»DEM DICHTER IST EIN SCHLIMMES LOS BESCHIEDEN ....«

Vergnügen mit Eduard Eichlers Werken

Dux in Nordwestböhmen ist nach einer wissenschaftlichen Meinung, die der Begründung nicht ganz entbehrt, der Geburtsort Walthers von der Vogelweide, ganz gewiß aber — in einem entsprechenden zeitlichen und sonstigen Abstande — der Sterbeort Casanovas, der hier als gräflich Waldstein'scher Bibliothekar sein Leben beschloß. Die auch geistig rege Bergbau- und Industriestadt hat so manche Begabung nicht bloß beherbergt, sondern selbst hervorgebracht. Dazwischen ließ sie sich, in den Jahrzehnten um die Jahrhundertwende, einen Dilettanten gefallen, der es beinahe mit Karl Bernth im benachbarten Brüx aufnehmen konnte, welcher freilich unerreichbar auf derselben stolzen Höhe wie Friederike Kempner steht.

Eduard *Eichler*, um den sich's handelt, war der Sohn eines aus der Steinschönauer Gegend stammenden sehr achtbaren Fabrikanten, des Begründers der Duxer Porzellan-Manufaktur A.-G. Dieser Sohn war aus der Art geschlagen; dem väterlichen Gewerbe zollte er nur mehr mit dem gelegentlichen Absatz seines »Kronenfängers«, einer kleinen tönernen Sparbüchse in Form eines Kronenstückes, also mit dem Bilde Sr. Majestät im Lorbeerkranz, und einer »Formenstampiglie«, mit der sich das gleiche Positiv gewinnen ließ, wenn spielende Kinder sie auf Sand und Kot drückten. Für diese Dinge warben auch mehrere Gedichte aus seinem Bleistift. Er verkaufte die Keramiken in den vielen Wirtshäusern, deren beliebter Gast er war, und ebendort trug er seine Gedichte vor und brachte seine Bändchen an den Mann (1895 und 1903, Dux, im Selbstverlag des Verfassers); denn sein Hauptberuf war das Dichten. Eine Zeitlang schien es, als sollte er im Nebenberufe Mineralwasserlieferant werden: Das Wasser seines Brunnens kam ihm wie das der berühmten Quellen im benachbarten Bilin vor. Er brachte eine Flasche davon in die Weinstube mit und führte Freudentänze auf, als das eingegossene Wasser schäumte. Ein Gast hatte heimlich etwas Brausepulver in das Glas getan.

Eichler war kein Junggeselle wie Bernth, sondern hatte Weib und Kinder. Seine Frau war eine gleichgestimmte Seele, mit der er recht glücklich lebte. Eines Nachts, so wußte man in Dux zu erzählen, weckte er sie auf, um ihr ein Gedicht zu diktieren, das sich mit großer Dringlichkeit eingestellt hatte. Die Gute setzte sich hin, griff im Dunkel Papier und Feder, tauchte die Feder ins Tintenfaß und schrieb, und ihr Mann dichtete. Als er am Morgen die Schöpfung nachlesen wollte, war das Blatt leer, weil das Tintenfaß leer gewesen war.

Die Bevölkerung der Stadt war lustig dabei, den Dichter zu fördern. Jeder Duxer, wo immer er lebte, bestellte Eichlers Gedichte, zur größten Freude des Dichters und Selbstverlegers. Man benützte auch die Anwesenheit einer herumziehenden Theatergesellschaft, sein Bühnenstück *Der Armenarzt* aufführen zu lassen. Es gab zwei volle Häuser, alles lachte, auch die Spieler. Eichler im Bratenrock, abwechselnd mit rotem und grünem bengalischen Licht angestrahlt, wurde jauchzend gefeiert. Für einen riesigen Kranz aus nützlichen Dingen, mit langen Bändern verziert, dankte er mit dem Wort: »Do homer jetze wuchenlang Gemüse.« Die beiden Abende waren das größte Ereignis seines Lebens.

Man muß so getan haben , als wollte man für einen Eduard-Eichler-Denkmal-Fonds sammeln, denn bei dem Dichter selber lesen wir: *Ich höre fort vom Denkmal setzen, / Das, meine Herren ist noch zu früh, / Oder denken Sie, ich laß mich hetzen, / Und gebe auf die Poesie? /* Das ist beinahe schon Friederike Kempner. Abwehr wird auch in den Versen *Das Diplom* deutlich: *Verbietet das Dichten, doch offen und frei, / Damit der Dichter weiß, woran er sei; / Ihr hemmet ja nur den poetischen Strom, / Vergönn't ihm doch dieses, von Gott gegebene, Ehrendiplom.* Bei aller Warmherzigkeit im übrigen wird die Kunst fast herrisch verteidigt. Man kennt solche Töne; diese hier sind von Eduard Eichler: *Fremde Leiden zu besingen, / Könnten mich ins Stocken bringen, / Ich hab' selbst mit mir zu tun, / Lasse andere Leiden ruh'n.*

Das Gros, wie man wohl sagen darf, das Gros dieser Gedichte sind Gelegenheitsgedichte, nicht ganz im Goethe'schen Sinne, sondern zu gewöhnlicheren Gelegenheiten, wie sie ja auch Goethe nicht fremd waren. Manches wirkt geheimnisvoll, auch die Zeitgenossen werden die Anspielungen und Anzüglichkeiten nur zum Teil verstanden haben. Alle möglichen Ereignisse werden bedichtet, Ausstellungen, Gauverbandsfeste, Ausflüge, das Ableben hoher und aller-

höchster Herrschaften, Denkmalsenthüllungen, selbst das vierzigjährige Dienstjubiläum des Herrn Steuereinnehmers. Zahlreich sind auch Lehrgedichte vertreten. Schillers Lied von der Glocke wird zum Vorbild für das Lied von der Duxer Bürgermeisterwahl: *Rein und zierlich auf dem Tische sieht man schon die Urne steh'n, / Und man sieht auch jung- und frische Wähler, hin zum Marzin geh'n. / Heut beginnt die Wahl / In dem großen Saal .... / Endlich ist der*

Sturm vorüber, / Hier in diesem großen Saab, / Meine Herrn jetzt macht euch drüber, / Sucht das Resultat der Wahl! .... / Aus dem Volke / Komm'n Idee'n / Die sich drehn / Aus dem Volke überall / Entsteht die Wahl .... / Seit gehorsam eu'rem Lehrer / So auch eu'rem Ortsschulrat, / Wird euch der Verstand einst klärer / Lobt ihr selber diese Tat.

Die Ungezwungenheit, mit der Eichler dichtete, erinnert an große Vorgänger: *Ich nehme meinen Bleistift heraus, / Schreib ein Gedicht für den heiligen Nikolaus.* Doch reicht die Form bis hinauf zum Sonett *(Vom Elbestrom)*; das klingt dann so: *Der Strom durchschlängelt unser Land, und Wehr / Sagt daß er nicht an Schönheit gleicht dem Rhein, / Um ihn herum gedeiht ja auch der Wein. / Der Unterschied ist der, am Rhein wächst mehr.* Vorherrschend ist jedoch die Ungezwungenheit, so in dem Gedicht über das Auge: *.... Nun kommen wir endlich auch zu der Pupille, / Aus der sich oft zeiget der menschliche Wille .... / Die hintere Kammer wird durch die Linse erweitert, / Das wird euch durch die paar Zeilen erläutert ....*

Eine Kirche im Bau wird bedichtet: *Sie war im Baue noch ganz roh, / Dem Anseh'n nach wird sie comme il faut .... / Die Orte hießen Kuttowitz und Schwaz, / Ein halbes Stündchen that's .... /* Das Reimen auf Fremdwörter und Eigennamen ist eine besondere Vorliebe Eichlers: *Etwas liegt mir im Gefühle, / Es ist mein guter Freund Herr Thiele.* Auch Eichlers Eigenwilligkeit in der Behandlung der Eigennamen ist bemerkenswert: *Degetoff, du tapf'rer Held* beginnt ein Gedicht auf das Wiener Tegethoff-Denkmal; *Wie du heut' aus Eisen bist, / Warst du lebend voller List.* Goethes späte Liebe erscheint bei Eichler als *Ullericke von Löwezov: Und dieses möcht ich gerne kennen, / Es ist; was wir heute Goethes Liebe nennen.*

Goethe! — Wie Goethe war auch Eichler in Karlsbad: *Es sind schon fünfundzwanzig Jahr, / Daß ich das erstemal in Karlsbad war, / Schon früher war hier auch der Goethe, / Und doch kam ich noch nicht zu späte, / Nach mir ist Karlsbad mehr gewachsen, / Den Goethe führten her die Achsen, / Ich kam hierher per pedes / Und dieses brachte mehr wie Goethes.*

An Bismark: So manches Kind wird doch geboren / Begabt sehr groß von der Natur, / Und leider geht es uns verloren / Wir finden von ihm keine Spur. / Auch Bismark ist ein Kind gewesen / Geschaffen frei von der Natur, / Wurd eine Größe größter Größen, / Und wandelt hier auf freier Flur! Unter dem Titel *Historisches* lesen wir: *Als wir schrieben 1813, / Da ließ Napoleon sich reizen, / Es hat sich daraus ein Krieg entsponnen, / Napoleon hat ihn nicht gewonnen. / Hoch Oesterreich!* Eine realistische Note in den Ton des historischen Volksliedes bringt der Reim: *Die erste Kugel, die ging fehl, / Die zweite die war nicht von Mehl.*

Wie Bernth Mozart, so besingt Eichler Schubert: O *Du mein lieber Schubert / Ach hättest Du noch Leben / Könnst Du noch componieren / Den Text möcht ich Dir geben.* — Auf die Vereinigung von Teplitz und Schönau wird gesungen: *Was seit Jahren lag im Streit / Ist vereinigt worden heut; / Hört Ihr denn die Pöllerschüsse? / Dieses sind die Freundschaftsküsse.* Überhaupt dieses *dieses*! *Vor mir sitzen drei Blondinen, / Streichen ihre Violinen, / Eine sang wie unsere Nachtigallen, / Dieses hat uns sehr gefallen. / Um die andern zwei zu nennen, / Bring ich nur das eine dar, / Dieses darf niemand verkennen, / Sie begleiten wunderbar.*

Manche Übereinstimmungen mit Karl Bernth überraschen zunächst, bis sich die tieferen Gesetzmäßigkeiten der gemeinsamen Dichtart offenbaren in Wortbild, Satzbau und Zeichensetzung: *Vernichtet: / Ist die Freude / Der so vielen guten Leute. / Schmerzlich in des Herzenstiefen / Sitzt der Kummer. — Wie sich hebt die Wagenschale* — wer denkt da nicht an Bernths *Bohrenmeister* und *Moosengrund?* Auch das häufige *Drum* erinnert an Bernth. Und die Art der Reime. Ein Gedicht auf das Reiten schließt. *Auch mir macht es Vergnügen, / Schon weil das Reiten usus. / Ich such mich jetzt zu üben, / Und reite den Pegasus.* Ähnlich ist *pumalig* auf *seelig* gereimt. Es gibt bei Eichler aber auch Reime, die sich unsere gewandtesten Reimkünstler merken mögen: Wem der Sommer zu heiß, meint Eichler, der möge eine Werkstatt aufsuchen, wo vor Anstrengung geschwitzt wird: *Es wär oft gut für Manchen, / Wenn's Mancher möchte seh'n. / Er würde sagen: Hannchen, / Wir wollen wieder geh'n.* Mancher Reim ist stark mundartlich bestimmt, wie *Reform — verdorben,* mancher mehr optisch: *Gläubiger — geläufiger,* mancher mehr brachial: *Verantworten — steh'n, Wahlkörper — Herr.* Einen raren Reim läßt Eichler nicht gern vorbei, so im *Schächterspruch: Der Orthodox / Verlangt, daß dieser Ochs, / Von mir geschachtet werde; / Wenn scharf mein Schwert, / Und stark mein Arm; / Lieg'st du, bald blutend, / Auf der Erde.* In jedem Falle zwingt der Reim eisern auch den Gedanken und die Form: *Zur Heilung und zur Stärkung, / Kann man die Quellen nützen; / Erlaubt mir die Bemerkung, / Der Herr mag sie beschützen.*

Im Vorwort zum *II. Band* der Eichler'schen Gedichte heißt es: *Freunde lauscht, / Der Springfall rauscht; . . . . / Was dieser Quell hervorgeschleudert, / Das hat schon manches Herz erheitert.* Eichler war eine vorwiegend heitere Natur, und launige, absichtlich scherzhafte Strophen sind bei ihm häufig, doch entbehren sie fast alle der Würze. Zu seiner Zeit berühmt waren Verse eines Gedichtes auf Würstel: *Nur etwas möchte ich beklagen, / Daß manche übern Teller ragen, / Die anderen, die sind wieder klein, / Die könnten etwas größer sein.* Doch die Palme der Heiterkeit erringt er nur dort, wo er tief ernst wird.

Ein Poem *Auf die Klassiker* zeigt unseren Dichter nahe dem Gipfel des Spezial-Parnasses, auf dem Friederike Kempner thront: *Denket euch die großen Männer, / Waren sie nicht Lebenskenner / Was die Herzen jener hat berührt, / Haben sie herangeführt; / Teils in Prosa teils in Poesie, / Und die Männer sterben nie.* Die Glücklichen, die schon zu ihren Lebzeiten etwas galten! Für die Minderen sprechen Eichlers Verse, die er *Dichterlos* überschreibt: *Dem Dichter ist ein schlimmes Los beschieden, / Er erntet erst, wenn er schon lange ruht in Frieden; / Wenn lang' ihn deckt der Leichenstein, / Dann sieht man erst sein Schaffen ein.*

Man hat Eduard Eichlers Schaffen schon immer liebevoll eingesehen, besonders zu seinen Lebzeiten. Laßt uns sein Bestes in vergnügter Dankbarkeit bewahren!

».... UND BEGANN ZU DICHTEN.«

In Hennersdorf bei Deutsch-Gabel lebte und wirkte in unserem Jahrhundert Franz Dreßler, Landwirt und Dichter. Nach dem Ersten Weltkrieg erschien seine Gedichtsammlung »Ländliche Feierklänge«. Er besang viel schöne und noch mehr nützliche Dinge und so auch die Enthaltsamkeit von Alkohol und Tabak. In diesem Gedichte heißt es vom Bier:

»Wird letzteres mit Maß genossen,
So dient es auch als Medizin,
Doch massenhaft hinabgegossen,
Führt es die Menschheit zum Ruin.«

Dasselbe Gedicht ist mit folgender Fußnote versehen: »Der Verfasser trank und rauchte bis zu seinem 21. Lebensjahr und war schwach und kränklich. Im genannten Alter gab er das Trinken und Rauchen auf, wurde gesund und begann zu dichten.«

WANDERBÜHNEN

Improvisationen

Seit Schiller seine »Räuber« in die böhmischen Wälder verlegt hatte, wurden in Böhmen besonders gern Räuberstücke gespielt, voran von den Wanderbühnen.

Wieder einmal lag der Verräter der Bande hingestreckt auf dem Boden, der Räuberhauptmann hatte ihn gerichtet.

Da geschah es, daß dem eben Getöteten ein gänzlich ungewollter Laut entschlüpfte.

Der zunächst stehende Räuber stürzte sich mit dem Dolch auf ihn und schrie: »Ha, Elender, du röchelst noch?!«

Nachdem sich der Jubel im Zuschauerraum halbwegs gelegt hatte, gebot der Hauptmann mit großartiger Gebärde: »Schleift den Kadaver hinaus, er riecht ja schon!«

Aller guten Dinge sind drei

Gegen Schluß eines Stückes, dessen Aufführung Bilin erlebte, wird die Heldin zufällig von einer verirrten Duellkugel getroffen, stirbt also, wie man so schön und richtig sagt, am letzten Akt. Aber die Pistole, in der Hand des Herrn Direktors höchstselbst, geht heute nicht los. Rasch entschlossen raunt er dem Partner zu: »Erwürg sie!« Als der, dem ungeprobten Auftritt nicht gewachsen, der Heldin am Hals herumfingert, fürchtet diese mit Recht für die Überzeugungskraft des Spieles und ruft mit geller Stimme: »O Gott, ich bin vergiftet!« Und bricht wimmernd zusammen.

»Die Szene wird zum Tribunal«

Letzter Akt des »hochdramatischen Sittenstückes ,Zauberin Sidona'«. Die Zauberin wird zum Tode verurteilt. Der Richter, dargestellt vom Herrn Direktor, dröhnt: »Sie ist schuldig!« Da fällt eine kreischende Weiberstimme aus der Tiefe des Zuschauerraumes ein: »Jo! jo! mir aa, Herr Direkter! Wäsch, Zimmer und Kaffee, zwonzig Kronen olls in olln!«

DIE PFALZGRÄFIN GENOVEVA VON NIRKLOWITZ

Im entlegenen Nirklowitz in Nordmähren gastierte die Theatertruppe Winkler mit Stücken aus der Heiligengeschichte und der Sage. Weil das Ensemble klein war, setzte die Schauspieldirektion Winkler auch in Nirklowitz heimische Kräfte ein, was die Anteilnahme der Bevölkerung hob und auf alle Fälle eine besondere Wirkung gewährleistete, so oder so.

Da führten sie das Stück von der Pfalzgräfin Genoveva auf, deren Gatte auf einer Kreuzfahrt ist und deren Tugend von dem bösen Ritter Golo bedrängt wird. Im Augenblicke höchster Not, da sie um Hilfe ruft, soll zufällig und harmloser Weise der Koch eintreten und die Hauswirtin fragen: »Was soll ich heute kochen?«

Die Rolle des rettenden Kochs mit diesem einzigen Satze war dem langen Tonek übertragen, und er hatte bei den letzten Proben seine Sache ganz ordentlich gemacht. Aber wie er nun auftritt, erschrickt er vor den vielen gaffenden Gesichtern und bringt kein Wort heraus, macht das Maul auf, als müßte es von selber reden, und macht es ungeredet wieder zu. Und dasselbe noch einmal. Er hat seine Rolle vergessen! Die im Saal merken, daß da etwas nicht stimmt, und halten den Atem an. Dem Tonek bricht der Schweiß aus. Golo drückt die Pfalzgräfin Genoveva noch rasender an sich, sie schreit noch geller um Hilfe, — und Tonek bringt endlich ein Wort heraus — er sagt: »Jetzt werd ich wieder gehen.« Die Pfalzgräfin quiekt, dem Ritter Golo scheppert der Bauch, aus dem Zuhörerraum ruft jemand: »Aber geschwind!«, und der lange Tonek will abgehen — da rennt er mit dem Kopf oberhalb der Tür an, und die halbe Burg bricht zusammen. Vom Tonek sind nur mehr die Beine zu sehen, und während durch den Zuschauerraum die Aufregung braust und der Tonek totgesagt wird, packen der Ritter Golo und die Pfalzgräfin je einen Haxen und zerren den Koch des Hauses hervor, und rasch langen zwei Leute vom Theater zu und stellen die Mauer des Gemachs wieder auf. Der Tonek sitzt jetzt auf der Bühne, starrt in das Publikum und weiß endlich dank dem Schreck, was er zu sagen hat; er schreit es heraus: »Wos soll ech heite kochen?!«

Da sinkt die hochgesittete Pfalzgräfin vor Lachen und

Schreien hin, der Ritter Golo wiehert, und der ganze Saal schallt und quiekt und dröhnt.

An ein Weiterspielen war nicht mehr zu denken, obzwar das Stück erst richtig angefangen hatte; aber wenn noch einmal Eintrittsgeld verlangt worden wäre — die Leute hätten es gezahlt!

IM KINO

Vollkommene Wirkung

Das hat sich vor Jahren in einer kleinen Stadt des Egerlandes zugetragen und ist so gewiß wahr, wie das Kino die Leute narrisch macht.

Im Kino des Stadtels wird ein erstklassiger Verbrecherfilm gegeben. Der Schwerverbrecher wird durch ein großmächtiges Gebäude verfolgt, rennt in einen Saal und versteckt sich da kurzerhand unter einem Tisch, dessen schwere Decke bis auf den Boden langt.

Die Polizeibeamten kommen, schauen aufgeregt und aufregend um, ziehen das Genick ein und spreizen die Finger wie ein Habicht seine Krallen. Dann stürzen sie auf die Fenstervorhänge zu, springen in die Nischen, reißen die Schränke auf.

Wie sie grad wieder aus dem Saal wollen, kräht vorn auf dem dritten Platz ein altes Weiberl mit heller, furchtloser Stimme: »Haö! Haö! Unta'n Tiiisch is a!!«

Erster und letzter Kinobesuch

Zu Winterberg im Böhmerwald gerät ein Knecht in ein Kino. Er sitzt mit offenem Munde da und atmet nur ganz wenig.

Auf einmal kommen scheue Rösser dahergestürmt, werden immer größer und erreichen schon die erste Sitzreihe.

»Helfts«, schreit der Knecht im Aufspringen, »daß wir sie einfangen, bevor ein Unglück geschieht!!«

DAS ZEITALTER DER TECHNIK

Das fremde Tier

Die Eisenbahn sollte gebaut werden, und der Vorsteher wollte die Leute darüber aufklären, was da bevorstand. Niemand aus dem Dorf hatte je eine Eisenbahn gesehen, der Vorsteher auch nicht.

»Da fahren zehn und zwölf Wagen auf einmal«, berichtete er.

»Ja wie denn das!« rief einer. »Wieviel Rösser sind denn da vorgespannt?!«

»Überhaupt keine Rösser«, klärte der Vorsteher auf, »sondern eine Lokomative!«

Was das sei, wußte er auch nicht, und so stellten sie sich ein ungeheuer großes und starkes Tier aus den fernen Ländern vor.

»Warum bleibt denn die Lokomative nicht einfach auf dem Weg, wo alle fahren, und muß grad über meine Wiese, wo 's doch so sumpfig ist? Wenn sie einmal steckenbleibt, ich spann fei' meine Ochsen nicht vor!«

»Red nicht so alberig«, sagte der Vorsteher. »Und überhaupt, daß du 's weißt, grad auf deine Wiese kommt der Bahnhof.«

»Ich brauch keinen Bahnhof auf meiner Wiese!«

»Aber die Bahn braucht ihn«, sagte der Vorsteher. »Und nach dem Gesetz kann die Bahn ihren Bahnhof hinbauen, wo sie will, und für den Platz kriegt der Besitzer ein Geld.«

»Aber sell sag ich gleich: Wenn die Lokomative nur ein Büscherl Gras aus meiner Wiese rupft, zieh ich ihr ein paar mit der Geißel nüber, daß sie nicht geschwind genug in ihren Bahnhof kommen kann!«

Die Trassierung im Spritzenhäusel

Der Ingenieur kam mit Gehilfen und Gestellen und einem Wagen voll roten Pflöcken und vermaß ein paar Tage lang die Strecke für die neue Eisenbahn. Als er fertig war, ging er zum Vorsteher und sagte: »In drei Wochen werden wir mit dem Bau anfangen. Dann darf kein Pflock fehlen. Geben Sie ja recht Obacht darauf, daß keiner wegkommt!«

Der Vorsteher versprach es ihm heilig.

Weil er sich aber weder auf den Flurheger, noch auf den Nachtwächter verlassen wollte, sammelte er eigenhändig die rotgestrichenen Pflöcke ein und brachte sie in das Spritzenhäusel; das sperrte er sodann mit aller Sorgfalt zu.

Wenn die Eisenbahn durch die Scheune geht

Ein anderes Mal wieder waren alle Besitzer in das Wirtshaus zusammenberufen, deren Liegenschaften durch den Bau der Eisenbahn berührt wurden. Der Herr Ingenieur hatte einen großen Plan ausgebreitet, auf dem die Trassen eingezeichnet waren, und erläuterte: »Die Strecke führt hier ziemlich knapp am Fichtelhof vorbei, macht einen Bogen um den Dreihübelhof und geht dann genau durch die Scheune des Godelbauern —«

»Naa, naa!« rief der Godelbauer, »aus der Sach wird nichts! Das wär so was! Ich werd mich vielleicht hinstellen und jeden Augenblick das Scheuntor auf- und zumachen!«

Die Versorgung des Transformators

In einem Dorf soll das elektrische Licht eingeführt werden. Das Kaadner Überlandwerk macht verlockende Angebote, aber die Sache kommt teuer genug, und so wird in der Gemeindestube Punkt für Punkt ängstlich durchberaten.

Als man zum Transformatorenhäusel kommt, fragt einer: »Was soll denn das sein?«

»Na halt«, sagt der Gemeindevorsteher, »das Häusel für den Transformator.«

»Ja braucht denn der ein eigenes Häusel? Ich denk halt, er könnt wie der Gemeindedepp seine Unterkunft im Hirtenhäusel haben und jeden Tag auf einem anderen Hof in der Kost sein.«

DIE BUDE »ZUM DICKEN KORL«

Er heißt anders, aber wo es sich um Streiche auf seine Kosten handelt, kann man einen Menschen, der noch unter uns wandelt, nicht gut mit seinem bürgerlichen Namen auftreten lassen. Also sei er hier Karl Scholze, der dicke Korl genannt.

Er ist ein Original, von dem man sich einst viel Geschichten erzählen wird. Hier soll nur von seinen verheißungsvollen Anfängen berichtet werden, aus der Jugendzeit, die weit dahinten liegt, man möchte beinahe sagen: auf einem anderen Stern.

Der dicke Korl hat sein Vorhaben ausgeführt und ist tatsächlich Doktor der Medizin geworden. Das ständige Studium des »Handbuchs der medizinischen Fremdwörter« soll dabei eine wichtige Rolle gespielt haben. Wenn die angehenden Ärzte alle einen Professor enttäuschten, — der Korl meldete sich und wußte, was keiner wußte. Zwar wußte er manches nicht, was wiederum alle wußten; doch er wurde dank den medizinischen Fremdwörtern mit Wohlwollen weiterbehandelt und war eines Tages Doktor gar.

Da holte er denn seinen Militärdienst nach, im Sanitätsbereiche, fand Gefallen an der Sache und wurde tschechoslowakischer Militärarzt. Dem folgten einige Jahre Dienst im staatlichen Gesundheitswesen, und endlich betätigte sich Scholze-Korl als praktizierender Arzt. Tag und Nacht stand und lag er der leidenden Menschheit zur Verfügung, wie es sich gehört. Wurde in der Nacht bei ihm geläutet, dann konnte es auch einer Frau geschehen, daß Doktor Korl, der alle Dinge schlicht-sachlich nahm, in einem Komißhemd öffnete, daß nur ein wenig über die Nabelgrenze reichte, zumal es infolge der fortgeschrittenen Molligkeit seines Trägers nicht recht zum Fallen kam. Jedenfalls wurde Korl nur in ganz dringenden Fällen aus dem Schlafe gerissen.

Einmal hatte er die Ausstellung des Totenscheines vergessen. Unbegreiflicherweise Weise vergessen, nicht etwa verschlampt, denn in dieser Sache war er durch den Militär- und Behördendienst zur Genauigkeit erzogen. Wie er nun in seinem Steierwagel durch den Vormittag fuhr, in einer Nachbarortschaft einen Bauer zu verarzten, kam ihm ein Leichenzug entgegen. Da fiel dem Doktor ein, daß der Mann im Sarg amtlich ja noch gar nicht gestorben war und also auch nicht begraben werden durfte. Doktor Scholze hielt an und stieg ab, und schlicht-sachlich, wie er die Dinge nahm (siehe oben), forderte er von den trauernden Hinterbliebenen die Öffnung des Sarges, um die Leichenbeschau vorzunehmen. Doch nach kurzer Wechselrede mußte Korl eiliger als sonst sein Steierwagel wieder besteigen ...

Indes, hier soll ja nur von den Anfängen eines Originals berichtet werden.

Im Herbst 1921 war in der Berggasse in Prag-Wyschehrad eben der Neubau des Chemischen Instituts vollendet worden; da es mit seiner Ausstattung sowieso noch dauerte, wurde ein Teil der Laboratorien und Kabinette vorübergehend notdürftig als Unterkunft für diejenigen Studenten der Deutschen Universität eingerichtet, denen die alten Studentenheime in der Mariengasse und in der Krakauer Gasse keinen Unterschlupf mehr zu gewähren vermochten. Je nach Größe des Raumes hausten zwei, drei oder auch zehn und zwölf Exemplare der Species Prager Student zusammen. In einem der zukünftigen und in einem gewissen Sinne auch schon gegenwärtigen Laboratorien waren es elf. Unter ihnen befand sich der Medizinstudent im dritten Semester Karl Scholze, hervorragend durch Körperfülle und Einfalt und bekannt vor allem ob seiner Wasserscheu. Von ihm hatte die Behausung ihren Namen, sie hieß die Bude »Zum dicken Korl«.

Auf dieser Bude ließ man lebhafter als auf jeder anderen die Tage, welche eigentlich Tage der Entbehrung waren, mit Allotria dahingehen, und der Kalender zeigte immer den 1. April. Die meisten Budengenossen wußten es schon am Morgen, einer wußte es für gewöhnlich erst auf die Nacht. Dieser eine war Scholze-Korl.

Wollte man nun die beiden ziemlich groß angelegten Streiche, deren Hauptperson und Opfer der dicke Korl ist, für sich erzählen, so könnte man leicht einem ungläubigen Kopfschütteln begegnen und in den Verdacht billiger Humoreskenschreiberei geraten. Es erscheint daher nötig, durch Anführung einiger kleinerer Fälle eine Vorstellung von den Möglichkeiten mit Scholze-Korl zu geben.

Einmal trugen die Kerle Korl, seinen ungemein festen Schlaf nutzend, auf den gewissen kleinen Ort, setzten ihn auf und lehnten ihn an, zogen am Griff der Spülung, sprangen hinaus und sperrten zu. Der Erwachte aber drückte mit seinem Stattlichen die Tür ein und kam also zurück, um demjenigen, der am meisten lachte, einen Topf schwarzen Kaffee in das Bett zu schütten.

Dafür bekam er Calomel in seine Schale mit Kartoffeln, wovon er sehr viel hinaus mußte, und Juckpulver in seine Hemden, die er daraufhin in toller Folge wechselte, während sie sonst wochenlang darauf warten mußten. Übrigens suchte er damals die Klinik auf und kam mit dem Befund Urticaria (Nesselfieber) zurück.

An heißen Sommertagen schmückte Korl seinen dicken, kugeligen, kurzgeschorenen Schädel mit einem Girardihut, der früher einmal weiß gewesen war. Eines Tages, als er sich gerade zum Besuch einer Vorlesung rüstete, streute ihm der Pharmazeut Kautek das violette Pulver Pyoktanin unters Schweißleder. Korl kam aus der Vorlesung heimgerannt, hinter sich einen Schwarm von Passanten. Er rief, er müsse sehr krank sein, denn er schwitze ganz blau, — von seinem runden Schädel und über die dicken Backen rannen auch wirklich veilchenfarbene Bächlein hernieder! —

Einmal hängte ihm Sandner das Tee-Ei an den Winterrock, indem er den Haken hinten am Kragen befestigte; so ließ man ihn in die Vorlesung gehen. Korl behielt den Winterrock an, da schlecht geheizt war. Sooft er sich nun in der Bank anlehnen wollte, spürte er einen harten Druck im Rücken. Er vermeinte, der Kollege, der hinter ihm saß, halte ihm die Faust hin, und darob geriet er in einen heftigen Streit mit diesem verdächtig lächelnden Hintermanne. Schließlich wurde dem guten Korl die Sache zu dumm und er ging nach Hause. Als er sich wütend den Mantel vom Leibe riß, flog das Tee-Ei in die Ecke.

Beim Glanz der Neonlichter ließ er sich weismachen, daß es rotes und grünes Salz gebe, das dem elektrischen Strom beigefügt werde und das dann eine entsprechende Färbung des Lichtes herbeiführe; und wenn das elektrische Licht ausging, glaubte er seinen Unterrichtern, der Strom brauche so lange, um aus dem Elektrizitätswerk Wschetat nach Prag zu kommen.

Und leicht wird jeder die zweite Geschichte glauben, dem diese erste erzählt ist.

Einmal auf dem Nachhauseweg zum Chemischen Institut trafen sich die Techniker Klier und Krul und der Jurist Egeth, die sämtlich zur Belegschaft der Bude »Zum dicken Korl« gehörten. Als Krul fragte, was Klier für den Abend vorhabe, meinte der mit Grinsen, heute auf die Nacht sollte man lieber daheim bleiben, denn in der Strafanstalt Pankraz seien zwei Räuber ausgebrochen, die sich wahrscheinlich in den Biergasseln in Nusle oder am Slup herumtrieben, also jedenfalls in der nächsten Nähe.

Krul sagte: »Hört einmal, das ist doch eigentlich was für Scholze-Korl!«

Diese Meinung teilten die anderen durchaus. Unterwegs gewannen die beiden Räuber in ihrer Phantasie greifbare Gestalt; sie schlüpften vor ihnen in das Chemische Institut, um dort katzenartig und jeden Augenblick nach allen Richtungen sichernd die Treppen in den zweiten Stock zu nehmen und sich irgendwo zu verstecken, zum Beispiel unterm Bett des Hörers der Medizin Karl Scholze ...

In der Tür der Bude »Zum dicken Korl« stießen die drei gerade mit ihm zusammen, der wieder einmal hinaus mußte. In seiner Abwesenheit trugen sie sogleich einen Plan vor, der die wärmste Zustimmung der Versammelten fand.

Als Korl zurückkam, erzählte Krul an Hand des Fetzens einer tschechischen Zeitung nochmals die gefährliche Geschichte von den zwei Räubern, die in Pankraz ausgebrochen sind, sich gegenwärtig auf den Wyschehrader Schanzen aufhalten und jedenfalls, wie es schon früher einmal geschehen ist, versuchen dürften, sich in einem der Institute des Medizinerviertels zu verbergen.

Man beobachtete die Wirkung des Anschusses auf Korls Gemüt und sah, daß er stark zeichnete.

Abends kamen mehrere mit Knallfröschen, die sie auf Budenkosten eingekauft hatten, von dem Gelde, das beim Kartenspiel in die Gemeinschaftskasse gekommen war. Egeth erzählte in Anwesenheit von stud. med. Karl Scholze, was er inzwischen über die zwei ausgebrochenen Räuber gehört hatte, und Korl lauschte gespannt.

Es kam Rosenmüller und erzählte, seiner Rolle entsprechend, die Räuber seien am Slup gesehen und erkannt worden, wie sie auf die Institute zu gingen.

Es kam ein Techniker von einer Nachbarbude und fragte, ob man schon von den ausgebrochenen Schwerverbrechern gehört hätte? — Ach, schon längst!

Es kam der Pharmazeut Sandner und fragte, was denn los sei, daß in der Berggasse so viele Polizisten streiften? — Staunen, vorzüglich angefertigte Bestürzung.

Bei alledem bestand die Vorschrift, Korl nicht anzusehen und auf seine ungewöhnlich lebhaften Zwischenfragen so kurz zu antworten, wie man es gemeiniglich bei lästigen Fragen tut. (Daß man Korl nicht ansah, war schon wegen ernster Haltung dringend zu empfehlen.) Korl mußte sich an diesem Abend als ein Nebensächlein vorkommen; im Vordergrund standen die beiden Räuber, stoppelbärtig und mit gräßlich rollenden Augen, bis an die Zähne bewaffnet und zu allem fähig, erfüllt von dem Mute, ja dem Blutrausche der Verzweiflung. Diese beiden Räuber also standen im Vordergrunde, vielleicht schon vor der Tür der Bude »Zum dicken Korl« . . .

Als man sich niederlegte, ging Korl zu dieser Tür und sperrte hastig zu, wiewohl noch nicht alle zu Hause waren.

Bevor es zum Lichtausschalten kam, schaute er noch einmal unter die Betten.

Als das Licht ausgeschaltet war und nur mehr die Bogenlampen vom Wyschehrad eine gespenstische Dämmerung durch die hohen Fenster sandten, gab Egeth einige Prosaballaden zum besten, in denen der bayrische Hiasl, Gustav Nessel der Schädelspalter, der Kögler und jener Räuber Babinsky aus den stockböhmischen Wäldern das Blut kübelweise um sich schütteten.

Da knirschte der Türdrücker. Jemand klopfte kurz und hart an die verschlossene Tür. Einer schimpfte: »Herrgott, wer hat denn zugesperrt?! — Korl?! — Geh aufmachen!« Da dehnte sich Korl zögernd und zähe aus seinem Bett und machte Licht. An der Tür fragte er: »Wer ist denn draußen?« Eine rauhe Stimme antwortete: »Aufmachen, sag ich!« — »Bitt schön, sagen Sie mir doch, ob Sie wer sind?« — »Mach auf, Dreckschwarten, blöde!« — Da schnaufte es sehr erlöst aus Korls Munde: »Ach du bist's!«

Korl ließ den Bettnachbar herein und sperrte gleich wieder ab. »Hast schonsten gehört von den Räubern?!« — Natürlich hatte der schon gehört; er sagte, die ganze Stadt sei von Gerüchten voll, und allgemein heiße es, sie müßten sich am Slup oder auf dem Wyschehrad in eines der großen Gebäude eingeschlichen haben. Hierauf ging der Heimgekehrte noch einmal hinaus. Korl blickte mit höchstem Mißtrauen auf die Tür und zuckte zusammen, als sein Nachbar wieder über den Zement geschlarpt kam. »Sperr zu, Edi.« — »Aber warum denn?« — Da ging Korl selber zusperren.

Es dauerte nicht lange, da kam der letzte Budenbruder heim. Es entwickelte sich wieder ein Gespräch an der Tür, ganz ähnlich dem vorausgegangenen. Der Ankömmling brachte das Neueste mit: Hausverwalter Locker lasse zu äußerster

Vorsicht und Wachsamkeit mahnen. Dabei legte der Student vorsichtig einige Knallfrösche auf den Stuhl bei seinem Bette. Korl sah sie vielleicht, aber er kannte die Tierchen ja doch nicht, weil er aus ihnen nicht geprüft wurde.

Dann drehte einer das Licht aus. Sie plaschten auf die Zudecke, gleichsam um es sich in ihren Betten recht mollig zu machen, in Wirklichkeit aber, um sich bei möglichst viel Geräusch unauffällig vorbereiten zu können. Die Knallfrösche saßen sprungbereit in ihren Händen.

Dann Dunkelheit und tiefe Stille.

Unheimlich durchhellte Dunkelheit, die Stille verdeutlicht durch tiefes Atmen, leises Schnärcheln, zeitweiliges Schnarchen.

Draußen schrillte ein Fingerpfiff. Dergleichen schrillte oft in dieser bierschankreichen Gegend. Heute aber fiel es auf.

Und dann wieder tiefe Stille.

Und dann ein Knall — Krach — Krach — Korl schrie: »Jeßmarandjoosef, sie schießen!!« — und sie warfen Knallfrösche gegen die Wand um Korls Bett, und warfen Pölster und Decken über ihn, das Licht grellte auf, und warfen schließlich die Federdecken und Körbe über ihn, und sooft er mit dem Kopf unter der stickenden Last hervorwollte, knallte es neben ihm, und dann deckten sie ihn ab — er blickte verstört um sich — »Blöde Kerle!« schrie er kläglich.

Aber dann war ihm doch anzumerken, wie er sich freute, daß es nichts Schlimmeres war. -- —

Egeth riß ein Fenster auf und blies durch die hohle Faust in die Nacht: »Halali . . .«

Von den Wyschehrader Schanzen hallte es wider: ». . . alali . . .«

Scholze-Korl, das unvergleichliche Wild, war wieder einmal erlegt. —

Das Denkwürdigste aber geschah in jenen Oktobertagen des Jahres 1921.

Damals fielen die Barometer und Blätter und ging in Böhmen ein sanfter Regen und drunten in Ungarn ein Flugzeug nieder, in welchem der Exkaiser Karl saß, der noch einmal König sein wollte.

In Prag herrschte große Aufregung.

Es gab gerade hier genug Leute, die immer noch nicht wußten, wie ein Krieg aussieht, oder solche, die mit dem Weltkrieg keine schlechten Erfahrungen gemacht hatten. Wieder andere, wie der Fleischermeister Otcenasek, mit dem Studenten der Bude »Zum dicken Korl« ziemlich eingehend die außenpolitische Lage besprachen, um den Schinkenknochen »für unseren Hund« noch etwas billiger zu bekommen, erwartete große Dinge, Heldentaten der tschechischen Truppen gegen das monarchistische Ungarn, sprachen aber mit etwas gedämpfter Stimme die Hoffnung aus, selber nicht unmittelbar zu diesem Heldentum zugezogen zu werden.

Am Abend war das Treiben noch fiebriger geworden. Überall wurden rotgedruckte Plakate angebracht; sie riefen alle Mitglieder des Sokol auf, die junge Tschechoslowakische Republik bis zum letzten Blutstropfen zu verteidigen, gegen die Habsburger, gegen den Pangermanismus, gegen die Reaktion und alles in der Welt. —

Am nächsten Morgen wurden die Budengenossen durch die sehr laute Feststellung des Pharmazeuten Kautek geweckt, daß etwas geschehen müsse. Dieser Aufruf an die geistige und körperliche Spannkraft unserer akademischen Jugend löste orkanartigen, nicht endenwollenden Beifall der meist noch liegenden Versammlung aus. Hierauf führte der Redner aus, wie verfehlt es wäre, nicht in Erwägung zu ziehen, bei allfälligen für den heutigen Tag in Aussicht zu nehmenden Aktionen den derzeitigen politischen Verhältnissen

Rechnung zu tragen, jenen Verhältnissen, die durch das Niedergehen eines exkaiserlichen Flugzeuges auf ungarisches Territorium sowie durch die damit in ursächlichem Zusammenhang stehende Mobilisierung der tschechoslowakischen Armee jedem politisch einsichtigen Menschen klar gekennzeichnet erscheinen.

Alle mit Ausnahme von Korl klatschten Beifall. Korl lag breit und faul in der Kiste, wohlig in Mutters weiches Federbett eingehüllt; oben schaute der Kopf heraus und starrte wie zumeist nach dem »Handbuch der medizinischen Fremdwörter«, unten schauten die Füße heraus und starrten auch, nämlich vor Ungewaschenheit.

In den Tumult trat die schlotterige, kopfwackelnde Gestalt des Hausverwesers Locker, in der Hand die rauchende Kanne mit schwarzem Kaffee, das Töpflein zu dreißig Hellern, und dementsprechend dünn und ungesüßt. Wer Zucker hatte, der süßte; Milch beizuschütten, fiel auch den zwei, drei sogenannten Vermögenderen nicht ein; sie wären ausgesetzt worden wie ein erbärmliches Kindlein weiland in Sparta. Zum Schwarzen würgte die akademische Jugend ein Brot hinunter, das nicht viel heller als der Kaffee und ebenfalls feucht war.

Korl aber, rundherum voller Ausnahmen, kaute schmatzend ein stark mit Rosinen durchsetztes Stück Stollen zu seinem dickgesüßten Schwarzen, und seine Äuglein spielten wie bei einem saugenden Ferkel.

Als Egeth ihm das sagte, grinste Korl über das ganze runde Gesicht, seine Mundwinkel streckten sich mit stummem Jubel den Ohrwascheln entgegen, seine Bartstoppeln glänzten wie Kupferspäne, welche die Sonne bestrahlt; dann tat er endlich den breiten Mund auf, ließ ein Stück Stollen herausfallen und sprach voll unendlichen Behagens: »Jo, a gebrotenes Spanferkel hat mir die Mutter ou geschickt.«

Sakra! Die Begehrlichkeit der Massen stieg. Alle Blicke stachen wie Dolche durch die Klunsen eines großen Wäschekorbes, der dem Korl gehörte mit allem, was darin war.

Dieser Wäschekorb war gleichzeitig mit der Nachricht von der Mobilisierung gekommen, hatte aber kein geringeres Aufsehen erregt. Wäsche war wenig darin, das wußte man, denn Korl haßte frische Wäsche. Doch liebte er eßbare, süße, schmackhafte, salzige, saftige Dinge, und davon war der Korb knarrend voll.

Korl legte nun das mächtige Hängeschloß daran und steckte den Schlüssel in das Täschchen, das er Tag für Tag, und da er nicht badete, übers ganze Jahr auf seiner zottigen Brust trug, und hierauf ging er wieder einmal hinaus.

In diesem Augenblick war in Sandners schöner Seele eine kurze Erwägung zu Ende gediehen und Korls Schicksal entschieden. Mit gedämpfter Stimme hielt Sandner folgende Ansprache: »Verehrte Hochschüler und Pharmazeuten, wir lassen den Scholze-Korl zur Mobilisierung einrücken, stante pede, aber bloß bis zum Bahnhof. Teils aus Gerührtheit, teils zum Lohn für verschiedene letzte Liebesdienste, die wir ihm gern erweisen wollen, teils, weil er doch nicht allen Fraß mitschleppen kann, was wir ihm äußerst eindringlich darlegen wollen, — aus allen diesen Gründen wird er uns wie man sagt freiwillig seine Vorräte überlassen, die wir ihm schließlich doch nicht stehlen oder rauben können. Meine Herren, verstehen Sie mich recht, gehen wir gleich einen Schritt weiter als die Prager Regierung und betrachten wir uns als bereits im Kriegszustande befindlich, wo alles erlaubt ist. Meine Herren, auf mit dem Korl gegen den Karl, nieder mit Habsburg, her mit dem Spanferkel!«

Der dicke Korl kam zurück. Da Egeth das Lachen nicht

verbeißen konnte, schob er es auf einen Witz. Der Techniker Fiedler läutete die Sauglocke, die zu solchen Zwecken leibhaftig in der Ecke hing (von einer Alm mitgebracht, wo sie ehedem Kuhglocke gewesen war). Man läutete also die Sauglocke und meinte das Spanferkel.

Wie nunmehr dem Korl ein Fakultätskollege mitteilte, war für heute eine ungemein wichtige Vorführung im Physiologischen Institut angesetzt, sehr vorteilhaft im Hinblick auf die nächsten Kolloquien. Korl glaubte es, machte geschwinder als sonst und wastelte fort.

Hierauf trat der Budenrat zusammen. Er wurde in folgendem einig: Rosenmüller übersetzt den Einrückungsbefehl ins Tschechische, Klier eilt zu seiner Flamme auf den Karlsplatz und läßt das Schreiben tippen, hierauf stellt ein Kunstakademiker von der Nachbarbude mit dem Aufwand seiner graphischen und sonstigen Fähigkeiten zwei Stempel her; drüben auf der 18er-Bude schreibt der Philosoph Stöger für ein Werbe-Unternehmen, er hat einen Setzkasten mit Gummitypen zur Verfügung; auch mit diesem Manne muß gesprochen werden.

Der zu Stöger Entsandte kam nach einer Weile dröhnend frohen Mutes zurück und schwenkte den Umschlag einer militärischen Zuschrift aus Theresienstadt mit einem Einschreibezettelchen darauf; ein Leitmeritzer hatte sie soeben erhalten. »Das Einschreibezetterl ist Goldes wert! — Wer hat einen Expreßzettel? Los!« — »Und wer nicht mitzuarbeiten hat, soll seinem normalen Tagewerk nachgehen und keine verdachterregende Volksansammlung veranstalten!« riet Regner, der Väterliche.

Nach zwei Stunden kam Korl zurück, zufrieden und wohlgelaunt. Er meinte bloß, sein Kollege müsse sich geirrt haben, er habe ihn selber auch gar nicht dort gesehen; aber die Vorlesung sei wirklich hochinteressant gewesen.

Rosenmüller gähnte so beiläufig: »Schau einmal, Sandner, ob nicht Post für uns da ist.«

Sandner schlenderte zum Hausverweser und kam mit ein paar Poststücken für die Bude wieder. Es war ein Expreß-Rekommando-Brief aus Theresienstadt für den pan Karel Scholze dabei. Korl wechselte sichtlich die Farbe seines Mondgesichtes und öffnete den Brief mit Zittern. »Is ja tschechisch!« Er streckte das Blatt Egeth entgegen: »Kannst du es am Ende lesen?«

Egeth tat, als ob er nicht hinhorchte, machte einen Witz, und alle lachten. Rosenmüller aber übersetzte wie nebenbei: »Dem Herrn Studierenden der Medizin Karl Scholze in Prag-Wyschehrad, Berggasse 3, Chemisches Institut. Sie werden aufgefordert, binnen 24 Stunden zu Ihrem Truppenkörper nach Theresienstadt einzurücken und sich an der zuständigen Stelle zu melden. Wenn Sie dieser Aufforderung nicht Folge leisten, werden Sie dem Militärgericht überstellt werden. Im übrigen gelten die Vorschriften und Bestimmungen des Mobilisierungsbefehls. Das Militär-Oberkommando Theresienstadt, gefertigt unleserlich. — Ich gratuliere, Korl!«

Korl war auf seine Bettstatt zusammengesunken, ein Klumpen Wachs. Er rang heraus: »Ich bin doch gar nicht Soldat gewesen!«

»Aber du bist tauglich. Jedenfalls mußt du einrücken. Im Krieg verstehen sie keinen Spaß.« — »Möglich, daß sie gerade Mediziner an die Front brauchen«, meinte Rosenmüller. »Sehr richtig«, bemerkte Egeth; »da heißt es ja auch ausdrücklich: ‚Dem Studierenden der Medizin'.« — »Ja, das denke ich auch«, sagte Regner, »sie führen neben den Ärzten auch die Medizinstudenten in besonderer Evidenz. Mit uns Pharmazeuten machen sie es ja auch so. Die Ärzte kommen mehr hintenhin zur Sanität, die jungen Mediziner ins Feuer zum ersten Verbandanlegen.« — »Ja«, seufzte Egeth, »es kann ja wirklich blutig werden; Kämpfe zwischen kleinen Staaten sind immer die heftigsten.«

Er zog ein Stück einer tschechischen Zeitung aus der Tasche und las bei umgekehrter Schrift folgendes vor: »Die authentischen Nachrichten, die uns in den letzten Stunden zugekommen sind, lassen leider nicht den geringsten Zweifel darüber aufkommen, daß die kriegerische Auseinandersetzung mit einem habsburgischen Ungarn zur unvermeidlichen Tatsache geworden ist .... Blutige Kämpfe .... neuerliche Opfer an Blut und Leben .... Todesverachtung .... Apell an die deutschen Mitbürger .... Wir geben in diesen tiefernsten Stunden unserer restlosen Befriedigung darüber Ausdruck, daß die Armeeführung vor allem den deutschen Angehörigen unserer Armee die Gelegenheit nicht vorenthalten will, unsere teils historisch, teils geographisch und hydographisch, teils strategisch, jedenfalls aber nirgends ethnographisch bestimmten Grenzen mit ihrem Kolonistenherzblut zu tränken und so die denkbar günstigste Voraussetzung für die Einfügung des germanischen Elements in den Verband unseres slawischen Natinalstaates zu schaffen.« Und Egeth schloß: »Ha! Auf in den Kampf, Scholze-Korl! Pack deine Koffer und Körbe! Der Weltgeschichte Stunde schlägt mit Dröhnen, und widerhallend jauchzt das kühne Herz!«

Nach diesen Worten verließen die Kumpane unter Zurücklassung des Helden Karl Scholze für einstweilen den Schauplatz kommender Geschichte.

Um sieben Uhr abends herrschte auf der Bude »Zum dicken Korl« ein lebhaftes Treiben; es wurde bereits gepackt. Rosenmüller hatte den Fahrplan studiert; er schmetterte die Behauptung hinaus, Korls Zug gehe um zehn Uhr zwanzig vom Wyschehrader Bahnhof nach Theresienstadt.

Theoretisch führen zwar alle Wege nach Rom und ebenso auch nach einer Garnison, aber in der Praxis ist es noch niemandem eingefallen, in dieser Richtung, nämlich gegen Pilsen einzusteigen, wenn er in die entgegengesetzte Richtung wollte. Für die Bude »Zum dicken Korl« kam jedenfalls der Wyschehrader Bahnhof in Betracht, weil er nur wenige Minuten vom Chemischen Institut entfernt liegt.

Korl packte jetzt mehr aus als ein: er gab soeben den Inhalt seines Korbes den losen Vögeln preis; wie es schon bei Homer heißt: »oionoisi de daita« — »den Vögeln zum Fraße«.

Sanft und süß erquoll der wohlbereitete Leichnam des im zartesten Alter dahingerafften Schweines in ihrem Munde, speichelumschmeichelt. Den Genuß steigerte die Augenweide, welche der dicke Korl als ein Bild des Jammers bot.

Während der Kakao, eine Spende aus Amerika, über dem Spirituskocher wallte, und Korls weißer Striezel in Schnitten zerlegt wurde, gaben Regner und Rosenmüller als ehemalige Frontkämpfer dem Korl Ratschläge betreffend die Meldung zum und das Verhalten beim Rapport; denn sie meinten: »Korl, wie wir dich kennen, wirst du das zuerst brauchen.« Nervenanspannender freilich waren ihre Verhaltungsmaßregeln für die eigentlichen Ernstfälle, zum Beispiel bei Gas- und Fliegerangriffen. Bezüglich der Gasangriffe waren sie optimistischer gestimmt. Sie meinten, Gas würde dem Korl nicht viel anhaben, er würde ja unverzüglich Gegengas geben. Eine große Gefahr sei jedoch in Fliegerangriffen zu erblicken: bei der Präzision des Bombenabwurfes und der Scholze-Korl'schen Hutnummer sei stets ein Treffer zu befürchten.

Korl saß auf der Bettkante und wischte den Todesschweiß. Dann mußte er wieder einmal hinaus. Jedesmal wenn er hinaus war, läutete einer vorsichtshalber die Sauglocke, und wir entluden uns mit Lachen, bis Korl wieder geschlichen kam.

Egeth spielte auf der Mundharmonika das Lied »Kein schöner' Tod ist in der Welt, Als wer vom Feind erschlagen . . .«, und Fiedler und Regner, als Wandervögel rührender Volkslieder kundig, sangen dem Korl den so zeitgemäßen Text in die bleichen Ohren.

Der Zeiger rückte vor, und es mußte das Packen beendet werden. Korl schälte das Leintuch von der Matratze. Klier meinte nur so, er werde es als Zeltblatt wieder auspacken, denn es sei bereits feldgrau und hinreichend imprägniert.

Sie fraßen aus dem Inhalt des großen Korbes weiter.

Als Korl gepackt hatte und es dreiviertel auf zehn war, und er noch einmal hinausging, reichte Kautek Zwiebelstücklein herum, und die Tränen rannen sonder Zahl. Und als Korl die Budengenossen so um seine Frachtstücke versammelt sah, löste sich auch in seinen Augen die Flüssigkeit, die dort noch gezögert hatte.

Sie meinten tröstend, eine jede Kugel treffe ja nicht, und Regner sprach von der Hoffnung auf ein Wiedersehen in einer anderen Welt.

»Korl«, sagte Sandner unter Tränen, und ein Zwiebelspältchen klebte ihm an der Nase, »Korl, wenn du schon physisch eine Drecksau bist und bleibst, trachte wenigstens, daß deine Seele rein hinüberwandelt.«

Zwei platzten heraus, zum Befremden Korls, da lachte Egeth auch und sagte: »Ihr habt Recht! Das sind Reden, wenn es einem vergönnt ist, in den Kampf zu ziehen! Singen wir ein Lied, das dem Geiste eines jungen Kriegers besser entspricht!« Er stimmte auf der Mundharmonika ein bekanntes Kriegslied an, und die Brüder sangen nach Leibeskräften mit. Einer setzte sich rittlings auf einen mächtigen Koffer, nahm das Querteil einer Reißschiene unter das Gesäß und ließ das spannkräftige Holz auf dem hohlen Boden aufknallen, wodurch dem Vortrag eine stark realistische Note verliehen wurde: »Es brüllen die Kanonen — peng peng — — und weithin wogt die Schlacht — peng peng!«

Korl lebte nur noch ein ganz klein wenig. —

Sein Gepäck bestand aus dem besagten Wäschekorb, in den er das Federbett gepreßt hatte, aus einem schwarzen Köfferchen, wie es ohnedies zur Ausstattung der Rekruten gehört, und einer Kiste mit Schiebedeckel und Schloß, in welcher er ebenfalls immer Fressereien geschickt bekam. Diese drei Stücke wurden nun von bereitwilligen Kommilitonen geschultert, als die Minute des Abschiedes nahte. Es blieben nur zwei, drei Mann auf der Bude zurück. Etwa zehn Mann hoch begleiteten ihn, von der eigenen und von den Nachbarbuden. Korl warf einen letzten bitteren Blick auf seine Bettstelle zurück. Sie verließen das Gebäude und die Berggasse. Das Institut schaute ihnen mit hohen Fenstern voll leuchtendem Gelächter nach.

Am Eingang zum Wyschehrader Bahnhof stand ein Polizist, sehr dekorativ, ausgedehnt und wichtig, und beliebte die deutschsprachig daherkommenden Studenten in seiner Sprache anzuschnarren, was los sei. Übermäßig erwünscht war ihnen der uniformierte Herrgott nicht. Sie antworteten deutsch: »Der Kollege hier muß einrücken.« — Mit einem herrischen Wippen des Fingers verlangte er den Einrückungsbefehl. Aber bitte; Korl wies ihn vor, obzwar das Papier den Polypen gar nichts anging. Dieser trat etwas zurück unter die grelle Lampe und besah das Schriftstück. Dann nickte er stumm und reichte es Korl zurück. In Ordnung befunden! — —

Sie standen eine Weile dicht beisammen und murmelten in der Halle, da klappte am Fahrkartenschalter das Türlein hoch. Natürlich wollte sich Korl mit gezücktem Einrückungsbefehl dahin stürzen. Sie rissen ihn jedoch an den Rockschößen zurück, führten ihn in die Tiefe der Halle, und dort hörte er's: »Korl! Erstens geht von Wyschehrad aus kein Zug nach Theresienstadt; zweitens brauchst du gar nicht einzurücken; denn drittens haben wir die Einberufung gefälscht.«

Für jeden Fall standen alle in Bereitschaft, um ihren Korl zu halten. Aber es war nicht nötig. Gleichwie die Sonne, die Wolken durchbrechend, erstrahlt in posaunendem Golde, so strahlte Korl sie an, nur dieses einzigen Wortes mächtig: »Wirklich?«

»Wirklich!« versicherten sie im Chore.

Korl jauchzte tief unten in der Kehle mit einem tierischen Lustlaut . . . Da marschierten auch schon wie drei Karawanser die Packträger an dem verwunderten Polypen vorbei. Die Gesellen geleiteten den selig lachenden Korl hinaus. Der Polyp, der scheinbar aus purer Neugierde dastand, hielt sie an und fragte wieder mit einer zigarettenrollenden Bewegung von Zeige- und Mittelfinger, was denn los sei. Egeth sagte scharf: »Wachmann, Sie hätten uns gleich sagen können, daß man von hier aus nicht nach Theresienstadt fahren kann!« Damit verließen sie diese Erscheinung mangelnden Sachwissens.

Als sie ins Chemische Institut zurückkehrten, standen fast alle Inwohner in feierlicher Verhaltenheit Spalier; die Tür der Bude »Zum dicken Korl« war mit Gewinden von schmutzigen Handtüchern bekränzt und trug eine große Tafel mit den Versen:

»Sei uns gegrüßt, Du edler Held,
Zurückgekehrt vom Schlachtenfeld!
Hell strahlet ewigen Ruhmes Glanz
Um Deinen grünen Lorbeerkranz.

Der Du von kühnen Taten glühst,
Du edler Held, sei uns gegrüßt!«

Korl sank auf seiner geplünderten Bettstelle zusammen. Er stöhnte mehrmals, dies sei der schönste Tag seines Lebens.

DIE BRAUTLEHRE

Ein Knecht wollte heiraten und wurde mit Seiner am Sonntag nach der Messe in das Pfarrhaus zur Brautlehre bestellt.

Der Pfarrer richtete zunächst an die Braut ein paar Katechismusfragen, und sie zeigte sich zu seiner Zufriedenheit bewandert. Dem Bräutigam aber fielen alle Sünden ein, die er seither gelernt hatte, nur aus dem Katechismus hatte er so ziemlich alles vergessen. Da wurde der Pfarrer mit seinen Fragen immer bescheidener:

»Wieviel göttliche Personen gibt es?«

Der Bräutigam zählte bei sich nach und sagte endlich: »Drei«.

Das war die erste richtige Antwort; der Pfarrer nickte.

»Wieviele Gebote Gottes?«

Der Bräutigam sagte: »Zehn.«

Der Pfarrer nickte.

»Und wieviel Sakramente?«

Der Bräutigam wußte es nicht und dachte nach. Da fiel ihm zu seiner Erlösung ein, wie sein Bauer immer fluchte: »Tausendsakrament!«, und er sagte: »Tausend.«

Der Pfarrer zuckte zusammen, besann sich eine Weile und wandte sich dann zu der Braut: »Nimm mit ihm noch einmal den Katechismus durch; das ist zuwenig!«

Als die beiden aus der Pfarrei heraus waren, jammerte die Braut: »Mein Gott, Hons, wo hast denn du deinen Kopf! Sieben Sakramente gibt es, sieben!«

Da lachte der Knecht gallig auf: »Du mit deinen sieben! Hast denn nicht gehört?! Ich sag: ‚Tausend', und er sagt: ‚Das ist zuwenig!'«

DAS TESTAMENT

Ein Bübel vom Nöderhof kam zum Notar: er möge so geschwind wie möglich zum alten Nöder kommen, der wolle sein Testament machen. Der Notar schickte ihn mit der Zusage voraus und machte sich auf den Weg.

Allenthalben unter dem blauen Himmel mit seinen lieblichen Schäfchenwolken wurden Erdäpfel geerntet, und der Notar bedachte mit Wehmut die Vergänglichkeit im allgemeinen und den Abschied des alten Bauern im besonderen. Nicht weit vor dem Dorfe sah er auch die Leute vom Nöderhof auf dem Acker werken; er kannte und achtete das Gebot der Arbeit und grüßte ernst hinüber.

Er schritt in das Dorf hinein und auf den Nöderhof. Kein Hund bellte, kein Mensch war zu sehen, kein Arzt und kein Geistlicher, auch kein Anverwandter. Also suchte er allein seinen Weg in die Stube, wo der alte Nöder lag; der war vor lauter Zugedecktheit kaum zu erkennen und meldete sich mit schwacher, ersterbender Stimme. Der Notar sagte ein paar aufmunternde Worte, packte über dem Tischlein seine Sachen aus, stellte einige Fragen, vernahm die mit kläglicher Stimme gehauchten Antworten und begann zu schreiben: »Indem der Wille des Allmächtigen auch meinem Erdenwandel ein Ziel setzt — — —«

Die Niederschrift brauchte wenig Zeit; es erwies sich, daß der alte Nöder alles wohl überlegt hatte und für einen Schwerkranken von erstaunlicher Klarheit des Geistes war, wie sie manchmal nahe der Auflösung eintritt. Als der Notar fertig war, richtete er an den Ächzenden ein paar tröstliche, hoffnungsvolle Worte und ging.

Er suchte das Wirtshaus auf, traf statt des Wirtes, der auf dem Felde war, nur dessen Enkelbuben an, schenkte sich selber ein, denn ein Notar hat lang studiert und versteht viele Dinge, und blieb eine ziemliche Zeit sitzen; legte schließlich das Geld für die Zeche in die Schublade und machte sich auf den Heimweg.

Als er aus dem Dorf hinaus war und an dem Erdäpfelacker des Nöderhofes vorbeikam und die Leute noch bei der Arbeit sah, wollte er wieder in wehmütigem Ernst hinübergrüßen, aber da ließ er vor Schreck schier die Aktentasche und den Halbzylinder fallen — dort drüben lief der alte Nöder wie ein Wiesel um den Wagen! Der Alte sah ihn auch und erschrak nicht minder, denn er hatte geglaubt, der Notar wäre schon längst aus dem Dorfe. Nun aber kam der Herr über den aufgepflügten Acker auf ihn zu gestolpert und rief: »Zum Teufel, Nöder, seid Ihr von den Toten auferstanden oder ein Zwilling?!«

Der Nöder kratzte sich hinter dem Ohr wie einer, der sich in der Klemme weiß, blinzelte den Notar mit einem Gemisch von Verlegenheit, Trotz, Demut und Verschmitztheit an und raunte: »Nämlich, Herr Notar, gelt, sonst hätt ja das Testament keine Kraft ....«

VOM HACHDEUTSCHEN

Die ganz Vornehme

Eine Bauerstochter kam aus der Stadt und redete überaus zierlich, wie sie es den vornehmen Leuten abgelauscht haben wollte.

Sie sagte: »Ich habe mir die hachdeutsche Sprache so angewöhnt, daß ech se gaua nimma laua kua.«

Die feintuete Gans

Ein Bauernmaidel war seit vorigem Jahr in Karlsbad und kam grad zur Heumahd auf Urlaub. Als sie spazieren ging, lag da ein Heurechen auf der Wiese, mit den Zähnen nach oben. Das feintuete Maidel trat mit dem spitzen Schühlein auf die Zähne und redete gar hochdeutsch: »Was ist denn dieses für ein Ding?!« Da sprang der Rechenstiel auch schon in die Höh und schnellzte der Gans mitten ins Gesicht. »Vafluchta Rechen!!« schrie sie und wußte auf einmal, was für ein Ding das war, und wie sie erst voriges Jahr noch geredet hatte.

Das Stückel wird schier überall erzählt und immer einem Maidel im Ort angedichtet. Es gibt halt überall genug boshafte Leute, und die Gänse gehen überall barfuß.

Der Wackelpudding

Eine Bauerstochter hatte sich städtisch verheiratet und wurde zum ersten Male von ihrem Vater besucht. Da trug sie ihm lauter Gerichte auf, die er sein Lebtag nicht gesehen und noch weniger je gegessen hatte, — nur um den Besuch vom Dorfe möglichst zu beeindrucken. Der Bauer war jedoch nichts wie verärgert. Er ließ sich derweil nichts ankennen. Da wurde zum Schluß noch ein Wackelpudding vor ihn hingestellt: »Dieses ist die sogenannte Götterspeise«, sagte die Tochter. Der Bauer aber dachte: Ich bin kein Herrgott nicht und keine Sau! Er griff nur an den Schüsselrand, rüttelte ein wenig und raunzte den Pudding an: »Zitter niat sua! I friß di eh niat!«

Der Herr Feldwebel

Einer war Feldwebel geworden, da mußte er doch auch gebildet sein, na und dazu gehörten ja auch Fremdwörter. Der Rechnungsunteroffizier, der Schulen hatte, mußte ihm dabei helfen.

Einmal las der Herr Feldwebel das Wort »Kandelaber«.

»Muß ich den Franz fragen ... Franz! Was bedeitet ‚Kandelaber'?«

»Leuchter«, sagte Franz kurz, weil er gerade zusammenrechnete. Natürlich sagte er »Leichter«.

»Ach ja«, darauf der Feldwebel, »habe ich mir selber schon gedenkt: leichter!«

Ein paar Tage später sagte er, nachdem er mit Schnaufen und Stöhnen eine lang aufgeschobene schriftliche Arbeit hinter sich gebracht hatte: »Gott sei Dank, jetzt ist mir bedeitend kandelaber.«

Kommissar Markus hochdeutsch

Zu Mährisch Trübau in der guten alten Zeit meldet ein Stadtpolizist dem Kommissar Markus, der Landwirt Soundso habe seinen Düngerhaufen oder seine Jauchegrube nicht in Ordnung, denn der Odel läuft auf die Gasse. Angezeigt hat es einer, der auf dem Heimweg in der Nacht hineingetreten und beschmutzt und übelriechend nach Hause gekommen ist.

Polizeikommissar Markus lädt den Landwirt vor und erklärt ihm barsch, er müsse den Übelstand sofort beseitigen; es ginge doch nicht an, daß sich die Leute in der Nacht mit der Jauche schmutzig und stinkig machten.

Der Beanstandete, der das flüssige Gold des Bauern erst in etlichen Tagen hinausführen kann und daher noch etwas hinhalten möchte, widerredet: so arg könne das nicht sein, es sei jetzt doch Vollmond und klares Wetter, da brauchte niemand in den Odel zu treten, der nur ein wenig aufpasse!

Sie haben natürlich in Trübauer Mundart geredet, aber jetzt hört sich für den Herrn Kommissar Markus die Gemütlichkeit auf, und da beginnt, wie immer in solchen Fällen, das Hochdeutsche. Der Gewaltige erhebt sich und schreit den Landwirt an: »Das ist alles eins, ab der Mand scheint ader nicht, der Atel darf nicht auf die Gasse gelassen werden!!«

DER VOGELBEERBAUM

Ein Städtlein des Erzgebirges hatte eine Straße gebaut, einen Anschluß an die große Straße von Prag nach Leipzig, und die Bürger waren mit Recht stolz darauf. Nun ging es um die Art der Alleebäume. Es sollte etwas Besonderes sein, also vor allem keine Vogelbeerbäume, wie sie schon an allen Straßen des Erzgebirges stehen.

Da ließen sie sich von einer großen Baumschule ein Verzeichnis aller Bäume schicken, die für eine Allee in Frage kommen, und setzten die Angelegenheit auf die Tagesordnung der Stadtratssitzung. Der Bürgermeister eröffnete sie mit einer Ansprache, in der er künftige Zeiten beschwor, in denen Enkel und Urenkel den Vorfahren danken würden, daß sie eine ganz besondere Allee angelegt hatten.

Sodann gingen der Bürgermeister und die Räte die endlose Liste durch, redeten lange für und wider und einigten sich endlich auf einen Baum, dessen Namen sie noch nie gehört hatten, und von dem es in dem Angebot hieß, daß er sich bestens für hochgelegene Landstriche eigne. Auch kam er billiger als andere Arten.

Also wurden tausend Jungstämme dieses Baumes bestellt. Sie kamen. Sie sahen noch nach gar nichts her, nur an den fingerdicken Stänglein konnte man erraten, daß es Bäumchen waren.

Es war zur Herbstzeit, als sie gepflanzt wurden; im Frühling legten sie los und entfalteten ihre Blätter.

Dies waren die Blätter des Vogelbeerbaumes.

Man glaubte zunächst an Verwechslung oder gar Betrug, doch die Angelegenheit klärte sich noch schmerzlicher auf.

Die Stadtväter hatten sich auf einen Baum geeinigt, dessen Namen sie noch nie gehört hatten: auf die Eberesche. Und jetzt erst erfuhren sie, daß dies sozusagen der Hochstaplername für den Vogelbeerbaum war.

DER SCHÜTZENVEREIN VON GOSSENGRÜN

In Gossengrün im Egerland hatten sie keinen Schützenverein, und das aus folgendem Grunde: Jeder hat avancieren wollen, und da sind nach und nach lauter Chargen gewesen, bis auf den Gemeindehirten, der hat müssen Gemeiner bleiben, und die Chargen haben mit ihm exerziert. Es heißt, diese Anstrengung habe das vorzeitige Ableben des Hirten beschleunigt; jedenfalls war eines Tages nichts mehr zu exerzieren, und die Gossengrüner Schützen hörten auf.

KURSPATZEN

Ein vornehmer Karlsbader Kurgast beschied seinen kleinen Sohn zu sich; der Hofmeister sollte ihn begleiten. Zur Vorbereitung auf den Besuch in der weltberühmten Kurstadt brachte der Hofmeister seinem Zögling alles bei, was er von Karlsbad wußte, und dazu gehörte, daß es — ein naturwissenschaftliches Rätsel! — in Karlsbad keine Spatzen gebe.

Aber als sie nach Karlsbad kamen, sah der Knabe zwischen dem oberen Bahnhof und der Alten Wiese eine ganze Menge Spatzen, die der Fahrt des Fiakers ein lebhaftes Augenmerk zuwendeten.

Artig, doch innerlich voll boshaften Triumphes, zeigte der Schüler dem Lehrer diese Vögel: sollten das nicht etwa doch Spatzen sein?

»Gewiß — hm — gewiß«, machte der Hofmeister, »allerdings, das schon — hm —, aber es sind kränkliche Spatzen, die sind lediglich zur Kur hier.«

DER PATIENT UND DER PAPAGEI

Ein Dörfler aus dem Gebirge wollte seine Leibesbeschwerden einem berühmten Arzt anvertrauen. So wanderte er denn nach Karlsbad und machte das Haus ausfindig, wo der Herr Doktor wohnte und seine Patienten empfing. Es war ein ungemein großes und vornehmes Haus, und der Mann getraute sich kaum hinein. Im Stiegenhaus sah er, daß das Geländer von goldglänzendem Metall, die Staffeln aber von Marmor waren und mit einem roten Teppich belegt, und traute sich kaum hinauf. Oben vor der Tür mit dem Messingschild zögerte er, zu klopfen. Er war schon auf verschiedenes gefaßt, aber nicht auf alles. Er lauschte an der Tür, hörte drin etwas wie leise scharren und räuspern und klopfte endlich an. Kein »Herein«. Er klopfte noch einmal — wieder nichts. Da machte er langsam auf und sah sich in einem schönen, großen Raum, in dem mehrere vornehme Tischchen und viele plüschgepolsterte Lehnstühle standen, auch ein großer Spiegel, in dem man sehen konnte, wie schön oder wie krank oder wie ängstlich man war. Auf einmal bewegte sich was, und der Mann erschrak. Da erblickte er einen großen Vogel, der sich in einem goldglänzenden Reifen schaukelte. Der Vogel war überaus prächtig bunt: himmelblau, smaragdgrün, blutrot und schwefelgelb, und sein Kopf bestand hauptsächlich aus einem Schnabel und einem farbigen Schopf. Bewundernd trat der Mann näher. Da spreizte der Vogel seine Flügel und krächzte : »Wie geht's? Wie steht's? Wo fehlt's?!«

Der Patient erschrak wie nie in seinem Leben. Er rang nach Atem, und als er ihn wieder hatte, stammelte er: »Entschuldigen Sie nur vielmals, Herr Dokter! Ich hab denkt, Sie sind ein Vogel!«

IRREN IST MENSCHLICH

Die weißen drei Männer

An Heiligen Drei König stapften in aller Frühe drei Männer durch den Schnee des Tepler Hochlandes, in der Richtung auf die Stadt. Es waren Bauern eines Ortes, unter ihnen der Gemeindevorsteher, die wollten in Tepl Flachs einkaufen. Der Schnee wirbelte, und an den Männern war alles weiß, sie sahen es ein jeder an den anderen. Wie sie nun auf ein

Dorf zu kamen, läutete es gerade zusammen; da wollten auch sie dem Rufe folgen und an dem hohen Feiertag bei unserem Herrgott einkehren. Als

sie die Kirche betraten, stand der Pfarrer auf der Kanzel und hielt eine schwungvolle Predigt. Er hatte eben die Karawane der drei Weisen aus dem Morgenlande geschildert und fragte nun: »Ihr weisen drei Männer, wo reiset ihr hin?« Die drei erschraken, und die zwei anderen stießen den Vorsteher an, alswie: in dich kommt die Antwort! Da rief der Vorsteher gar laut: »Af Tiapl, Herr Pfarrer! Nauch Flachs!«

Rasche Heilung eines Ochsen

So gern der Bauer den Viehdoktor sparen möchte, jetzt geht es wirklich nimmer: drei Tage schon hat der Ochs nichts mehr gefressen, und wenn das noch zwei, drei Tage so bleibt, geht er ein! Also muß eingespannt und mit dem Steierwagel nach dem Tierarzt gefahren werden.

Der Herr Doktor kommt, putzt sich die Brille und läßt sich in den Stall führen. Gleich hinter der Tür bleibt er stehen und sagt: »Sakra, habt Ihr einen finsteren Stall, Bauer! Da muß man ja erst die Augen gewöhnen lassen!« Aber so viel Dunkelheit wie dort hinten beim Ochsen können die Augen gar nicht gewöhnen. Der Bauer muß die Stallaterne anzünden. Die leuchtet trüb durch tausend Fliegenschisse, aber sie leuchtet. Der Tierarzt geht mit ihr um den Patienten herum; vorn beim Kopf hält er sich ein wenig auf und tut ein paar Griffe.

»Ist noch Hoffnung, Herr Doktor?« ängstelt der Bauer. »Schon geheilt!« sagt der Tierarzt und langt ihm den Maulkorb des Ochsen hin.

Im falschen Laden

In die Odrauer Apotheke kam ein Bauer aus Lautsch, drehte den Kopf nach allen Seiten, hin und her, hinauf und hinunter, und schüttelte ihn.

Der Apotheker frug: »Nun, was kriegen Sie denn?«

Der Bauer schüttelte weiter den Kopf: »Herr Apotheker, das haben Sie nicht.«

»Aber warum denn nicht? Was soll's denn sein?«

»Nein, Herr Apotheker, das haben Sie bestimmt nicht!«

»So reden Sie doch endlich: was brauchen Sie denn?«

»Einen Peitschenstecken, Herr Apotheker.«

Die Straße mit lauter Graben

Einmal hatten sich ein paar Franzensbader in Eger drin tüchtig angetrunken. Auf dem Heimweg in der Nacht schien der Vollmond so hell, daß die Alleepappeln scharfe

Schatten über die Straße warfen. Beim ersten Schatten rief der, welcher vorausging: »Achtung! Ein Graben!« und sprang voraus. Die anderen taten es ihm nach, und so nahmen sie Graben um Graben; manchmal purzelte einer hin, aber keiner stürzte hinein. Auf diese Weise brachten sie die Pappelschatten alle hinter sich und wurden nach und nach nüchtern. Beim letzten schrie der Anführer: »Manner, was sind denn wir für Narren! Das sind ja gar keine Graben, das sind ja Schatten!« Die anderen aber trösteten ihn, indem sie schnauften: »Besser ist besser!« — »Ist wahr! Was der Mensch nicht kennt, das soll er lieber nicht probieren!«

Das Rind ohne Euter

Eine Sommerfrischlerin wollte auch einmal das Melken versuchen, und der Bauer erlaubte es ihr. Da setzte sie sich frisch auf den Schemel, klemmte die Mölde zwischen die Knie und suchte mit beiden Händen das Euter. Der Bauer aber lachte gar herzlich.

»Warum lachen Sie denn?« fragte das Stadtfräulein. »Sagen Sie mir lieber, wo ich das Euter finde!«

»Dort finden Sie's nie! Sie haben sich hämlich unter den Ochsen gesetzt.«

Urlaubsbeschäftigung

Als der Korl von den 88ern auf Urlaub kam, warteten sie schon auf ihn: er mußte einen Trieb Schweine mitversehen, die »im Land drinnen«, nämlich im Saazerland verkauft werden sollten.

Als der Korl zu seinem Bataillon zurückkehrte, fragte ihn der Hauptmann: »Na, was haben Sie im Urlaub getrieben?«

»Säu, Herr Hauptmann!«

Brave Pfarrköchin

Der Pfarrer einer nordmährischen Gemeinde legt Kirchenrechnung. Der Kirchenwirt, der Vorsteher und andere angesehene Männer hören den Bericht an und prüfen die

Rechnungen. Hernach geht es dem Brauche gemäß in die große Stube zu einem guten Essen: Leberknödelsuppe, Rindfleisch mit Krentunke, Schweinebraten mit Weinkraut und Klöseln, Bier, Weißwein. Bei jedem Teller liegt eine Papierserviette. Es ist wie jedesmal ausgezeichnet gekocht, und der Köchin wird volles Lob gespendet. Einer der Gemeinderäte tut noch ein übriges: er steckt die Papierserviette in die Tasche und klopft im Hinausgehen der Fräulein Kathi, die gerade eingetreten ist, freundlich auf die Achsel: »Sie hon doch of olls gedocht!«

SCHLECHTER REGENKAUF

In einem Dorf klagten alle bitter über die anhaltende Trockenheit. Da gab ihnen ein durchziehender Handswerksbursche den Rat, in die Stadt zum Apotheker zu schicken und einen ausgiebigen Regen zu kaufen. Es kam ihnen vor, als wenn der Gesell die Sache gern selber besorgt hätte, weil er grad nach der Stadt unterwegs war; aber sie mochten so viel Geld nicht einem fremden Menschen anvertrauen, sondern lieber ihren Vorsteher schicken. Fünfzig Gulden wollten sie dranwenden.

Der Apotheker in der Stadt nahm das gute Geld in Empfang, ging mit gerunzelter Stirn in die Kräuterkammer, fing dort an der Fensterscheibe einen dicken Brummer und steckte ihn in eine der trommelförmigen Spanschachteln. Auf den Deckel schrieb er *»Haematopota pluvialis«*, welches zu deutsch »Regenbremse« heißt. »Dieses Behältnis«, sagte er, »ist erst im Angesichte des von der Dürre heimgesuchten Ortes zu öffnen!«

Der Vorsteher auf dem Heimweg wog immer wieder die Schachtel und fand sie für einen ausgiebigen Regen merkwürdig leicht. Er roch an ihr, und er lauschte an ihr. Das krabbelte drin, wie wenn die ersten schweren Tropfen auf die Schindeln fallen. Ein ganz klein wenig schüttelte er die Schachtel, da ertönte es wie fernes Rauschen, wenn ein schweres Wetter herankommt. Nun kannte seine Neugierde keine Grenzen mehr. Er lockerte vorsichtig den Deckel, machte eine Klunse — da stieß was Schwarzes heraus, summte ihm am Kopf vorbei und war fort.

»O weh o weh«, jammerte der Vorsteher und starrte in die leere Schachtel, »jetzt ist er mir auskommen, der Regen! Was werden sie daheim sagen!«

Doch als er auf seinen Ort zukam, war es ganz dunkel aufgezogen, und auf einmal preschte ein Wolkenbruch nieder, der tat auch den Feldern mehr Schaden, als er nützte.

»Wir waren zu gierig«, sagte ein alter Bauer, »wir hätten uns sollen mit einem Regen für achtzehn, zwanzig Gulden begnügen.« Und alle gaben ihm recht. »Zu jedem Handel braucht's halt Erfahrung.«

POLIZIST UND VAGABUND

Ein Gemeindepolizist in der Zips hatte von seinem Bürgermeister den Befehl erhalten, einen bekannten Landstreicher, der sich wieder in der Gegend herumtrieb, festzunehmen und behufs Abschubes in die Heimatgemeinde anher einzuliefern.

Als der Polizist durch den Ort ging, traf er wirklich den Vagabunden. Der Polizist griff zuerst an seinen Säbel, dann legte er die Hand auf die Schulter des Mannes und sagte: »Im Namen des Gesetzes erkläre ich Sie für verhaftet!«

Der Vagabund ergab sich scheinbar in sein Schicksal und ging voraus. Als sie beim Bäcker vorbeikamen, fing der

Gauner an zu jammern: »Seit vorgestern hab ich nichts mehr gegessen! Darf ich mir nicht eine Semmel kaufen?« Der Polizist war kein Unmensch, er ließ den Kerl hineingehen. Aber heraus kam er nicht mehr. Er hatte das Haus durch die Hintertür verlassen.

Aber schon am anderen Tag traf der Polizist seinen Häftling wieder. Er griff an den Säbel, und der Vagabund ging voraus. Beim Bäcker jammerte er wieder: nun sei es schon drei Tage, und im Spritzenhaus werde er bestimmt verhungern!

Dem Polizisten machte es Spaß, den Gauner dranzukriegen, und so ließ er ihn in den Laden gehen. Er selber aber schloff durch das Hoftörlein zur hinteren Tür. Da trollte der Vagabund sich vorn hinaus und entkam abermals.

Doch aller guten Dinge sind drei, und am nächsten Tag wurde der Polizist wiederum des Subjektes ansichtig. Er griff an den Säbel, und der Landstreicher ging schon. Vor dem Bäckerladen legte er wieder los. Der Polizist grinste: »Gib her den Kreuzer, heut geh ich selber eine Semmel kaufen!«

Der Vagabund war gern damit einverstanden, und der Polizist verschwand im Laden. Als er aber wieder erschien, war der Gauner verschwunden und blieb es für allemal.

DER ZIGEUNERGANSBRATEN

Ein Jagdpächter, der Lehrer jenes Dorfes, ging eines späten Herbstabends aus seinem Revier heim, begleitet von einem der Dorfburschen, die manchmal mit ihm gingen, um sich etwas von der Kunst dieses für seine Waidgerechtigkeit Bekannten anzueignen. Die beiden Männer umtummelte Treff, der Vorstehhund, froh der Ungezwungenheit nach den Stunden der Jagd.

Es war schon dunkel geworden, aber der Jäger war heute nicht zum Schuß gekommen, also fehlte ihm noch etwas, vor allem die Lust, in seinen Bau zu schliefen. Deshalb ließ er seine Blicke noch umherschweifen und suchen.

Dort drüben in dem kleinen Wäldchen, in welchem Föhren, Birken, Espen und ein paar Fichten mit viel Unterwuchs durcheinanderstanden, blinzelte, kaum wahrnehmbar, ein Feuer durch Stämme und Büsche, und man vermochte auch noch zu erkennen, daß ein feiner Rauch aus den Wipfeln stieg. »Das sind Zigeuner, Franz«, sagte der Jäger, »dort gehen wir hin!« Dem Begleiter aber war die Sache nicht geheuer; überdies verspürte er nichts von der Abenteuerlust des Jägers, sondern nur einiges von der gründlichen Abneigung des Bauern gegen Zigeuner, und so sagte er, er wolle den Herrn Schulleiter gerne hinbegleiten, aber mit dem Volke selber wolle er nichts zu tun haben.

Dem Jäger genügte es auch, daß er sich nah an dem Lager von seinem Gefährten laut verabschieden konnte, — die Zigeuner wußten somit, daß der späte Besuch einen Zeugen hatte. Sie waren von dem Auftreten des Mannes wenig erbaut, wie an der Lebhaftigkeit zu bemerken war, mit der sie den Eindruck des Gegenteils erwecken wollten, und das war dem Ankömmling verständlich: Ihrer größten Federn entkleidet und ausgenommen lag eine große Gans da, angeglost von der Glut, in der sie gebraten werden sollte. Es war ein wohlgemästetes Stück, übrigens von grauem Gefieder, wie sich noch erkennen ließ.

»Billig gekauft, wie?!« lachte der Jäger, während er den Hund anleinte. »Gar nicht! Gar nicht billig! Teuer!« rief die jüngere Zigeunerin, und die alte sagte: »Beim Müller in Dobrawitz, und der schenkt nix!« Dobrawitz war weit. »Ehrlich gekauft, Herr Forstmeister!« rief einer der Männer. »Der Mensch muß leben! Und arme Zigeuner nicht können alles kochen, haben keine Ofen und keine Röhre!«

Diese Frage eben reizte den Jäger: wie würden die Zigeuner ihre Gans braten? Auf dieselbe Weise, wie sie die Igel braten? —: indem sie sie in Lehm packen, den

Klumpen mit Glut umhäufen. die Packung nachher herunterschlagen, so daß Stacheln und Ungeziefer in den Brocken bleiben und ein von wundervollem Arom rauchender Braten sich enthüllt, erlesenster Leckerbissen, wie ihn Fürstlichkeiten nicht kennen —?

Ja, offenbar auf dieselbe Weise. Denn eines der Kinder, die auch in der Abendkühle noch nackt umherliefen und umherkrabbelten, wollte soeben von einer Menge feuchten Lehms etwas für sich abzweigen, wurde aber gesehen und daran gehindert. Und nun walkte und patschte einer der Männer den Lehm breit und breiter und endlich so flach, daß es einen etwa daumendicken Fladen ergab. Die Masse des Lehms war wohl berechnet, es handelte sich jedenfalls um alte Übung. Alsdann wurde die Gans, der die Faulheit so viele graue Federn belassen hatte, in den Lehmmantel geschlagen und dieser gut geschlossen, und das Ganze wurde mit Glut überdeckt. Bald begann ein Singen, ein Sausen, Sieden und schwellendes Tönen, und ein verklärter Dampf erhob sich aus der Glut, so daß der Jäger sich an einen Stamm lehnte und die Vorgänge mit allen Sinnen genoß, wobei Geruchs- und Geschmackssinn in schwungvoller Einbildungskraft vorauseilten.

Mit ihm lauerte die ganze schwarzbraune Sippschaft um die Glut herum. Es sott und sang, Treff begann leise mitzusingen, es knisterte und sprang, in der Glut zischte es wie von Fett, durch die geborstene Hülle gedrungen. Die Alte und die Junge beobachteten jedes Zeichen, blieben sich jedoch klar über den Zeitpunkt, da sie den Klumpen aus der Glut holten und etwas auskühlen ließen.

Und dann kam der große Augenblick: der harte Mantel wurde zerschlagen, und es erschien der makellose, himmlisch aufduftende Braten, in triefender heller Haut.

Hier, am Ende dieses Vorgangs, wollte es der Jäger für sich genug sein lassen, aber schon hielt ihm die Alte den Braten so hin, daß er nur das Schenkelende zu fassen brauchte, um der Einladung nachzukommen, und mit Lachen griff er zu; das Stück ließ sich unschwer aus dem Gelenk drehen.

Der Genuß war über jede Erwartung hinaus köstlich. Zwar die Ganshaut, geröstet der Inbegriff des Schmackhaften, zumal für sich allein, mit kultischen Aufwänden zubereitet, — diese Haut bedeckte den Braten goldgelb und weich, aber sonst — — —! Es war sozusagen der in sich verdickte, konzentrierte, der unbedingte Gansbraten, er hatte nichts an die Außenwelt verschwendet, nein, er hatte sich in seiner Lehmhülle bis zur Vollkommenheit verinnerlicht, er war Er selbst geworden, er hatte die Krone der Persönlichkeit erreicht!

Der Genießende nahm den Genuß der anderen wahr, und auch dies wollte gesehen und gehört und genossen werden: rein, natürlich, anmutig, wohltönend wie die Stimme des Waldbrunnens wirkte das Schmatzen der braunen Familie und selbst das Knirschen, mit dem die Knochen mitgenossen wurden. Es war die ganze mächtige Gans verteilt worden: Magen, Leber, Herz und Lunge waren im Inneren zu Leckerbissen gedünstet.

Andächtig genoß der Jäger seinen Teil, am liebsten hätte er das Bein noch und wieder abgeschleckt, und gern hätte er es seinem Treff gegeben; aber mit Röhrenknochen muß man vorsichtig sein, und etwas anderes blieb für den Hund leider nicht übrig. Er tat ihm herzlich leid, der gute Freund, der sich mit unstillbarer Sehnsucht vollschnoberte, lange Geschmacksfäden zog, gähnte und leise durch die Nase heulte.

Fast zögernd trennte sich der Bewirtete von dem Schenkelbein und warf es in die Glut. — Nein, einen solchen Genuß durfte man sich von den armen Teufeln nicht schenken lassen. Der Jäger trat nahe an das Feuer heran, so daß es ihm leuchten konnte, klaubte aus dem Kleingeld einen halben Gulden heraus, für die Hausfrau, sozusagen, und griff auch ein paar kleine Münzen, die von den Kindern bereits an seinen Knien erwartet wurden. Es war mehr, als man in einem guten Gasthof zahlt, und es sollte auch mehr sein. Beiderseits wurde aufs lebhafteste gerühmt und gedankt — »große Ehre«, »seltener Genuß« —, und der Waidmann schritt dem Dorfe zu, als wäre ihm heute das ungewöhnlichste Jagdglück beschieden gewesen.

Als er nach Hause kam, war seine Frau schon schlafen gegangen. Das Abendessen stand nach jahrealter Übung bereit, und bald legte sich der Herr Schulleiter neben seiner Frau zur Ruhe. Beim Anblick der Schlummernden freute er sich schon darauf, ihr, der passionierten Köchin, am Morgen von dem Zigeunergansbraten zu erzählen.

Dazu ist es aber nie gekommen.

Nicht daß die Frau Schulleiter in jener Nacht gestorben wäre; nein, sie lebt heute noch. Aber als sie damals am Morgen den grauen Gänserich stopfen wollte, ihre Mastgans für das Kirchenfest, war der Verschlag leer.

Der Schreck und der Schmerz waren groß.

Das Schulhaus stand etwas außerhalb des Dorfes, Hof, Schupfen und Ställchen lagen hintenhinaus und waren leider leicht zugänglich. Manches schien auf einen Fuchs zu deuten, manches auf einen zweibeinigen Dieb. Am Tage hörte man denn auch, es hätten sich Zigeuner in der Gegend gezeigt. Die Frau Schulleiter schwieg im Dorfe, sie konnte keine Schadenfreude ertragen; aber im Hause redete sie desto mehr von dem grauen Ganser. Ihr Mann hörte sie mit ebensoviel Bedauern an. Treff lauschte gleichfalls, schnoberte, zog Geschmacksfäden, gähnte und heulte leise durch die Nase.

Aber er konnte nicht reden, und sein Herr — sein Herr wollte lieber schweigen.

EULENSPIEGEL IN PRAG

Eben hatte Till Eulenspiegel zu Marburg an der Lahn den Landgrafen von Hessen gemalt, will heißen: ihn für zweihundert Gulden vor eine leere Leinwand geführt, ihm das Bild erklärt und behauptet, wer unehelich sei, der könne seine Malerei nicht sehen. In der Folge hatte er Grund, eine gute Strecke zwischen sich und das Land Hessen zu bringen, und wandte sich nach Prag im Lande Böhmen. Dort gab er vor, ein großer Gelehrter zu sein, und forderte die berühmte Universität Prag heraus, indem er an die Kirchentüren und die Türen der Hörsäle anschlug: er wisse Antwort auf die schwersten Fragen, die von allen anderen Magistern ungelöst blieben. Das verdroß die gesamte Universität, vom Rektor bis zum Hörer. Rektor und Lehrer berieten die Fragen, mit denen Eulenspiegel bescheiden gemacht werden sollte, und forderten ihn durch ihren Pedell auf, am anderen Tag zu erscheinen und sich den Fragen zu stellen, die der Rektor im Namen der Alma Mater Pragensis an ihn richten würde. Till Eulenspiegel sagte zu und erschien pünktlich vor der erlauchten Versammlung, begleitet von seinem Wirt, etlichen Bürgern, die er beim fröhlichen Trunk zu Freunden gewonnen, und weiteren Gesellen, für den Fall nämlich, daß ihm die Herren Studenten mit anderen als geistigen Beweismitteln entgegentreten möchten.

Die Herren der Universität ließen ihn auf den Lehrstuhl steigen, und der Rektor hub zu fragen an:

»Wieviel Tropfen sind im Meere? So Ihr diese Frage nicht beantworten könnt, sollt ihr verurteilt und gestraft werden!«

Eulenspiegel antwortete auf der Stelle: »Eure Magnificentia, heißet die anderen Wasser, die von allen Enden her in das Meer laufen, stille stehen, so will ich Euch das Meer verläßlich messen und genauen Bescheid geben.«

Da mußte ihm der Rektor das Messen erlassen.

Er frug zum zweiten: »Wieviel Tage sind vergangen von Adams Zeiten bis auf den heutigen Tag?«

Und Eulenspiegel antwortete: »Nur sieben Tage, und wenn die herum sind, heben sieben andere Tage an; das währt bis ans Ende der Welt.«

Der Rektor frug: »Saget mir, wo ist die Mitte der Welt?«

»Die Mitte ist hier«, antwortete Eulenspiegel. »Wir stehen hier genau mitten in der Welt. Wollt Ihr es nicht glauben, so lasset mit einer Schnur nachmessen, und sofern es nur um eines halben Strohhalms Länge fehlt, so will ich unrecht haben!«

Da der Rektor die Umstände des Messens zu scheuen hatte, mußte er Eulenspiegels Antwort gelten lassen; aber man merkte ihm den Ingrimm an, als er die vierte Frage stellte: »Wie weit ist es von der Erde bis zum Himmel?«

Eulenspiegel antwortete: »Es ist gar nicht weit, denn alles, was man im Himmel spricht, kann man auf der Erde ganz gut verstehen. Steigt Ihr hinauf, so will ich hier unten leise rufen, das sollt Ihr im Himmel hören; hört Ihr es aber nicht, so bin ich widerlegt.«

Der Rektor frug zum fünften und letzten: »Wie breit ist der Himmel?«

Eulenspiegel sagte: »Er ist tausend Klafter breit und tausend Ellenbogen hoch. Wollt Ihr es nicht glauben, so nehmt Sonne, Mond und Sterne vom Himmel und meßt genau nach; dann findet Ihr's bestätigt.«

Niemand konnte Eulenspiegel widerlegen, und die Gelehrten alle mußten sich geschlagen geben.

Nachdem ihm nun dieser Sieg gelungen war, legte er den Talar des Magisters ab und reiste eilig von dannen, in der Furcht, sie könnten ihm nachsetzen und einen buchsbaumenen Disput mit ihm führen wollen. Deshalb eilte er aus dem Lande und gen Erfurt, wo er bekanntlich sich von der Universität den Auftrag erteilen ließ, einen jungen Esel das Lesen zu lehren.

DIE HOSEN DES GRAFEN SPORCK

Als im Jahre 1723 Kaiser Karl VI., der Vater Maria Theresias, in Prag einzog, wetteiferte der Adel Böhmens in glanzvoller Huldigung. Was die Zeit des Barocks an Kleiderprunk zu bieten hatte, an Samt und Seide, Spitzen, kostbaren Federn, Gold und Edelsteinen, das alles war in dem feierlichen Vorbei am Throne Seiner Kaiserlichen Majestät zu schauen. Auf einmal ist der Prunk kraß unterbrochen: einer der Standesherren ist im Rock der Geheimratsgala, jedoch mit hirschledernen Hosen erschienen! Man weiß, daß es nicht aus Mißachtung der Majestät geschehen sein kann, denn man kennt sehr wohl den Träger dieser Hosen: es ist der selbst nach den Begriffen des Barocks exzentrische Graf Franz Anton Sporck, der reiche, phantastische Förderer reicher, phantastischer Kunst, der für sich selber keine Grenzen zwischen Kunst und Leben gelten läßt. In dem Gesicht des Kaisers malt sich Staunen und heitere Ahnung, und er fragt: »Ei wie, Graf Sporck, kommt Ihr geradewegs von der Jagd zu mir?« Sporck antwortet: »Vergebung, Eure Majestät: ein jeder hat in seinem kostbarsten Kleide vor des Kaisers Majestät zu treten. Diese Hosen sind meine kostbarsten, sie sind teurer als alle Hosen in diesem Saal zusammengenommen. Ihr Leder stammt von der Decke eines Kapitalhirsches, den ich im Walde meiner Herrschaft Lissa verfolgt und im Jagdeifer auf dem Boden von Euerer Majestät Gut Brandeis erlegt habe. Ich wurde verurteilt, über dreißigtausend Gulden an den kaiserlichen

Säckel zu zahlen. — Majestät, der Vorwurf des Jagdfrevels ist von einem Standesherrn nicht leicht zu tragen. Erweist mir die Gnade und seid in Lissa mein Gast zur Jagd!« — »Soll das heißen: wenn ich in den Wäldern von Lissa einen Kapitalen erlege, sind wir quitt?« — »Ja, Majestät!« Und der Kaiser nahm die Einladung lachend an.

GESCHICHTEN VOM HOCKEWANZEL

Am Fuße des Jeschkens entspringt der Polzen, ein Nebenflüßchen der Elbe. Im Polzentale liegt der Marien-Wallfahrtsort Politz. Um die Wende des achtzehnten zum neunzehnten Jahrhundert lebte und wirkte dort als Erzdechant Wenzel Hocke, von der Bevölkerung Hockewanzel geheißen. Er war mit viel Witz und manchen guten Eigenschaften ausgezeichnet; zu dem, was ihm fehlte, gehörte vor allem die Menschenfurcht. Aussprüche und Stücklein von ihm erhielten sich durch Geschlechterfolgen. Manches mag verlorengegangen, manches hinzugekommen sein, wie in allen solchen Fällen. Als um 1880 die »Geschichten vom Hockewanzel« zu erscheinen begannen, war mancher Ton durch Zeitströmungen verlagert. Der geschichtliche Hockewanzel, ein Freund des berühmten Leitmeritzer Bischofs Kindermann, lag keineswegs mit dem bischöflichen Konsistorium in ständiger Fehde, er war als Seelsorger bestens beschrieben, besonders auch vom Sandauer Magistrat, er war als infulierter Erzdechant (mit der »Mütze«) Prälat seiner Kirche und wurde schließlich Vikär, ein Amt, zu dem er nicht eben nur als Grobian hatte gelangen können.

Und doch muß auch der Grobian und Spaßvogel Hockewanzel eine Wirklichkeit gewesen sein. Das Volk hat ihn geliebt und ihm ein liebendes Gedenken bewahrt. Es hat indes weder zu seinen Lebzeiten noch nachher darauf verzichtet, dem Witz und der Grobheit des Erzdechanten Paroli zu bieten und ihm die richtigen Gegenspieler zu geben. Doch mehr und mehr ist Hockewanzel als Volksmann und Schalk im Priesterkleide zu einem Begriff des Sudetenlandes geworden.

Aus den Geschichten vom Hockewanzel sei hier wenigstens einiges mitgeteilt.

Der Politzer Erzdechant war begraben worden, und Pater Wenzel Hocke, der Pfarrer von Kleinbocken, stand vor der Frage, beim Konsistorium in Leitmeritz und beim Politzer Patronatsherrn, dem Herzog Karl August von Zweibrücken, um das Amt des Erzdechanten von Politz einzukommen. Da er sich keine große Hoffnung machte, ließ er Woche um Woche der Frist verstreichen, reichte spät genug in Leitmeritz ein und ging erst am letzten Tage, das Gesuch in der Tasche, nach Politz zum Herzog.

Wie er da vormittags eintraf, wurde ihm gesagt, der Herzog sei nicht zu sprechen, er möge am Nachmittag wiederkommen. Da ging Hockewanzel in den Park, wo man der furchtbaren Hitze in den angenehmsten Schatten ausweichen konnte, setzte sich in eine Laube, las hier sein Gesuch durch, bedachte, was sich noch mündlich dazu vorbringen ließe, steckte die Schrift in die Außentasche seines Rockes, wo sie am ehesten geschont wurde, zog sein Brevier heraus, betete eine Weile — und nickte ein.

Er schlief lang und fest. Geweckt wurde er vom Schlag der Politzer Kirchturmuhr, und die schlug sieben.

Hockewanzel hastete zum Schloß, er wollte versuchen, doch noch bei dem Herzog vorzukommen. Da sah er, wie der Herzog am Fenster stand und herausschaute, jedoch zurückfuhr, als er ihn erblickte.

Hockewanzel befahl dem livrierten Diener im Eingang des Schlosses, ihn beim Herrn Herzog anzumelden. Der Diener bedauerte: der Herr Herzog sei ausgefahren. »So«, sagte Hockewanzel, »so, ausgefahren ist er! Richt Er eine schöne Empfehlung vom Pfarrer Hocke aus, und wenn der Herr Herzog das nächste Mal ausfährt, soll er nicht wieder seinen Kopf am Fenster vergessen!«

Ingrimmig stapfte er von dannen. Wie er die Faust in die Tasche schob, spürte er das Gesuch. Ja, wozu war das nun zu gebrauchen? Da fiel ihm ein, daß er etwas vom Fleischer mitbringen sollte, ging hinein, kaufte eine lange Polnische, wickelte sie in das Seiner Allerdurchlauchtigsten Gnaden gehorsamst ergebene Gesuch und sagte bei sich: »Wenn schon keine Erzdechanten-Infel, so doch eine Wurst!«

Und Hockewanzel schritt, mit seinem Herrgott versöhnt, das Breviergebet nachholend, langsam nach Hause.

Als er in der Dämmerung nach Kleinbocken kam, sah er eine Kutsche vor seiner Pfarrei und eine große Menschenmenge, und jetzt krachten gar Böller und erschollen die Glocken vom Turme, und die Leute, seiner ansichtig geworden, schwenkten die Hüte und schrien: »Vivat der Herr Erzdechant! Vivaaat!!«

»Die sind verrückt«, sagte Hockewanzel, »oder der Amtmann hat sie angeführt!«

Der Amtmann, dessen Kutsche es war, trat vor und begrüßte und beglückwünschte ihn als den neuen Erzdechanten von Politz.

»Herr Amtmann«, schnaubte Hockewanzel, »foppt lieber Bettelleute!« Aber da stand auch schon der Richter von Kleinbocken mit zwei Geschworenen vor ihm und redete von großer Freude und Abschiedsschmerz.

Das war ihm zu bunt! »Ihr könnt mich alle zusammen!« schrie Hockewanzel und rannte ins Haus.

Der Amtmann eilte ihm nach, der Richter folgte. »So schaut doch wenigstens Euer Gesuch an!« rief der Amtmann. »Da, schaut selber!« Und Hockewanzel reichte ihm das Schriftliche mit der Polnischen darin; das Papier war ordentlich fett.

Der Amtmann nahm die Wurst heraus, gab sie dem allzeit untertänigen Richter zum Halten, deutete auf das Ende der Seite 4 und ließ den Pater Hocke lesen. »Der Bewerber Hochwürden P. Wenzel Hocke, zu dieser Zeit Pfarrer von Kleinbocken, wird andurch in Übereinkunft mit einem Hohen Bischöflichen Konsistorio zu Leitmeritz zum Erzdechanten des Gnadenortes Politz ernannt. Karl August, Herzog von Zweibrücken.«

Nämlich, der Herzog hatte den Pater Hocke in der Laube schlafend angetroffen, ihm das Gesuch aus der Tasche gezogen und wie vorgehabt erledigt. Den Seinen gibt es der Herr im Schlafe.

Zu den Schäfchen des Politzer Seelenhirten Wenzel Hocke gehörten die Pfarrkinder des Nachbarortes Sandau, die gern eine eigene Pfarre gehabt hätten und schon deshalb dem Erzdechanten von Politz gegenüber aufsässig waren.

Einmal zum Fronleichnamsfeste hatten sie sich zu einer ungewöhnlichen Kundgebung verschworen: sie wollten nicht niederknieen, wenn der Erzdechant in der feierlichen Prozession mit der Monstranz unterm Himmel vorbeikam.

Wie der Erzdechant unter dem Geklingel der Ministrantenglöcklein und im Weihrauchgewölke dahinschritt, sanken die Frommen rechts und links schon im voraus ins Knie. Auf einmal erstarrte diese Bewegung. Hockewanzel schaute scharf hin: aha, seine Sandauer!

Er bleibt stehen und läßt den Sandauern etwas Zeit. Dem und jenem will sich die Starre in den Kniekehlen

lösen, aber sie bleiben doch stehen, Verschwörer unter Verschwörern, — und vor ihnen steht, in gelbseidenem, goldgesticktem Vespermantel und ebensolcher Infel, doch einer Gewitterdrohung gleich, Erzdechant Wenzel Hocke.

Plötzlich springt er unter dem Himmel hervor, hebt die Monstranz drohend über die Sandauer und donnert: »Wollt ihr niederknien oder —!!«

Die Sandauer wollten zwar immer noch nicht, aber sie mußten. Knieend empfingen sie den Segen ihres Erzdechanten mit dem hochwürdigsten Gut; der schritt, nachdem er also die Ordnung der Welt wiederhergestellt, unter seinem Himmel würdig weiter.

Erzdechant Hocke mußte wieder einmal vor dem bischöflichen Konsistorium in Leitmeritz erscheinen, um einen ernsten Verweis wegen eines ungebührlichen Schreibens entgegenzunehmen und den Beleidigten Abbitte zu leisten. Als er die Domgasse hinabschritt, begegnete er einem Bekannten, der zum Kreisamt wollte und erst nach dem Weg fragen mußte. Hockewanzel gab ihm die Auskunft, riet ihm aber, sich zuvor die allzu kräftigen schwarzen Bartstoppeln abnehmen zu lassen.

»Ihr habt recht, Herr Erzdechant«, sagte der Mann. »Und wo kann ich wohl balbiert werden?«

»In dem langen Gebäude dort. Wenn ihr die Stiege hinauf seid, ist es rechts die erste Tür; dort geht frisch hinein, dort bin ich gerade selber balbiert worden.«

Wenn auch dem also Beratenen das Gebäude zu prunkvoll vorkam, so schenkte er doch der Weisung seines Erzdechanten volles Vertrauen; auch wußte er, daß man sich in so einer Stadt über gar nichts wundern durfte, ging zuversichtlich über die vornehme Stiege hinauf und trat frisch durch die erste Tür rechts ein.

Da schoß ihm alles Blut zum Herzen: an einem langen Tisch saß der Bischof mit den Domherren.

»Entschuldigung«, stotterte er, »da bin ich wohl nicht recht!«

Der Bischof selber frug mit Freundlichkeit: »Was ist Sein Anliegen, lieber Mann?«

»Balbieren — Seine Hochwürden der Herr Erzdechant Hocke haben mich hergewiesen — er sei da gerade selber balbiert worden!«

Die hochwürdigen Herren schüttelten den Kopf und taten Blicke zum Himmel, die von der Stuckdecke abgefangen wurden.

»Es ist furchtbar mit ihm!« nickte der Bischof.

Der Besuch Seiner bischöflichen Gnaden stand bevor. Das wäre nicht so schlimm gewesen; aber was alles mit dem Bischof kam, das war schlimm: die zahlreichen Begleiter, und was sich aus der Diözese zusammenzog, um an der gehobenen Bewirtung teilzuhaben ... »Nachher sieht's aus, wie wenn der Schwede dagewest wär!« klagte der Herr Erzdechant.

Hockewanzel schnitt sein Birett voll Brotwürfel und begab sich auf den Hof. Dort ergingen sich ahnungslos seine Junghühner. Er betrachtete sie voll Zärtlichkeit und Wehmut. Dann lockte er sie an sein Birett heran: »Putt putt! Putt! putt!« und streute ihnen die Brotwürfel hin: »Freßt nur, freßt! Morgen kommt der hochwürdigste Herr Bischof, da holt euch alle der Teufel!«

Einmal erhielt Hockewanzel den Besuch des Pfarrers von Wernstadtl, der brachte seinen Kaplan mit. Dieser war klein und schmächtig, unansehnlich und schweigsam, aß fast gar nichts vom Fleische, zog jedoch am Ende der Mahlzeit die noch volle Salatschüssel an sich heran und ließ auf seine Weise der herrlichen Gottesnatur sein Lob zuteil werden.

»Nicht wahr, der kann's?« lachte nachher der Pfarrer von Wernstadtl. »Stell dir vor, so was alle Tage!«

»Du«, sagte Hockewanzel, »wenn ich so einen zu füttern hätt, tät ich mir's viel bequemer machen: da tät ich Essig und Öl aufs Salatbeet gießen und ihn hineinhüten.«

Immer wieder einmal fand auch Hockewanzel einen Meister oder deren mehrere.

Wenn der Dezem, der Zehent an Getreide, fällig war, mußte der Erzdechant von Politz nach altem, eisernem Brauche Bier und Butterbrot bereit halten, die Zehntenden ordentlich zu bewirten, also: solang es ihnen schmeckte.

An fünfzig Bierkrüge standen auf der mächtigen Tafel und harrten diesmal der aufsässigen Sandauer.

Als die Magd in den riesigen Kachelofen einschüren wollte, kam Hockewanzel gerade dazu und auf einen guten Gedanken. »Laß das!« gebot er. »Wenn sie frieren, gehen sie bald wieder.«

Die Sandauer kamen, der Herr Erzdechant begrüßte sie, als wäre man bester Freund, und schickte sie auf den Getreideboden, wo Seff ihnen den Dezem abnehmen würde. Was Hockewanzel wußte und gerade deshalb nicht sehen wollte, das mußte Seff mit eigenen Augen wahrnehmen: viel Spreu zwischen den Körnern, viel Steinchen und andere Beigaben des Ackers. Es empfahl sich dringend, den Sandauer Dezem gesondert aufzuschütten und ihn nochmals zu worfeln und zu sieben.

Aber trinken taten die Sandauer, als wenn sie der Erzdechantei Politz ihr schönstes und sauberstes Korn geopfert hätten.

Hockewanzel kam in das Zimmer, lächelnd, recht wie ein leutseliger Gastgeber: »Schmeckt's? — Ein bißchen kalt da?«

»Das macht nichts, Herr Erzdechant«, sagten die Sandauer, die mit fest zugeknöpften Röcken und hochgeschlagenen Kragen dahockten; »man muß nur recht fleißig trinken, das macht warm.«

Wenzel Hocke nickte wie beifällig und begab sich zur Magd. »Einheizen«, raunte er, »einheizen, was das Zeug hält!«

Er legte selber kräftig nach, so daß sich bald eine unerträgliche Hitze verbreitete. Die Sandauer aber zogen ihre Röcke aus und lachten: »Recht so! Hitze macht durstig!«

Von dem geschichtlichen Wenzel Hocke ist kündig, daß er

(einem noch erhalten gewesenen Verzeichnis zufolge) im Jahre 1804, von den täglich vorsprechenden Armen abgesehen, allein in der Politzer Wallfahrtswoche über achthundert geistliche und weltliche Wallfahrer als Gäste speiste. Vielen Gästen gewährte er auch Unterkunft. Kehrten sie gar zu zahlreich ein, so konnte er ihnen natürlich keine Federbetten bieten, sondern sie mußten auf barem Stroh schlafen, wie es seit je zur Wallfahrt gehört.

Vom Hockewanzel des Volksschwankes wird erzählt:

Einmal hatte er seine Erzdechantei voller Amtsbrüder, die wollten nach reichlicher Bewirtung auch über Nacht bleiben, weil schlechtes Wetter eingefallen war. Der Erzdechant trug ihnen Strohschütten im Saal an, und sie erklärten lachend sich damit einverstanden.

Am Morgen aber klagte dieser und jener, der sich durch die dichte Schütte Kornstroh hindurchgelegen hatte, und es erwies sich nicht nur, daß sie Besseres gewöhnt waren, sondern auch, daß sie Schlechteres ungern hinnahmen. »Er soll merken, wie wir geschlafen haben«, grinste der Kaplan von Leipa. Er ging mit seinem Hute fort, und als er nach einer guten Weile wiederkam, brachte er ihn voll Körner zurück. Die streute er bei sich und bei seinen Nachbarn unter die ausgedroschenen Ähren.

Es dauerte nicht lang, da erschien der Herr Erzdechant in der Tür, um freundlich einen guten Morgen zu wünschen und seine geistlichen Brüder zu fragen, wie sie geschlafen hätten.

»Leider nicht sehr gut«, wurde ihm von Dechanten und Pfarrern geantwortet. Der Kaplan von Leipa aber sagte: »Nichts gegen das Stroh, Herr Erzdechant; doch Ihr habt keine guten Drescher gehabt. Da seht her!« Und er hob das Stroh auf und zeigte dem Gastgeber die Körner.

»Hm«, machte der, »hm«. Und dann: »Solche Flegel sein aber auch noch nicht draufgekommen!« Und nach einem weiteren , schärferen Blick auf die Körner: »Aber Respekt, Respekt, es sein richtige Wunderflegel: aus Kornähren Weizenkörner!«

Einmal, als der Erzdechant Hocke von seinem Amtsbruder in Podkau heimfuhr, war es lauter Nacht und Nebel geworden, gegen die auch der wackere Kutscher Seff mit seiner jahrzehntealten Erfahrung nichts vermochte. Plötzlich schwankte die Kutsche und stürzte um. Das Beste, was für die Insassen geschehen konnte, war, daß sie beide in den weichen Dreck des Straßengrabens ausgeladen wurden. Die Knochen waren heil geblieben, und es galt also nur, die Kutsche wieder auf die Beine, soll heißen auf ihre Räder zu bringen. Seff jammerte in einem fort. »Heilige Muttergottes«, rief er, »hilf uns doch nur dies einzige Mal!«

»Dummer Kerl«, rief Hockewanzel dagegen, »greif selber zu! Die wird sich mit uns nicht auf der Straße herumsühlen!«

Der Herr Erzdechant Wenzel Hocke war huldvoll ins Schloß zur herzoglichen Tafel geladen.

Er trank den Wein wie Bier, und die Frau Herzogin, die es gut mit ihm meinte, fragte ihn, ob er wohl beim Mittagstisch lieber Bier trinke als Wein. »Man hört ja allgemein, daß die geistlichen Herren viel Bier trinken ...«

»Nun«, sagte Hockewanzel, »der eine mehr, der andere weniger, der eine weniger, der andere mehr. Wenn das Bier, das ich in meinem langen Leben schon getrunken hab, da zur Tür reingelaufen käm, da müßten die Frau Herzogin das Tappertel (den Rocksaum) aber schon sehr hoch aufheben!«

Hockewanzel erging sich auch auf der Kanzel höchst ungezwungen in der heimatlichen Mundart. Einmal beim Biere foppte ihn sein Freund der Amtmann: er könne schon längst keine Predigt mehr in reinem Hochdeutsch halten! Die Runde stimmte dem Amtmann mit Gelächter zu.

Hitzig, wie Hockewanzel sein konnte, trug er dem Amtmann und allen anderen Kumpanen eine Wette an. Sie wurde angenommen. Jeder setzte zwei Flaschen Wein, Hockewanzel aber setzte zwei Flaschen für jeden.

Am nächsten Sonntag stieg er selbstsicher die Stufen zur Kanzel empor, kniete hin, betete, richtete sich auf, tat einige strafende, ja verächtliche Blicke in die Gesichter seiner Kontrahenten und begann: »In jener Zeit, so stehet geschrieben, ging der Herr Jesus von Jerusalem nach Jericho, da saß ein Blinder on Wage und battelte.«

Da schrie er ein zorniges »Amen!« und verließ auf der Stelle die Kanzel.

Hockewanzel hatte es mit seinem Seff, dem durch Jahrzehnte getreuen Kutscher und Gefährten, von Herzen gut gemeint und ihm eine schöne rote Weste geschenkt. Die aber sollte Seffs Tod werden. Als er nämlich auf dem herzoglichen Meierhof mit ein paar Hofknechten auf einer Bank saß und sich lustig unterhielt, wurde das Vieh eingetrieben. Vorneweg ging der Stier. Wie der die rote Weste erblickte, stürzte er mit erhobenem Schwanz und gesenkten Hörnern auf sie los und drückte Seff dermaßen an die Mauer, daß er, als die Knechte den Stier wegrissen, leblos hinsank.

Hockewanzel trauerte ihm allzeit nach. Er ließ ihm einen schönen Leichenstein setzen und verfaßte selber die Grabschrift:

»Hier ruhet
der getreue Joseph.
Durch eines Ochsen Stoß
Kam er in Jesu Schoß
Am 20. Augustus.
Gelobt sei Jesus Christus!«

GESCHICHTEN VOM PATER HAHN

»Der Faust des Erzgebirges« wird er volltönend geheißen, und mit dem vielbeschrieenen Doctor Faustus des Volksbuches hat der Pater Hahn im Bergstädtchen Platten auf dem böhmischen Erzgebirge, der bis 1825 lebte, vor allen Dingen die Zauberlaterne gemeinsam. Er ließ mit Vorliebe Soldaten und Gendarmen erscheinen, und wenn es aus der Tasse oder aus der Ofenröhre dampfte, dann marschierten sie sogar. Weniger leicht zu erklären ist, wie er es regnen und die Leute naß werden, ja sie im Wasser waten ließ, während er selber trocken blieb. Um so leichter wiederum erklärt sich sein »Festmachen«, wenigstens im Wirtshause, wo Pater Hahn selber oft wie »festgemacht« saß: denn er war ein gar unterhaltsamer Gesellschafter, und so mancher Zuhörer und Zechgenosse, der nach Mitternacht heimkam, mag sich seiner abergläubischen Ehefrau gegenüber mit Hahns Zauberei entschuldigt haben.

Der Pater Hahn in Platten und der Erzbischof von Prag Wenzel Leopold Chlumczanzky Ritter von Przestawlk und Chlumczan waren zur gleichen Zeit Kapläne in Plan bei Marienbad gewesen. Sie hatten sich schlecht vertragen, und es war sogar zu Handgreiflichkeiten gekommen, bei denen der hochgewachsene Hahn obgewaltet hatte.

Nun erschien Erzbischof Chlumczansky zur kanonischen Visitation in Platten. Pater Hahn wollte sich nicht sehen lassen und schützte ein krankes Bein vor, mußte aber schließlich, von dem erzbischöflichen Sekretär und Zeremonienmeister geholt, mit eingewickeltem Bein und humpelnd vor dem Erzbischof erscheinen. Der kannte seinen Hahn, spielte lebhafte Anteilnahme und bestand darauf, daß der Pater seinen Beinschaden vorführe. Hahn mußte also auspacken, und als die letzte Hülle gefallen war, zeigte es sich, daß nichts dahinter war. Der Erzbischof lachte. alle lachten, auch Pater Hahn, zumal ihm der Erzbischof ein Pflaster für das gesunde Bein in Form von zweihundert Gulden überreichte.

Als er daheim die Scheine herauszog, sagte er: »Du Schlankel, hätt ich das gewußt, ich hätt dich in Plan noch besser durchgeprügelt!«

Als Erzbischof Chlumczansky zur Firmung wieder nach Platten kam, und zuvor von der Geistlichkeit groß beraten wurde, äußerte Pater Hahn höchst unehrerbietig: »Mir soll er auf den Buckel steigen.« Alle waren entsetzt, und es fand sich auch der eine, der dem Erzbischof hinterbrachte, was Empörendes Pater Hahn geäußert hatte. Der Erzbischof beschied Hahn vor sich und fragte ihn, ob er tatsächlich so unehrerbietig geredet habe. Pater Hahn blickte seinem ehemaligen Mitkaplan treu in die Augen und antwortete: »Erzbischöfliche Gnaden, gesagt habe ich es, aber ich hätte es nicht so weit kommen lassen.« Der Erzbischof lachte, und die Sache war ausgestanden.

Pater Hahn entdeckte manchen Diebstahl durch die Zauber, deren er kundig war. Er hatte aber auch wirksame Mittel, die keine Zaubermittel waren.

Einst wurde in einem Hause in Platten etwas gestohlen, da wandten sie sich an Pater Hahn um Hilfe. Er kam und versammelte in der einen Stube die Inwohner des Hauses, in der anderen aber stellte er einen Kochtopf auf. (Die Kochtöpfe waren dazumal allesamt rußig, weil sie mit einer Gabel auf das offene Feuer gestellt wurden.) Nun befahl der zauberkundige Pater: »Jetzund geht einer um den anderen in die Stube hinaus und legt die Finger an den Topf. Wer gestohlen hat, dem bleiben sie an dem Topf haften!«

Da gingen sie einer um den anderen hinaus und kamen wieder herein. Pater Hahn schaute jedem die Finger an. Sie waren jedesmal rußig, bis auf die Finger von einem.

Pater Hahn rief mit Donnerstimme: »Du bist der Dieb!« Und der Dieb gab es auf der Stelle zu.

Dem Pater Hahn beichtete ein Mädchen: »Ich bin stolz.« »Das macht nichts«, sagte Hahn; »wenn du nur Grund dazu hast.«

Pater Hahn war ein ausgezeichneter Prediger. Dennoch kam es vor, daß Müde während der Predigt schliefen, und daß Ungesittete schwätzten. Einmal hielt er in der Predigt inne und sagte: »Ihr Schwätzenden, daß ihr mir ja nicht die Schlafenden aufweckt!«

VON DER LIEBEN BOSHEIT

Das Kalb

Der Wenz kommt tief besorgt zu seinem Nachbar.

»Korl«, sagt er, »was soll ich denn machen: die Bläß, unsere beste Kuh, will nicht kalben. Seit acht Tagen wär das Kalb fällig, aber es kommt nicht und kommt nicht. Ob ich nicht doch um den Tierarzt fahren sollt —?«

Fragt der Korl: »Ist sie sonst gesund, frißt sie?«

»Ja, sie frißt und ist sonst gesund, nur halt, daß sie das Kalb nicht kriegen will. Jetzt bin ich schon das fünfte Mal im Stall über Nacht geblieben, gleich daneben auf dem Stroh, — daß ich ja nichts versäumen tu. Aber es rührt sich nichts und rührt sich nichts!«

»Wenz«, sagt der Nachbar, »geh ruhig heim und wart es ab; aber nicht im Stall! Ich denk, du machst die arme Kuh nur irr. Wenn die auf das Stroh hinschaut und sieht dich liegen, dann denkt sie vielleicht, sie hat das Kalb schon gekriegt.«

Flinke Antwort eines langsamen Maurers

Ein Advokat sah eine Weile einem Maurer zu. Der ließ sich nicht stören und hantierte weiter. Der Advokat ärgerte sich darüber, daß er derart übersehen wurde, und höhnte: »Ja, das habe ich schon immer gehört: das Teuerste ist der Maurerschweiß.«

Der Maurer tat einen Blick nach ihm, erkannte den Herrn, mit dem er auch schon einmal zu tun gehabt, und sagte: »Ja, Maurerschweiß ist kostbar. Mit dem wird die Advokatentinte angerührt.«

Gänzlich unerwartete Antwort

Die Hauptstraße einer südmährischen Stadt entlang schlarpt ein Ochsengespann, der Bauer daneben. Sie lassen die Kraftwagen, Motorräder und auch die Zugmaschinen vorbei und haben Zeit. Sie wirken wie ein Stück in einem Festzug zur Sechshundertjahrfeier. Wenn die Leute Weile haben, lächeln sie dem Gefährt nach.

Ein Schnittwarenhändler lehnt in seiner Ladentür und grinst dem Vetter aus dem hintersten Dorf entgegen: »Na wohin denn, ihr drei?«

»Am vierten vorbei«, und der Bauer geht noch ein bissel langsamer.

Der Steuerinspektor als Arzt

Vor hundert Jahren lebte in Neutitschein als eines seiner Originale der Kupferschmied Josef Schmeer, ein ausgezeichneter Geiger, Erfinder der Trommelspannung mittels einer einzigen Flügelschraube, und nicht zuletzt ein vorzüglicher Kupferschmied und Schalk.

Eines Tages begegnete er einer Nachbarin, die heftig weinte. Natürlich fragte er sie nach dem Grunde. »Ach, mein Junge hat einen Kreuzer verschluckt! Eben lauf ich zum Doktor!«

»Da gehen Sie aber besser zum Steuerinspektor Larek«, sagte Schmeer; »der versteht es, jeden Kreuzer herauszuziehen.«

Schwer gehoben

Der Vorsteher von Liebwerda, dem kleinen Badeort am Fuße des Isergebirges, war Obmann des Vereins zur Hebung des Fremdenverkehrs geworden. Nach einiger Zeit begegnete ihm der Pater Jomrich, der Dechant und Spaßvogel von Neustadt an der Tafelfichte, der auf seinem Dreirad, vor sich in einem Käfig seinen Lieblingshund Bussi, daherradelte. Der Dechant hielt an und sagte in tiefem Ernst: »Ich habe zu meiner Betrübnis vernommen, welches Unglück Sie hatten.« — »Unglück? Wieso?« fragte verwundert der Vorsteher. »Nun, Sie haben sich doch bei der

Hebung des Fremdenverkehrs einen Bruch zugezogen?« Und fuhr lachend davon.

Unverschuldet

Am Egerer Gymnasium unterrichtete in den letzten Jahrzehnten des vorigen Jahrhunderts Professor Ladek Geographie und Geschichte; streng, ja grimmig.

Einmal fragte er eines seiner Opfer: »Wann fand die Schlacht bei Philippi statt?«

Der Schüler sagte, was er wußte: nichts.

Professor Ladek schwieg ebenfalls, strich seinen grauen Bart und schwieg.

Endlich redete er, nicht ohne Milde: »Hier scheint ein Familienfehler vorzuliegen. Auf diese Frage ist mir schon Ihr seliger Onkel die Antwort schuldig geblieben.«

ERZDECHANT HOFFMANN

Eine sehr volkstümliche und beliebte Persönlichkeit Reichenbergs war Erzdechant Anton Hoffmann, gebürtiger Reichenberger, einer der besten Chronisten der Stadt, selber eine lebende Chronik.

Er war auch eine Verkörperung Alt-Reichenberger Gemütlichkeit. Einmal am Fronleichnamstage war das Wetter recht unsicher. Erzdechant Hoffmann traute weder dem Himmel, der voller Wolken hing, noch dem seidenen Himmel, unter dem er mit dem Allerheiligsten schritt; daher trug er an dem Zingulum seinen Regenschirm, und der war rot.

Am liebsten unterhielt er sich mit alten Leuten, die noch seine Eltern gekannt hatten. Ein Neunzigjähriger, den er mit den Sterbesakramenten versehen mußte, bereitete dem alten Gottesmanne eine große Freude, als er von dessen Vater, dem Fleischermeister Franz Hoffmann, redete, von dem er »die besten Laberworschte« seines langen Lebens gegessen hatte.

Einmal fragte ihn eines seiner Kirchkinder, ob es zutreffe, was man jetzt so höre: daß der Zölibat aufgehoben werden soll. Der Erzdechant lächelte: »Dös ös schun möglich, obr ich war' nemieh vill drvoune hon.«

EIN SCHALK DES ISERGEBIRGES

Zu Wiesenthal im Isergebirge lebte von 1842 bis 1915 Robert Zimmermann, »der Spekulant«, ein Bauer und Frächter. Er kam mit seinem Fuhrwerk nach Prag, Brünn, Wien und Graz, auch nach Krakau und nach Triest, und hatte nach jeder Reise mehr zu erzählen.

»Auf der Strecke zwischen Prag und Triest machte ich manchmal bei einem Kurschmied halt und ließ meine Pferde überholen. Dort lernte ich die verschiedensten Praktiken und Künste kennen und wandte sie nachher auch selber an.

Einmal hatte ich eine Katze, die stand sich nicht gut mit den Hausgeistern auf meinem Hofe. Da schmissen sie das Butterfaß um und brachen dabei der Katze ein Bein. Es heilte nicht und heilte nicht, ich mußte es abnehmen. Mit drei Beinen aber kann eine Katze nicht bestehen; also machte ich ihr einen Stelzfuß. Wer sie gesehen hat, der weiß: sie lief damit wie ein Wiesel, und wir gewöhnten uns daran. Nur in der Nacht störte sie uns manchmal, wenn sie sich mit einem Kater über die Dächer jagte.

Dazumal lebte in Reichenberg ein angesehener, aber auch eingebildeter Tierarzt, der hatte einen Pik auf mich, wegen meiner Kuren. Als er eine Wundersalbe mit seinem Namen gebrauchte, rieb auch ich eine Wundersalbe zusammen und benannte sie nach dem berühmten Robert Zimmermann. Da verklagte er mich beim Reichenberger Kreisgericht wegen Kurpfuscherei. Der Richter fragte zuerst den Tierarzt, was er unter einer Wundersalbe versteht, und was er damit bewirken kann. Sagte der Studierte: ‚Wenn einem Hund der Schwanz ab ist, und ich bestreiche die wunde Stelle, und dieselbe verheilt, so ist dies eine Salbe. Wenn jedoch der Schwanz nachwächst, dann ist dies eine Wundersalbe.‘ Der Mann machte mir Mut, und als der Richter auch mich fragte, sagte ich: ‚Bei mir, Herr Richter, ist es so: Ist einem Schwanz der Hund ab, dann bestreiche ich die wunde Stelle mit einer Wundersalbe, und der Hund wächst nach.‘ Da sah der Richter ein, daß der Tierarzt gar nichts zu klagen hatte, und sprach mich frei.

Einmal hatte ein Wiesenthaler auf der Jagd seinem Vorstehhund ein Vorderbein zerschossen und kam mit dem Tier zu mir. Es sah bös aus. Ich schiente das Bein, aber es ging nicht mehr zu heilen. »Tust halt, was noch möglich ist!« sagte sein Herr zu mir. Da nahm ich dem Jagdhund das zerschossene Stück Bein ab, machte auch die anderen drei Beine kürzer und heilte alle viere. Der Hund leistete noch jahrelang treue Dienste; als Dackel natürlich.

Ich selber geh nicht auf die Jagd. Hasenbraten eß ich ja gerne, aber ich mag nicht auf Schrote beißen; ich hab so meine eigenen Methoden. Ich nehm im scharfen Winter, wenn die Hasen bis in den Garten kommen, ein paar Krautstrünke, bohr sie an und tu Pfeffer hinein. Die Hasen in ihrem Hunger fressen drauflos, der Pfeffer treibt ihnen das Wasser in die Augen, der Frost macht es zu Eis, die Hasen sehen nichts und sind ganz leicht zu fangen.«

Nach einem schlechten Jahr, in dem viele Bauern einen Teil ihres Viehbestandes hatten abschlachten müssen, weil es an Grünfutter fehlte, hielt Zimmermann im Landwirtschaftlichen Kasino in der »Stadt Sagan« einen Vortrag über rationelle Viehwirtschaft, der in einem Berichte gipfelte, wie er seinen Viehstand zu erhalten vermocht: Er habe Hobelspäne leichterer Beschaffenheit mit Stroh vermischt seinen Ochsen und Kühen geboten, jedoch zuvor den Tieren grüne Brillen aufgesetzt.

Einmal säte Zimmermann aus, da hörte ein Nachbar im Vorbeigehen, wie der Spekulant gar merkwürdig vor sich hin murmelte. Der Nachbar trat näher, neugierig, und ob er vielleicht einen Zauber lernen könnte. Da vernahm er: »Wenn sö kumm, dou kumm sö ne; wenn sö ne kumm, kumm sö!« Auf die Frage, was dieser merkwürdige Saatspruch bedeute, sah der Spekulant den Nachbar zuerst eine Weile geheimnisvoll an, dann sagte er: »Die einen sind die Körner, die anderen die Tauben. Kommen die Tauben, kommen die Körner nicht, kommen die Tauben nicht, kommen sie, die Körner.« Und säte und murmelte weiter.

MÜNCHHAUSEN IN ZWITTAU

Der Bäckermeister am Mühlbrückel in Zwittau war ein leidenschaftlicher Jäger und von daher ein erlebnis- und erfindungsreicher Erzähler. Eine seiner homerischen Formeln war dabei: »Und dös glabn Sie net?!«

Einst erzählte er den Stammgästen im »Schützenhof«: »Da war ich vor drei Wochen mit dem Lehrer Mayer von Lotschnau in der Überdörfler Waldung. Wir wollten ein bissel nach den Böcken schauen und gingen auf die erste Wiese zu. Auf einmal steht mitten in der Wiese ein starker Bock. Ich reiß mein Gewehr runter, leg an und schieß. Der

Bock fällt, ich lauf hin und steck ihn in den Rucksack. Nun, wir gehen ein Stück weiter, da steht schon wieder ein schöner Bock vorm Wald. Ich schieß, lauf hin, steck ihn in den Rucksack, und wir gehen weiter. Aber auch nur ein Stück, da steht wieder ein Bock. Ich leg an —«

»Halt!« rief da der alte Hönig-Julius. »Schießen kannst ihn noch, aber wenn du den auch noch in den Rucksack steckst, schmier ich dir eine!«

Alle lachten, der Erzähler jedoch blieb völlig unbefangen, er schien nur etwas erstaunt: »Und dös glabn Sie net?!«

Einmal im späten Herbst saß er im Schönhengsterstübel des »Stadthofs« mit den Stammgästen beisammen, da trat ein neuer Gast herein und brachte eine Neuigkeit, die alle beteiligte: gegen Norden sei der Himmel stark gerötet, es müsse ein Schadenfeuer sein. Alles eilte hinaus unter die Lauben und schaute und riet: entweder war das Feuer entfernt, jedoch sehr groß, oder aber nicht so groß und nahe. Den lebhaften Meinungsaustausch förderte noch unser Münchhausen mit der Feststellung: »Man schmeckt schon den Rauch! — Ja, wirklich, man schmeckt schon den Rauch!«

Während die anderen rieten und stritten, ging einer schlicht hin, die Polizei fragen. Da sagten sie ihm, daß es ein Nordlicht war.

Eine Zeitlang wurde der Bäckermeister vom Mühlbrückel geärgert, indem man diskret, gerade noch merkbar in die Luft schnupperte; aber er ließ sich nichts ankennen.

Einmal erzählte er: »Da hab ich neulich Holz gekriegt, so vier Meter, die hab ich gleich gespaltet und im Hof aufgestößt. Wie ich am andern Morgen in der Früh hinauskomm, ist der Stoß umgefallen. Ich hab die Scheiter wieder aufgestößt, aber am Morgen war der Stoß wieder eingefallen. Jetzt hab ich alles weggeräumt und bin draufgekommen, warum das Holz umgefallen ist: da haben doch die Lausbuben von Lehrlingen ungebackene Semmeln druntergesteckt, und die sind aufgegangen und haben den Stoß umgeschmissen! — Und dös glabn Sie net?!«

Ein anderer Münchhausen zu Zwittau war der Reiter-Schneider, Schneidermeister Hans Reiter, angesehen als vorzüglicher Herrenschneider. Dieses Ansehen genügte ihm jedoch nicht; daher erzählte er beim Bier ganz große Dinge aus seinen jungen Jahren, als er unter Radetzkys Fahnen focht und von Sieg zu Sieg eilte. Nach seinen Darstellungen muß der Anteil des Korporals Reiter an dem siegreichen Feldzuge ganz bedeutend gewesen sein. Einmal vor einer entscheidenden Schlacht fragte Feldmarschall Radetzky: »Ist der Korporal Reiter da?« Es wurde geantwortet: »Ja.« Da zog Radetzky den Degen, wies gegen den Feind und rief: »Dann kann die Schlacht beginnen!«

Das ist bei den Zwittauern noch heute ein geflügeltes Wort: »Dann kann die Schlacht beginnen!« ...

Auch hier fühlte sich mancher herausgefordert und antwortete schließlich mit einem handfesten Schelmenstück.

Einmal saß der Radetzkyveteran mit guten Freunden im »Scharfen Eck«, da kam ein Bekannter herein und wandte sich wie mit einer Neuigkeit an den Reiter-Schneider: ein Herr aus Böhmen sei hier, der brauche dringend einen neuen Anzug.

Der Schneidermeister erklärte sich sofort bereit.

Ob er für diese Vermittlung nicht was springen lasse?

Reiter zahlte gern eine Flasche Wein.

Als die getrunken war, wollte der Meister zu der Kundschaft geführt werden. Man brach auf, die Freunde schlossen sich in richtiger Ahnung der Dinge an.

Der Vermittler führte sie zu der Brücke beim Mohelsky. Dort stand der Heilige Johannes von Nepomuk, mit letzten Spuren weißer und schwarzer Farbe auf dem Sandstein.

Ob das nicht auch ein Herr sei? fragte der Vermittler.

Der Reiter-Schneider mußte es zugeben.

Doch auch aus Böhmen?

Das könnte man nicht gut anders behaupten.

»Und, Herr Reiter«, sagte der Kerl, »daß er dringend einen neuen Anzug braucht, das sehen Sie doch auch!«

Aber nun setzte er sich schleunigst ab, verfolgt von gräßlichen Flüchen und Drohungen.

DER HERR DOKTOR

Die Großmutter und der Doktor

Die Großmutter war krank. Da sagte sie zu ihrer Enkelin: »Maidel, geh heut in die Stadt hinein und hol mir den Notar, ich möcht das Testament machen!«

Das Maidel schickte sich an, in die Stadt zu gehen, da fragte der Vater: »Wo sollst denn hin?«

»Nach dem Notar soll ich«, sagte das Maidel.

»Dummheit!« sagte der Vater. »Du holst ihr den Dokter, daß sie gesund wird. Nachher braucht sie keinen Notar.«

Das Maidel holte den Doktor und zeigte ihm die Tür zum Auszugstübel.

Nach einer Weile kam der Doktor heraus, gab der Enkelin ein Rezept und trug ihr auch sonst noch einiges auf, und das Maidel ging zu der Großmutter hinein.

»Jetzt, Maidel«, fragte die, »wer ist denn das gewesen?«

»Das war der Herr Dokter, Großmutter.«

»Das hab ich mir schier denkt«, sagte die Großmutter; »für einen Notar hätt er sich doch ein wen'g z'viel raus-g'nommen.«

Der sprachkundige Landarzt

Auf eine Einschicht im Südmährischen wird der Doktor geholt; der alte Bauer hat geschwollene Füße und klagt über Schmerzen. Der Doktor kommt: »No, Vota, wia geht's denn?« Er untersucht ihn und fragt: »Tun Ihnen die Füße weh?«

»Naa«, sagt der Alte, »die Füße toan ma nit weh.«

Seltsam, denkt der Doktor und fragt: »Tun Ihnen die Beine weh?«

»Naa, Herr Doukta, die Beine toan ma nit weh.«

Seltsam, seltsam, denkt der Doktor. Aber da kommt ihm eine Erleuchtung, und er fragt: »Vota, toan Enk d' Haxen weh?«

»U mei, u mei, Herr Doukta«, jammert der Alte, »gounz damisch toan s' ma weh, dia Haxen!«

Das Knobelthema

In Untertannowitz in Südmähren liegen zu gleicher Zeit zwei alte Weinbauern auf dem vorletzten Leilach und haben nach dem Notar und dem Pfarrer nur mehr mit dem Doktor zu tun. Der, selber ein alter Herr, geht zu dem einen und zu dem anderen und schaut noch ein bissel nach. Da sagt einer der alten Ächzer: »No, Herr Doktor, wer wird denn eher gehen, ich oder der ander?« Antwortet der Doktor mit leichtem Achselzucken, in aller Ruhe: »Schnapst es euch halt aus!«

Der Maßstab des Doktors Kunz

In Odrau waltete, viele Jahre als einziger Arzt der kleinen Stadt und der Umgebung, Doktor Raimund Kunz, fröhlich, witzig und menschenfreundlich. Als es noch keine Krankenkassen gab, behandelte er arme Familien Jahrzehnte hindurch kostenlos. Aber immer einmal mußte auch Doktor Kunz eine Rechnung stellen.

Einmal war einem Bauer die Rechnung zu hoch. »Meine Nachbarin war gerade so krank wie ich und hat viel weniger gezahlt!« schimpfte er.

»Die ist auch viel ärmer«, sagte Doktor Kunz; »da hab ich ein Auge zugedrückt.«

»Wie haben Sie denn das festgestellt? Waren Sie vielleicht auf dem Grundbuchamt?«

»Nein, da hätt ich was zu tun! Ich halt es viel einfacher. Wenn ich so durch ein Dorf geh, schau ich mir die Misthaufen an. Nach der Größe des Misthaufens richtet sich die Rechnung.«

Das leuchtete dem Bauer ein, und er bezahlte.

DIE ABSCHIEDSSYMPHONIE

In Marienbad

Die »Abschiedssymphonie« ist eine scherzhafte Tonschöpfung Haydns: erst spielt das gesamte Orchester; dann hört in bestimmten Abständen ein Musiker nach dem anderen zu spielen auf, legt schweigend sein Instrument hin und verläßt mit ernstem Gesicht die Bühne, bis nur noch der Dirigent übrigbleibt und schließlich ebenfalls geht.

Einmal wurde die Abschiedssymphonie in Marienbad aufgeführt. Dem größeren Teil der vielen Zuhörer war der musikalische Scherz bekannt, ein Teil aber wußte das allmähliche Verschwinden der Musiker nicht recht zu deuten. Da sagte in das fragende Schweigen ein Einheimischer: »Ja, unser Kreuzbrunn —!«

DAS GEBROCHENE BEIN

Es war in Warnsdorf, an einem Sonntagabend. In einem Gasthof saßen etliche Herren und Damen der Gesellschaft beisammen und vermißten nichts und niemand außer dem Doktor Feist, dem leitenden Arzt des Krankenhauses. Der hatte heute Dienst, da war nichts zu wollen. Als man ihn anrief, gab er seinem herzlichen Bedauern Ausdruck: heute könne er das Krankenhaus nur dienstlich verlassen.

In vorgerückter Stunde und Stimmung geschah es — man weiß nicht, ob zufällig, ob mit einiger Nachhilfe —, daß ein Sesselbein brach. »Ein Beinbruch!« rief einer; »das wäre doch ein Anlaß, den Doktor Feist zu zitieren!« Und unter dem Hallo der Tischrunde schwankte er an den Fernsprecher. »Herr Primarius, ein Beinbruch .... Kommen Sie bitte nur gleich!«

Es dauerte nicht lange, so hörte man draußen den Wagen vorfahren. Der Wirt ging hinaus. »Ah, der Herr Primarius! Guten Abend, Schwester! .... Ein Beinbruch?! Bei mir hat niemand ein Bein gebrochen! — — Halt, Herr Primarius! Ein alter Sessel ....«

Doktor Feist wußte genug. »Ganz wie sonst, Schwester!« sagte er. Sie nahm auch die Behältnisse mit Gips und Bandagen aus dem Wagen, und die beiden gingen hinein.

Der Herr Primarius grüßte freundlich, doch gemessen, indem er sich gegen die Damen und Herren leicht verneigte und merken ließ, daß er sich ganz im Dienste fühlte.

»Wo ist der Patient?«

Man zeigte ihm den Stuhl.

Doktor Feist verzog keine Miene. »Ist er in einer Krankenkasse?«

»Nein.«

»Wer übernimmt die Kosten der Behandlung?«

Man war unter Kavalieren, es half nichts: der Anrufer erklärte sich »selbstverständlich bereit«.

Doktor Feist untersuchte umständlich den Bruch, während die Schwester auspackte, und dann wurde mit aller Sorg-

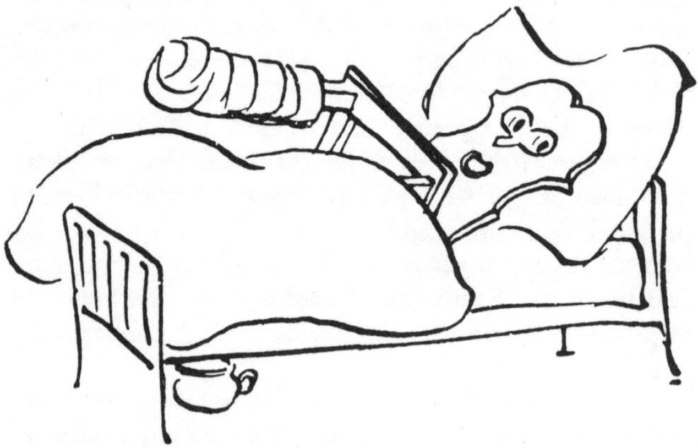

falt eingerichtet, bandagiert und eingegipst. Die anderen grinsten dazu, man lachte auch — an entfernteren Tischen, aber mehr in den Bauch hinein als heraus. Und Doktor Feist verarztete unbeirrbar den alten Sessel.

»Herr Wirt, Sie tragen ja dafür Sorge, daß der Patient unbedingt ruht!« Ein freundliches Sichverneigen; zu Besorgnis bestehe kein Anlaß, also dürfe er einen noch recht angenehmen Abend wünschen.

Als der Arzt fort war, wurde ja etwas freier gelacht; lauter aber ein paar Wochen später, als Dokter Feist selber in der Runde saß und den Abschnitt der Geldanweisung zeigte. Es war kein unmenschlicher Betrag, aber immerhin der normale.

DOKTOR STRANSKY

Der leitende Arzt des Reichenberger Krankenhauses Dr. Franz Stransky, 1870 in Königsaal bei Prag geboren, in Marschendorf im Riesengebirge, Braunau und Reichenberg aufgewachsen, war wohl das ausgeprägteste und auch volkstümlichste Reichenberger Original unserer Tage. Er war ein hervorragender Arzt, vielseitig gebildet und bewandert, und seiner Heimat über alles zugetan. Jahrelang war er Vorsitzender des Vereines für Heimatkunde des Jeschken-Iser-Gaues.

Trotz allen Erfolgen in seinem Berufe dachte Doktor Stransky bescheiden. »Meine Herren«, sagte der Primarius zu seinen Assistenten und Praktikanten, »es gibt zweierlei Krankheiten: heilbare und unheilbare. Die ersten gehen von selber weg, die zweiten — an denen geht der Mensch zugrunde.«

Im Versorgungshause hatte er ein uraltes Weiblein zu verarzten.

»Na, wo fehlt's denn, Mutterle?«

»Ach, Herr Doktor, ich hör schon fast nichts mehr, gar nichts, kann ich Ihnen sagen!«

»Wie alt sind wir denn?« schrie Doktor Stransky.

»Fünfundachtzig, Herr Doktor!«

Er klopfte ihr auf die Schulter und dröhnte begütigend: »Dou hon Se genung gehiert!«

Eines Tages kam Doktor Stransky verspätet in die Sitzung des Vereines für Heimatkunde. Er entschuldigte sich schnaufend: »Der Fasching ist für mich die arbeitsreichste Zeit. Eben komme ich von einem, dem hab ich bei der Verdauung einer Preßwurst helfen müssen!«

Einmal brachte der Wagen der Rettungsgesellschaft eine Frau in das Krankenhaus, die sich nicht rühren konnte. Sie wurde auf einer Bahre in ein Zimmer getragen, in dem gerade Primarius Stransky war.

Der fragte den Mann der Rettungsgesellschaft: »Was ist denn los?«

»Ich hab schon viel gesehen, Herr Primarius«, sagte der Mann, »aber so was von Hexenschuß wie bei dieser Frau noch nicht!«

Als sie die Patientin auf das Bett legten, hatte diese Bewegung zur Folge, daß eine starke Blähung abging.

Während der Frau der Schweiß ausbrach vor Scham, sagte Doktor Stransky mit aller ärztlichen Ruhe und Sachlichkeit: »Na, so schlimm ist das nicht. Der Schuß ist ja nun heraus, und mit der Hexe werden wir schon fertig.«

Doktor Stransky hatte in Oberhanichen einen reizenden Sommersitz, den er sehr liebte. Hier gärtnerte er, hier baute er Erdäpfel an, hier genoß er den Sommerabend mit den tausend Lichtern von Reichenberg unten, und hier die köstliche Frühe des Sommertags.

Als er da eines Morgens vor das Haus trat, fiel sein Blick auf das gänzlich unpoetische Ergebnis einer nächtlichen Verrichtung, zu der ein später Jeschkenwanderer dieses Grundstück neben dem Wege aufgesucht hatte. Ohne Überlegung und ohne Beleuchtung war dabei von ihm ein Briefumschlag mit seiner Anschrift benützt worden.

Doktor Stransky holte eine Schachtel und ein Gartenschäufelchen, brachte nachher mit Packpapier und Schnur die Sendung in die rechte Form und setzte die Anschrift darauf.

Der Empfänger war maßlos erstaunt, über den Inhalt und über das Begleitschreiben: »Sehr geehrter Herr! Sie haben etwas in meinem Garten liegenlassen, was ich Ihnen als ehrlicher Finder hiemit zurückstellen möchte. Hochachtungsvoll Dr. Stransky.«

Die jungen Assistenzärzte hatten oft zu staunen, wenn ihr Chef seine naturwissenschaftlichen Kenntnisse zum besten gab. Er zeigte sich stets auf der Höhe der Forschung. Da kam einer von ihnen dahinter, daß dieses Wissen aus dem »Kosmos« stammte. Nun lasen sie die Zeitschrift schleunig selber, und als Doktor Stransky wieder einmal mit den neuesten Forschungsergebnissen funkeln wollte, schalteten sie sich ein und sagten ihm genau das, was er ihnen hatte sagen wollen. Einen Augenblick stutzte er, ließ sich aber sonst nichts anmerken und knurrte freundlich: »Na also, so blöde, wie ich gedacht, seid ihr ja doch ne!«

Einmal stand ein kleiner Herr im Behandlungszimmer. Doktor Stransky schaute ihn scharf an. »Na und —?«

Der Besucher nannte seinen Namen.

Doktor Stransky dröhnte: »Ach, Sie sind das! Sie waren doch schon ein paarmal bei mir! Himmel, Arsch und Zwirn, ich hab Ihnen doch schon gesagt, daß Ihnen nichts fehlt, Sie Hypochonder!«

»Ich danke schön, Herr Doktor«, lächelte der Mann und wandte sich zum Gehen; »ich wollte nur einmal Ihre berühmte Grobheit vernehmen.«

BELEHRTE SCHULINSPEKTOREN

Ein Schulinspektor war dafür bekannt, daß er sich gerne einen antrank, aber auch dafür, daß er ähnliches bei seinen Lehrern mit Nachdruck rügte. Wer mit dem Herrn Lehrer ein Hühnchen zu rupfen hatte, zählte ihm am Wirtshaustisch die Striche am Untersätzel nach und meldete sie dem Herrn Bezirksschulinspektor. Solcher Anzeigen waren etliche gegen einen alten Lehrer eingegangen; da suchte ihn der Inspektor heim, um ihm nach Möglichkeit am Zeuge zu flicken. Aber bei allem unguten Willen mußte er anerkennen, daß die Unterrichtsergebnisse kaum etwas zu wünschen übrigließen. Da sagte er: »Nun ja, mit Ihrem Dienst bin ich zufrieden; aber Ihr öffentlicher Wandel ist anscheinend nicht ohne Anstoß: Sie trinken gern über den Durst.«

»Ach, Herr Inspektor«, sagte der Lehrer und schaute dem Vorgesetzten treuherzig in die Augen, »was die Leute nicht alles reden! Wie oft habe ich das Gleiche von Ihnen sagen hören, aber ich habe es nie geglaubt!«

In einem Erzgebirgsdorf kam der Bezirksschulinspektor gerade in den Erdkundeunterricht und fing gleich an zu prüfen. Er stellte immer genauere und verzwicktere Fragen, bis die Kinder keine Antwort mehr hatten; es war schier zum Weinen.

Ein paar Tage später war der Inspektor in ein anderes Dorf unterwegs, kannte sich aber vor dichtem Nebel nicht aus. Da gewahrte er in der Nähe ein paar Hütbuben und rief: »Kommt mal einer her!«

Die Buben erkannten den Inspektor; erst wollten sie sich alle in den Nebel verziehen, aber dann ging der Mutigste doch hin.

»Sag einmal, Junge«, fragte der Inspektor, »wohin führt dieser Weg?«

Da sagte der Kleine: »Neulich, Herr Inspektor, haben Sie jeden Dreck aus China und Amerika gewußt, und heut wollen Sie nicht wissen, wo der Weg hingeht? Naa, ich laß mich fei' net foppen von Ihnen!« Und er ließ den Inspektor im Nebel stehen.

GESPENSTERGESCHICHTE

Es war eine Magd, die hatte Kraft wie zwei Männer und Mut wie drei. Wenn sie einen halben Sack Mehl zu holen hatte, plagte sie sich nicht erst mit dem Karren auf dem schlechten Weg und ließ sich auch von keinem Buckelkorb drücken, sondern schwang den Sack auf die Achsel und trug ihn so ins Dorf.

Eines Tages hatte ihr Bauer in der Mühle ausrichten lassen, die Magd werde auf einem Heimweg abends einen halben Sack Gerstenmehl mitnehmen. Der Mühlgeselle bereitete noch das Mehl vor, dann durfte er Feierabend machen. Da zog er das Leintuch aus seinem Bett, legte es gut zusammen, steckte es unter den Rock und ging auf einem Umweg in den Wald, durch den die Magd zum Dorfe mußte. Er zog das Leintuch über Kopf und Körper, stellte sich hinter den dicksten Baum und wartete.

Es dunkelte schon, da kam die Magd mit festen Schritten dahergestapft. Als sie ganz nahe war, trat ihr langsam die weiße Gestalt entgegen und breitete ebenso gespenstermäßig die Arme.

Die Magd blieb stehen und sagte: »Alle guten Geister loben Gott den Herrn! Bist du ein Geist, so spürst du nichts, bist du keiner, so sollst du's spüren!« Und damit schwenkte sie den halben Sack Mehl dem Geisterer an den Kopf, daß er der Länge nach hinfiel. Dann stellte sie den Sack für eine kleine Weile ab und besorgte das Übrige. Und da der Mühlgeselle kein Geist war, spürte er es noch viele Tage hernach.

HÖFLICHKEIT

Vollendete Höflichkeit eines Holzhauers

Der Herr Graf Desfours-Walmerode fand sich wieder einmal in Josefstal ein und kam auf dem Weg ins Isergebirge hinauf zu einer Gruppe von Holzhauern, die gerade dabei waren, einen großen Stock mit Keilen auseinanderzureißen. Für den Fall eines solchen Besuches hatte der Herr Förster, der die Seinen kannte, den Leuten eingeschärft, dem Herrn

Grafen ja höflich zu begegnen. Der Graf sah nun gespannt zu, wie zunächst ein Keil den anderen trieb, wie dann der eiserne stehen blieb, ja unter verdächtigem Klange langsam wieder herauskroch. Da sagte der eine der Männer: »Herr Graf, ötz word's obr Zeit, doß Herr Graf a bissel wegtraten, — doß ne am Ende dr Keil Herrn Grafen ai de Gusche fleucht!«

Der bessere Name

In Gablonz hatte der Rechtsanwalt Dr. Ochs seinen Namen in Osthof ändern lassen, weil er nicht heißen wollte, was er keinesfalls war. Doktor Fuchs, das hätte er gelten

lassen, aber Doktor Ochs, das war ihm auf die Dauer nicht zuzumuten. Also stand eines Tages im »Gablonzer Tagblatt« und in der »Reichenberger Zeitung« zu lesen, Advokat und Verteidiger in Strafsachen Dr. Ochs habe mit

Erlaubnis der hohen Behörde seinen Namen in Osthof geändert, und der neue Name ging rasch unter den Leuten rund.

Auch der Hübnerbauer in Reinowitz hatte es gelesen und zur Kenntnis genommen.

Eines Tages ackerte er mit seinem überschweren und langsamen Gespann, als das eine der Tiere einfach stehen blieb und weder durch Zurufe, noch durch das Schwippen der Peitsche in Gang zu bringen war. Da schritt der Hübnerbauer zu dem Ochsen vor, hielt ihm das dicke Ende der Peitsche vor die Nüstern und fragte: »Na wie hamm mr 'sch denn, Herr Osthof: woll' mer oder woll' mr ne?!«

SÜNDE EINES LAUSEJUNGEN

In seiner Kindheit in Pommerndorf im Riesengebirge erlebte Alfred Fischer viel von dem, was er später, als Oberlehrer in Spindelmühle, in seinem köstlichen Mundartbüchlein »Heidekraut« niederlegen sollte.

Da erzählt er, wie sie als Jungen am Palmsonntag mit einem mächtigen Bund Palmzweigen in die Stadt hinunter zur Palmweihe gingen und auf dem Heimweg die geweihten Ruten um ein paar Kreuzer an Leute verhausierten, die entweder anders keine Gelegenheit hatten, sich dieses Segens für ihr Haus zu versichern, oder gern auf die Jungen warteten. Aus diesem ehrlichen Handel sollte eines Palmsonntags ein unehrlicher werden. Das Geschäft war besonders gut gegangen, die Palmen waren weg, es wären noch etliche anzubringen gewesen, und der kleine Alfred hätte gern noch ein paar Kreuzer verdient. Da schnitt er sich bei den Salweiden einen Armvoll Palmen zusammen, man sah ihnen nicht weiter an, daß sie ungeweiht waren, und ging damit von Haus zu Haus. Er wurde sie alle los und konnte mit der Einnahme recht zufrieden sein. Die letzten verkaufte er einem weitläufigen Verwandten, dem Böhnisch-Schneider in den Seidlhäusern.

Dieser Schneidermeister Böhnisch stand vorm Auswandern und zog bald darauf nach Amerika. Doch sollte sich sein Los nicht verbessern, und nach mancherlei Mißgeschick und Unglücksschlägen kehrte er achtzehn Jahre später in die Heimat zurück. Da traf ihn der inzwischen zu der würdigen Existenz eines Jugendbildners herangediehene Fischer-Alfred und kam mit ihm ins Erzählen aus jenen längst vergangenen Zeiten. Natürlich fiel ihm dabei auch die Geschichte mit den ungeweihten Palmen ein. »Erinnert Ihr Euch noch, wie Ihr mir damals Palmen abgekauft habt? Denkt Euch, wie schlecht man schon als kleiner Kerl sein kann: die Palmen sind gar nicht geweiht gewesen!«

Der Alte wiegte sein weißes Haupt hin und her, nickte damit und sagte schließlich: »Ja ja; do is nochet kei Wunda, doß mer 'sch is a su schlacht gonga. Die Polma hottn ma salt mit nüwa off Amerika genuma.«

DER SEGEN AUS DEM LANDAUER

Der anständigste Mensch kann unversehens einmal in die Lage kommen, etwas Unrechtes zu tun, besonders auch, wenn er durch eine Mischung von Gutherzigkeit und Eulenspiegelei anfällig ist. Dies war beim Toune-Veda der Fall, nämlich dem Vetter Anton Pedeschly, Bauer und Waidmann aus Schömitz bei Brünn. Er war vieler lustiger Geschichten kundig, deren manche er für Erlebnisse ausgab, und deren manche von ihm erlebt waren. Zu letzteren gehörte die Geschichte, wie er einmal der Bischof war.

Eines Tages hatte er sich in Brünn einen Landauer gekauft, einen geschlossenen Wagen mit Polstersitzen und geschliffenen Scheiben. Sein Kutscher fuhr, er selber saß weich im Wagen und freute sich über die vorzügliche Federung. Darüber schlief er ein und schlief bis Mödlau. Als die Mödlauer den schönen funkelnagelneuen Landauer sahen, dachten sie sogleich daran, daß am anderen Tag die Firmung in Lodenitz war; also konnte nur der Bischof von Brünn darin sitzen, auf dem Weg nach Lodenitz. Und sie ließen sich zu beiden Seiten der Straße auf das Knie nieder, wie es sich beim Empfang des oberhirtlichen Segens geziemt. Der Toune-Veda sah es, und, »ich wollte ihnen die Freude nicht verderben«, erzählte er später. Also gab er nach links und rechts fleißig den Segen, und die Mödlauer knieten und bekreuzigten sich.

Als sie dahinterkamen, wer in dem Landauer saß, war es schon zu spät, und als sie es nachher noch von anderen Leuten hören mußten, gelobten sie: »Der soll sich noch einmal durch Mödlau wagen! Dann segnen wir ihn!«

Doch der Toune-Veda blieb der Mark von Mödlau eine gute Zeitlang fern.

STREICHE

Der Ölfund von Matzlbach

Zu den Heiterkeiten des Jahreslaufes im Sudetenland gehörten allenthalben die Aprilscherze, die von den Zeitungen mit viel Geschick und von langer Hand vorbereitet wurden.

Als sich auf Wässerlein und Tümpeln um Matzlbach bei Eger Spiegel in den Pfauenfederfarben zeigten, meldete die »Egerer Zeitung« zum 1. April, bei Matzlbach seien starke Petroleumquellen zutage getreten. Die Neugierigen eilten hin, und noch zahlreicher solche Leute, die unter dem Mangel an Lampenöl litten. Mit Flaschen, Kannen, Fässern kamen sie angerückt, und mit Gelächter kehrten sie heim. Der trügende Farbenglanz stammte zwar von Öl, doch nicht aus dem Schoße der Erde, sondern von dem unfernen Egerer Bahnhof.

Das verkehrte Odelfaß

Ein Bauer war gerade dabei, alles zum Odelführen vorzurichten, band das lange Faß mit einer noch längeren Kette an das Wagengestell und klopfte den Spund fest. Das ersahen durchs offene Tor ein paar Burschen, die eben hutzen gingen, und wurden sich schnell über einen Schabernack einig. Auf dem Heimweg, als es schon Nacht war, schlichen sie auf den Hof, lösten mit vieler Geduld und Sachtheit, wie sie solchen Kerlen nur in solchen Fällen zu Gebote steht, die Kette, drehten das Faß so um, daß der Spund nach vorn kam, und machten es wieder fest.

Am Morgen zeitig nahm der Bauer den Odelschöpfer, füllte das Faß, spannte die Ochsen ein und fuhr auf die Wiese.

Als er den Spund herausschlagen wollte, war keiner da. Erst dachte der Bauer, es wär ein boshafter Zauber, dann ging er an das andere Ende und sah den Spund. »Zum Teufel!« rief er, »da hab ich doch verkehrt eingespannt!«

DIE STREICHKAPELLE

In einem westböhmischen Dorfe, das im Schnittpunkt der Ausstrahlung mehrerer Musikschulen lag, lebte ein angesehener Kapellmeister, nach dem die Musikkapelle sogar ihren Namen trug, während die Kapellen für gewöhnlich nach der Ortschaft benannt waren, aus der die Mehrzahl der Musikanten stammte. Dieser Kapellmeister stellte in strenger Auslese seine Musikanten aus einer ganzen Anzahl von Ortschaften zusammen, fast ohne Ansehung der Entfernungen, und seine bestangesehene Streich- und Blaskapelle wurde denn auch bei allen großen Veranstaltungen aufgeboten, besonders zu Garten- und Waldfesten und zu den Vereinsbällen, und die weiten Wege wurden gut bezahlt. — Bei den meisten dieser alten Musikanten gehörte es zur Kunst, nicht nur ein Instrument zu beherrschen, sondern mehrere, wenigstens die wichtigsten, und dazu wiederum gehörte der Besitz der mehreren Instrumente; wo man sie nicht selber besaß, half man sich unter den Musikanten auch verschiedener Kapellen bereitwillig aus.

Aller guten Kameradschaft dieser Bauernmusikanten zum Trotz fand sich eines Tages ein verärgerter Konkurrent — oder war's vielleicht doch nur ein Spaßvogel? —, der unter täuschender Nachahmung der Handschrift des Herrn Musikunternehmers und Kapellmeisters von sich aus eine Reihe von Musikanten auf ein entlegenes Dorf berief, wo sie am Sonntagnachmittag zum Tanze aufspielen sollten. Der Anlaß dieser Unterhaltung war unklar, die Aufforderung des Kapellmeisters schien jedoch genügend klar.

Schon am Vormittag kamen die beiden ersten Musikanten, die den weitesten Weg hatten, wie das immer so ist. Sie hatten sich auch deshalb früher auf den Weg gemacht, weil sie beide mit der Baßgeige bestellt waren und nicht leicht zu tragen hatten. Ein jeder von ihnen wunderte sich darüber, daß auch der andere mit der Baßgeige kam. Indes machten sie sich noch keine besonderen Gedanken, sondern saßen am Tisch und legten Grund.

Da traf der Dritte ein und ebenfalls mit der Baßgeige.

Von da an wurde kein anderes Instrument mehr erwartet. Und so kamen denn auch die übrigen Musikanten mit Baßgeigen über Land, in der warmen Sonne dieses schönen Herbstsonntages nicht wenig schwitzend, die späteren bereits unter der heitersten Aufmerksamkeit der Ortsbevölkerung, worüber jeder der einzeln Daherkommenden recht erstaunt war, bis sich im Gasthaus einem einzigen Blick die Aufklärung bot.

Nun erwartete man auch den Kapellmeister nicht mehr, denn man wußte, daß er diese Ladung nicht hinausgeschickt haben konnte. Indes, auf dem Hof des Gasthauses, an den offenen Fenstern drängte sich die Jugend, ja die Bevölkerung des Dorfes und zeigte sich angesichts der neun stattlichen Instrumente und ihrer teils verärgerten, teils belustigten Inhaber ungewöhnlich gut aufgelegt. Schon kamen Leute um der Musikanten willen in das Wirtshaus, schon gingen die ersten jungen Paare voraus auf den Tanzboden, und als wäre es ganz selbstverständlich, faßten die neun Baßgeiger ihre Instrumente und bezogen das Musikantenchor. Mit lautem Hallo wälzte sich nun das Volk herein. Der Wirt ließ anspannen und schickte auf das Nachbardorf, einen oder zwei Hektoliter Bier zu borgen, und auf diese Weise wurde die Kunde von dem seltsamen Aufgebot auch in die Nachbarorte getragen, und was Zeit und Lust hatte, rückte fröhlich heran. Die Musikanten aber hatten unter sich die Stimmen und Imitationen verteilt und spielten auf, als könnte es gar nicht anders sein. Im ganzen war es eine etwas dunkle, zur Melancholie geneigte, recht schwärmerische, die Gemüter in einer besonderen Weise aufwühlende Musik, wie man sie naturgemäß bis dahin noch nicht gekannt hatte. Und Tänzer und Tänzerinnen und Wirt und Musikanten waren es gleichermaßen zufrieden, daß ein Musikantenstreich neun solche Streichmusikanten zusammengeführt hatte; und deshalb kam es — leider, muß man nachgerade sagen — nie wieder zu einer solchen Ladung, und ihr Urheber hielt sich für immer im Verborgenen.

DIE ISLAMITISCHEN ROSENKRÄNZE

Eines der besten Geschäfte des Gablonzer Exports sind die islamitischen Rosenkränze.

Entsprechend den Suren des Korans sind es entweder dreimal elf oder dreimal dreiunddreißig große Perlen aus Glas, Holz oder Kunststoff; zwischen den Sätzen befinden sich die Minarette, den Abschluß aber bildet die Pfeife mit einer Quaste, meistens aus grüner Seide, in der Farbe des Propheten. Die Pfeife birgt in einem winzigen Löchlein eine Durchblicklinse, welche die Kaaba, Mekka und Medina sowie das Grab des Propheten schauen läßt. Dies ist übrigens noch nicht alles, was geboten wird. Wenn es dunkelt, beginnen die Perlen, die Minarette und die Pfeife zu leuchten: unter einer schützenden Wachsschicht sind sie mit Leuchtfarbe versehen, und so beten sie, wenn der Muselman schläft, von alleine weiter. —

Ein gutes Geschäft des Gablonzer Exports waren auch immer die Federhalter aus Galalith mit einer Durchblicklinse, welche weibliche Schönheit und Verführungsreize in unverhülltem Zustande vors Auge zauberten. Diese Federhalter gingen nach China.

Da war eine Gablonzer Firma, die stellte beides her, die islamitischen Rosenkränze und die chinesischen Federstengel.

Einmal ging es höchst eilig zu, und niemand dachte an die Überprüfung der Linsen. Der junge Mann aber, der sie einsetzte, war gekündigt und machte in diesen Tagen seine letzte Arbeit in Gablonz, für nachher hatte er eine größere Reise vor. Nun vergnügte er sich damit, chinesische Linsen in die Pfeifen der islamitischen Rosenkränze zu praktizieren.

Man kam erst dahinter, als es längst zu spät war, und wollte eben ein Telegramm aufgeben: »Erbitten Kolli Rosenkränze zurück da Durchblicklinse von gekündigtem Arbeiter böswillig verwechselt stop Ordnungsmäßige Lieferung folgt stop«

Doch wurde die Absendung dieses Telegramms gegenstandlos durch das Einlangen einer Drahtnachricht folgenden Wortlauts: »Erbitten gleiche Kolli Rosenkränze mit Kaaba Mekka Medina Profetengrab stop Wonnen des Paradieses nur fallweise verkäuflich stop«

REICHENBERG UND GABLONZ

Wo mit dem Aufschwung der Industrie ein rasches Wachstum von Städten gegeben ist, rivalisieren ältere und jüngere Nachbarstädte aufs heftigste, rivalisieren Köln und Düsseldorf, Essen und Duisburg, Dortmund und Bochum wie

Lübeck und Hamburg — und im Sudetenland Reichenberg und Gablonz.

Als die Gablonzer ihr schönes Theater gebaut hatten, stellte man in Reichenberg die Rätselfrage: »Wissen Sie, wieviel Plätze das Gablonzer Stadttheater hat? — Einen mehr als das Reichenberger.« Oder: »In Reichenberg werden ‚Die drei Musketiere' gespielt. Raten Sie, was in Gablonz gespielt wird! — ‚Die vier Musketiere'.« Und solcher faulen Witze mehr.

Einmal bei einer Art von Verständigungs- und Versöhnungstreffen auf halbem Wege, nämlich in der Gastwirtschaft der Maffersdorfer Brauerei, hielt der Gablonzer Bürgermeister Karl R. Fischer einen seiner kultur- und wirtschaftsgeschichtlichen Vorträge über die Gemeinsamkeiten der beiden Nachbarstädte und die gleich ehrwürdige Überlieferung der Reichenberger Webwaren und der Gablonzer Glas- und Schmuckwaren. Auch der Hinweis fehlte nicht, daß das Fläschchen, welches Gretchen im »Faust«, der Ohnmacht nahe, von der Frau Nachbarin begehrte, ohne Zweifel aus Gablonz stammte. In vorgerückter Stunde und Stimmung erhob sich einer der vielen »Hargeloffenen«, der den beiden Städten mit gleicher Zuneigung gegenüberstand, ein Spaßvogel, und parodierte Bürgermeister Fischers Rede: »Beide Städte haben die verschiedensten Gemeinsamkeiten, vor allem sind beide gleich weit voneinander entfernt, besonders die eine. Doch zwischen den beiden Rathaustürmen, deren Abstand zwölf Kilometer beträgt, erhebt sich vor allem der Proschwitzer Kamm, der die Rolle des Ozeans zwischen den Erdteilen spielt und das so wünschenswerte Zusammenwachsen von Reichenberg und Gablonz zu einer sudetendeutschen Großstadt verhindert. Es müßte, in einer Mischung zu gleichen Teilen, der Proschwitzer Kamm besiedelt werden, um zu dem Großraumgebilde Reichenblonz oder Gablberg zu kommen. Mein Vorschlag geht nun dahin, die Frage der Einigung dadurch zu lösen, daß die Rivalität zwischen den beiden Städten auf die Spitze getrieben wird: Spielt man in Gablonz ‚Die vier Musketiere', dann in Reichenberg ‚Die fünf Musketiere', hierauf in Gablonz ‚Die sechs ....', und so fort. Auf diese Weise kommt man mit der Zeit zu einer großen Zahl von Musketieren, die, auf dem Proschwitzer Kamm angesiedelt, das Zusammenwachsen der beiden Städte gewährleisten.«

DREI HALBE JE HIRSCH

Die Buchbergbaude im Isergebirge hatte über ihr Gewöhnliches hinaus Zuspruch, wenn die Brunftzeit des Hochwildes gekommen war und manchmal bis auf der Wiese von Klein-Iser, diesem riesigen grünen Dorfplatz, die Hirsche röhrten. Dann trafen ihretwegen Gäste aus Gablonz und aus Reichenberg ein, blieben über Nacht, machten eine gute Zeche, indem sie so lange auf die Hirsche warteten, als die Hirsche warten ließen, und zogen anderntags aufs Wiederkommen befriedigt ab.

Dieses Geschäft um Michaeli hatte sich bestens eingeführt, es war ein Saisongeschäft wie jedes andere, und es waren schon richtige Stammkundschaften dabei.

Die Dichter schrieben in ihren Stuben von der Orgel der Wälder, die Banausen wanderten weit hinauf, ihr zu lauschen, und der Wirt von der Buchbergbaude verdiente daran. So schien alles gut eingeteilt. Bis auf die Hirsche.

Früher war es den Leuten von Klein-Iser und auch dem Wirt so vorgekommen, als hätten die Hirsche zur Brunft alleweil und mehr als genug geröhrt. Aber jetzt, wo so viele Ohren nach ihnen lauschten, blieben die Hirsche manchmal weg, als ob sie sich gehemmt fühlten. Da waren die Gäste verdrossen; die einen bedauerten, die anderen schimpften, alle aber kehrten wieder zu ihren dringenden Geschäften zurück, und wenn der Wirt vorsichtig nahelegte, vielleicht noch einen Tag und eine Nacht zuzugeben, dann hörte er wohl: Da müßt man ja selber ein Hirsch sein!

Wie überall, so war es auch hier: eine gute Bedienung wird als selbstverständlich hingenommen, doch jeder Versager wird an die große Glocke gehängt, und das Geschäft ist auf einmal in Gefahr.

In einer schlaflosen, gänzlich undurchröhrten Nacht kam dem Wirt ein rettender Gedanke.

Da war doch der Brettsäger, dieser Tausendsassa, der das Kläffen der Hunde nachahmte, das Keckern des Fuchses, das Schrecken des Bockes, und — ganz groß — das Röhren des Hirsches, gegen den er manchmal antrat, ihn zu reizen. Wer den Säger nicht sah, mußte glauben, es sei wirklich ein Hund, ein Fuchs, ein Bock, ein Rothirsch.

Mit dem Manne wollte er reden. Es sollte sein Schaden nicht sein.

Und der Wirt redete mit dem Brettsäger ein vertrauliches Wort.

Vom selben Tage an gab es keinen Ausfall mehr. Wer gekommen war, den Brunftschrei des Hirsches zu vernehmen, der vernahm ihn auch. Und wie früher geschah es so manchmal, daß dem Röhren am Rande des Waldes ein noch wilderes Röhren aus der Tiefe des Waldes antwortete, daß die Herausforderung zornig angenommen wurde. Fand der Herausgeforderte sich auf der Wiese von Klein-Iser genarrt, dann röhrte er noch zorniger; denn was soll ein Kampfwütiger ohne Gegner?

In solchen Fällen, oder genauer gesagt: hernach, trank der Brettsäger nicht drei Halbe in der Buchbergbaude, sondern sechse; drei sowieso, und drei für den echten.

BLUMENSPENDEN UNANGENEHM UND ANGENEHM

Der Operntenor Grubeck, der zur Zeit des Ersten Weltkrieges dem Reichenberger Stadttheater angehörte, war ähnlich wie ein Jahrzehnt später Patzak vielen Reichenbergerinnen zwischen fünfzehn und fünfundsechzig ein Gott, dem mit Blumengaben und ähnlichem geopfert wurde. Grubeck wußte schon nicht mehr, wohin mit dem Zeug; wahrscheinlich hätte er sich Würste und Kuchen gefallen lassen; aber diese Gartenerzeugnisse, mit denen sich nicht einmal ein Karnickel füttern ließ, gingen ihm schlicht auf die Nerven. Da erschien in der »Reichenberger Zeitung« eine Anzeige, die ziemliches Aufsehen erregte:

»Blumenspenden sind mir unangenehm.
Grubeck, Operntenor.«

Am Abend desselben Tages, an dem diese Anzeige in aller Munde war, wurde »Die Fledermaus« gegeben. Der Gefängnisdirektor kehrt von dem Ball beim Grafen Orlowsky in das Gefängnis heim, stark angesäuselt. Der ebenfalls ziemlich unter Alkohol stehende Gefängniswärter, dargestellt von dem witzigen Karl Karner, hilft seinem Herrn aus dem Mantel und erblickt auf dem Revers des Frackes eine große Chrysantheme.

»Herrr Direktooorr — hahick! — hoben a wundervolle Blum'n — hahick! — onstecken!«

»Na, Frosch, willst die Blum'n habn?«

Karner tat einen geschwinden Blick hinauf zu der Schauspielerloge, wo mit anderen Grubeck saß, und tönte: »Herrr Direktooorrr! Blumenspenden san *mir* niemols unangenehm!«

Unter dem jauchzenden Gelächter der Zuschauer drückte sich Grubeck aus der Loge.

VOM PFARRHERRN, DER SCHULD WAR

Das besondere Ansehen, dessen sich in dem kleinen Orte der Pfarrherr erfreute, wurde eine Zeitlang in verwerflicher Weise mißbraucht. Die Umstände sind merkwürdig und des Erzählens wert.

Es kam vor, daß der Pfarrherr des Abends eine Weile mit im Wirtshaus saß, im »Goldenen Hirschen«. Er trank dann sein Glas Bier, beteiligte sich in guter Laune an einem Spielchen, doch wenn die Uhr zehn schlug, zahlte er und ging, indem er scherzhaft den weiten Weg vorschützte: denn der »Goldene Hirsch« stand an dem einen Ende des Städtleins, das Pfarrhaus an dem anderen.

Da geschah es, daß der Fleischermeister, als er eine reichliche Stunde nach Mitternacht heimkam und das Pech hatte, seine Frau aufzuwecken, sich auf den Herrn Pfarrer ausredete: der sei auch so lange gesessen, es sei höchst ehrbar zugegangen, und man habe sich nicht gut ausschließen können, nicht wahr. Von dem weiblichen Mißtrauen eindringlich befragt, berichtete der Mann mit Überzeugungskraft, wie der Pfarrer eine Viertelstunde vor Mitternacht ausgetrunken und den Henkel von sich weggedreht habe, weil er ja zum Morgen nüchtern sein muß, nicht wahr, und Schlag Mitternacht habe er auch die Karten weggelegt. »Mußt wissen«, sagte der Meister, »ab Mitternacht darf ein geistlicher Herr nur mehr kiebitzen.« Das alles leuchtete der Frau ein, und so wurde der Ehemann in Gnaden aufgenommen. Der Erfolg verführt, und als er wieder einmal recht spät mit seinen Stammtischbrüdern heimging, tat er seiner vielleicht lauschenden Frau zu Gehör so, als ob er sich auch vom Herrn Pfarrer verabschiede, und rief: »Recht angenehme Nachtruhe, Herr Pfarrer!« Der Einfall gefiel den anderen, und von da an war ein Gutenachtwünschen für den hochwürdigen Herrn, von der Gegend des »Goldenen Hirschen« bis in die Nähe des Pfarrhofes, und es war bei so viel Wünschen kein Wunder, daß der Herr Pfarrer einen guten Schlaf hatte. Der Letzte war jeweils der ehrsame Büttnermeister, und auch der wünschte dem geistlichen Herrn eine recht gute Nacht.

So wurde es eine geraume Zeit hindurch geübt.

Einmal kehrte der Pfarrer in finsterer Nacht von einem Berufsgang heim, als er drüben auf der anderen Seite des Marktes die Stimmen der Stammtischbrüder vernahm. Es war nicht seine Absicht zu lauschen, aber da hörte er zu seinem Erstaunen, wie bei einer Verabschiedung gerufen wurde: »Recht angenehme Nachtruhe, Herr Pfarrer!« Um ein Haar hätte er geantwortet, da machte ihn der weitere Ruf »Und vielen Dank für die ehrende Gesellschaft!« richtig stutzen. Trotz der Dunkelheit dämmerte es ihm. In einem genügenden Abstand ging er der Gesellschaft nach und wurde Zeuge dessen, daß beim Fleischermeister und nachher — leider, leider — beim Herrn Bürgermeister ebenso verfahren wurde. Nun schwankte der Büttner allein, und der Herr Pfarrer folgte leisen Schrittes etwas dichter auf. Als der Meister bei seinem Hause angelangt war, rief er: »Recht angenehme Nachtruhe, Hochwürden!« Und der Herr Pfarrer rief: »Danke, danke! Ebenfalls! Schlafen Sie recht wohl!« Es war zu dunkel, als daß er die Wirkung dieses gespenstischen Zufalls hätte mit Augen wahrnehmen können. Dem Meister schlotterten die Kniee, und er spürte sein Gesicht ganz trocken vor Blässe; er hätte an den Teufel geglaubt, wenn es nicht ausgeschlossen wäre, daß dieser die Gestalt und die Stimme eines Pfarrherrn annimmt. Doch schon folgte ein zweiter Schreck: aus einem offenen Fenster rief die Frau Meisterin: »Traurig genug, wenn der Herr Pfarrer mit dem Letzten heimgeht!« Fürchterlicheres hätte sie ihrem Ehemann nicht antun können. Der Herr Pfarrer aber konnte bei so wenig Licht leicht verbergen, wie der Text auf ihn wirkte. »Sie haben so unrecht nicht, Frau Kraus«, erwiderte er bescheiden; »ich verbürge mich dafür, daß Ihr Mann von nun ab rechtzeitig nach Hause kommt!« Sprach's, wünschte auch der Meisterin eine gute Nacht, antwortete noch auf ihr »Nichts für ungut, Hochwürden!« mit einem sonoren »Aber durchaus nicht, liebe Frau Kraus!« und entwandelte im Dunkel, während der Büttner mit dem Hausschlüssel die merkwürdigsten Figuren um das Schlüsselloch beschrieb und nachher mit Not die Beine über die Stiegen hinaufbrachte.

Der Herr Pfarrer aber dachte nach: Wie war das doch — wenn zu einem Zufall noch ein zweiter kam, war es dann nicht so etwas wie eine Fügung? Und hätte er einer Fügung zuwiderhandeln dürfen? Nein — auch wenn er nur bis abends zehn Uhr schuld war! — Der hochwürdige Herr blieb stehen, und mit dem Gesicht gegen den Himmel lachte er, dröhnend laut; keiner, der es etwa hörte, würde auf einen Pfarrherrn geraten haben, es wäre denn, beim Büttner hätte das Fenster noch offengestanden. Und daß er, jenseits der Würde, so lachen konnte, das empfand er als einen Zuwachs seiner Frömmigkeit.

AUS AICH UND UNTER AICH

Eines Tages las einer aus Neudonitz bei Aich im Bezirke Karlsbad in der Heiligen Schrift herum und fand dabei, daß sich den Aichern der Herrgottsverräter Judas anhängen ließe; denn so steht geschrieben bei dem heiligen Evangelisten Matthäus im Kapitel 26, Vers 21: »Fürwahr, ich sage euch: Einer aus euch (sprich: aich) wird mich verraten!«

Als diese Entdeckung in Umlauf gesetzt war, ärgerten sich die Aicher nicht schlecht und schlugen selber in der Heiligen Schrift nach; dabei stießen sie auf Markus Kapitel 14, Vers 18: »Fürwahr, ich sage euch: Einer unter euch wird mich verraten!«

Der Triumph war groß: »unter Aich« — das war ja Neudonitz selber, »am Teischl«; also hatten sich die Neudonitzer in die Finger geschnitten, der Judas blieb ihnen!

Aber nicht lang. Denn nun waren die Neudonitzer unter die Bibelforscher gegangen, und sie fanden, daß es auch bei Johannes, Kapitel 13, Vers 21 heißt: »Wahrlich, wahrlich sage ich euch: Einer aus euch wird mich verraten.«

Sonach hatte die Meinung, der Judas stamme aus Aich, die Mehrheit, und die Neudonitzer waren ihn wieder los.

DIE GROSSE AUSNAHME

Der alte Kinzel aus Schönau im Braunauer Ländchen duzte alle Welt, nur dem Alleröbersten des Ländchens, dem Abt des Klosters Braunau, dem Herrn Prälaten wollte er seine einmalige Hochachtung bezeigen. Doch sollte der es ausdrücklich gesagt bekommen. Eines Tages ergab es sich, daß der freundliche Abt den Kinzelbauer anredete. Da sagte der Alte vornweg: »Ich spreche soste zo olla Leuta du, bloß zo dir Prälote nee.«

ÜBERSIEDLUNG VON RÖHRSDORF NACH TASCHWITZ

In ein Pfarrhaus kam ein Bettler und roch schon auf der Schwelle, daß da eine Gans gebraten wurde, ja schon so gut wie gebraten war. Also klopfte er in der Küche an, und als er nur die Pfarrköchin darin sah, legte er es darauf an, die Köchin für ein Weilerl zu entfernen.

»Hochwürdige Frau Köchin«, sagte er, »kann ich wohl den Herrn Pfarrer sprechen?« Die Köchin bat ihn, sich einen Augenblick zu gedulden, und ging den Pfarrer holen. Flugs machte der Bettler das Röhrtürl auf, zog die Pfanne heraus, schlug seinen Mantel zurück, nahm ein Paar alte Stiefel aus seiner großen Tasche, um Platz zu schaffen, versenkte die Gans in den Mantel, legte die Stiefel in die Pfanne und ließ sie in der Röhre verschwinden.

Kaum war er fertig, kam die Köchin zurück und sagte: »Der Herr Pfarrer kann jetzt nicht kommen, Ihr sollt Euer Anliegen mir mitteilen, ich werde es ihm ausrichten.«

»Es handelt sich darum, hochwürdige Frau Köchin«, sagte der Bettler. »Der Ganserowski wohnt jetzt nicht mehr in Röhrsdorf respektive Pfannwitz, sondern in Taschwitz unterhalb Mantlei; dafür aber sind die beiden Stiebel aus Taschwitz nach Röhrsdorf respektive Pfannwitz übersiedelt. Grüß Gott!«

Die Köchin wiederholte bei sich, was sie auszurichten hatte, und hätte gerne gewußt, was das alles zu bedeuten habe. Sie begriff es, als sie die Röhre öffnete, um etwas Wasser auf die Gans zu gießen und den Braten zu glasieren. Schreiend rannte sie aus dem Hause, den Bettler noch einzuholen, aber sie rannte wohl in die falsche Richtung; Bettler und Gans wurden nicht mehr gesehen.

PASCHERGESCHICHTE

An der bayerischen, an der sächsischen und an der preußischen Grenze wurde gepascht, und mit den Paschern gediehen auch die Paschergeschichten. Eine aus dem Braunauer Ländchen wird so erzählt:

Ein Pascher aus Ottendorf wußte sich, flink und hell genug, bei schönstem Tageslicht mit Zucker und Kaffee aus dem Scheidewinkel heimzugehen. Aber im Ufergebüsch der Buse, des Grenzwassers, saß ein Finanzer auf der Lauer, und als der Pascher über die nasse Grenze sprang, donnerte der Finanzer sein Halt. Dem Pascher ist es der Befehl zum Rennen. Es geht auf Ottendorf zu. Der Finanzer rennt ihm nach. Der Pascher erreicht das Dorf. In einem der ersten Höfe wird gedroschen. Der Pascher hinein in die Scheune, er haut seinen Binkel in die Banse, reißt einer Magd die Drischel aus der Hand und drischt mit. Der Finanzer kommt: »Habt Ihr nicht einen Kerl mit einem Binkel gesehen?!« Sie haben keinen gesehen und dreschen weiter. Der Finanzer stöbert auf dem Hof herum. Als die Drescher mit der Auflage fertig sind, kommen sie heraus und helfen suchen, der Pascher immer mit.

So kam es, daß überall gesucht und nirgends gefunden wurde.

VON DER ZIEGE, DIE EIN HUND WAR

Da wollte ein Bauer von Freudenthal in Sudetenschlesien mit der Lokalbahn nach Römerstadt fahren, hatte aber auf dem Freudenthaler Markt eine Ziege gekauft, die sollte natürlich mit. Einstweilen hielt er sie noch am Strickel, und sie meckerte in die Erörterung der Abfertigungsvorschriften für Reisegepäck, in denen Ziegen nicht vorgesehen waren, nur Hunde, Kanarienvögel im Käfig und dergleichen. Nun, der Eisenbahner machte kurzen Prozeß: ob gebellt oder gemeckert, das war ihm gleich, sie war ohnedies eine hörnerlose, — also stellte er eine Hundekarte aus, und die Ziege kam in das Hundeabteil des Packwagens.

In Römerstadt wurde die Ziege ausgeladen, und der Bauer ging mit der Hundekarte hin, sie in Empfang zu nehmen. Aber der Römerstädter Eisenbahner bestand auf seinem Schein, will heißen der Hundekarte Nr. 5. Er mußte erst den Sachverhalt nach Freudenthal melden und tat es, gemäß der Vorschrift für den Fall lebender Tiere, mit einem Telegramm: »Hier fehlt zu Hundekarte Nummer 5 von Freudenthal nach Römerstadt Zug 1423 Hund, hingegen vom selben Zug überzählig lebende Ziege.«

Die telegraphische Antwort ließ nicht auf sich warten und lautete: »Überzählige Ziege mit fehlendem Hund identisch.«

DER ERWECKTE TOTE

Ein alter Bauer hatte als fürsorgender Hauswirt schon alles für seinen Tod vorbereitet, vom Sarg bis zu den Heiligenbildeln. Wie er nun eines Sonntagsvormittags mutterseelenallein das Haus hütete — nur der große Hofhund war in der Stube —, betete und an die letzten Dinge dachte, kam ihm der Gedanke, einmal den Tod zu proben. Er stellte in der großen Stube den Sarg auf, tat die Hobelspäne an das Kopfende zusammen, legte das Pölsterl darüber, stellte die zinnernen Leuchter mit den Kerzen hin, tat ein weißes Linnen über das Tischlein und stellte ein Glas mit Weihwasser und einem Büscherl Raute darauf. Mehr schläfrig als verwundert schaute ihm der Harras zu. Dann zog der Alte sein schwarzes Zeug an, wickelte den Rosenkranz um die Linke, zündete die Kerzen an, legte sich schön lang in den Sarg, verteilte die Heiligenbildeln auf seinem Rock, schloß die Augen und lauschte nur mehr dem Summen der Fliegen wie immer ferneren Stimmen der schwindenden Welt. Und bei dem Gedanken, wie gut alles vorbereitet war, und daß eigentlich nicht mehr viel passieren könne, nickte er friedlich ein.

Da kam ein Fleischer daher, dem war der Sonntag nicht heilig, er ging von Hof zu Hof und fragte: »Was zu verkaufen?« So tat er auch auf dem Hof, wo der Tod geprobt wurde, fragte in die Kuchel, und weil dort niemand war, in die Stube — und erschrak, als er einen Toten im Sarge sah. Doch faßte er sich, zog die Raute aus dem Weihwasser, besprenkte dreimal den im Sarge und betete ein Vaterunser für die abgeschiedene Seele, machte dem Alten scheusam drei Kreuze auf Knie, Schienbein und Stiefelette und wandte sich zur Tür. Der Harras aber vermeinte, der Fremde hätte was genommen, und sprang dem Fleischer an die Hose. Der tat einen Schrei, der Schrei weckte den Bauer, der Bauer schrie auch: er wollte den Harras zurückrufen, der Fleischer schrie noch mehr und rannte, der Harras, die Hosen in seinem Gefänge, rannte unerbittlich mit, der Bauer lief und schrie dem Harras und dem Fleischer nach, und der Fleischer schrie vor dem Harras und dem schreienden Toten und hielt auf die Kirche zu. So rannten sie, bis die Leute, die gerade aus der Kirche kamen, sie anhielten.

Allmählich klärte sich dem Fleischer und sogar dem Harras die Sache auf, der Fleischer gelobte im stillen, nie mehr an einem Sonntag nach Kälbern zu fragen, und der alte Bauer verschwor sich laut bei allen Heiligen: »Solang ich leb, werd ich kein Toter mehr sein!«

DER VERZAUBERTE RAUBSCHÜTZ

Zu Abertham im Erzgebirge war ein alter Raubschütz, der goß sichere Kugeln und kannte auch sonst manchen Zauber. Als er einmal den Förster daherkommen sah, verwandelte er sich geschwind in einen alten Stock (Baumstrunk). Der Förster, der jedes Stäudel in seinem Wald kannte, wußte genau, daß an dieser Stelle nie ein Stock gewesen war, und dachte sich seines. Er zog sein scharfes Messer heraus und ein paar Tabakstengel und sagte: »Daß doch gleich ein Stock dasteht, wenn der Förster sich einen Tabak schneiden muß!« Und der Förster schnitt, schnitt auch richtig durch; da war der Raubschütz jedesmal nah am Schreien. Endlich war der Förster fertig, stopfte sich seine Pfeife und ging, drehte sich aber öfter einmal um. — Als der Raubschütz in der Nacht heimkam, sagte er zu seiner Alten: »Schau einmal auf meinen Kopf, mich beißt's wie tausend Läuse!« Sein Weib schaute und schrie: »Um Gottes Willen, sind ja lauter kleine Schnitte, kein heiles Fleckel!« Da mußte er seiner Alten erzählen, sie gab eher keine Ruhe. »Noch einen Schnitt«, sagte er zum Schluß, »und ich hätt's müssen aufgeben!«

VERWECHSELTE FLASCHEN

Durch Verwechslung von Flaschen ist schon manchmal Unheil geschehen; aber nicht jedesmal.

In einem Dorf bei Müglitz in Nordmähren half einmal ein Bauer einem Nachbarn das Kalb herholen. Als es glücklich da war und alles soweit in Ordnung, dankte der Nachbar für die Hilfe und wollte zum Dank noch einen Guten einschenken. Der Bewirtete kostete, schmackte hilflos nach und sagte: »Du, der ist aber verflucht schwach!« Daraufhin verkostete der andere auch und rief: »Ach du heiliger —! Da hab ich ja die Weihwasserflasche erwischt!«

Die beiden erreichten ein hohes Alter.

DER BLUMENSTRAUSS

Ein Bauer hatte in Karlsbad zu tun gehabt und ging nun die schönen großen Häuser lang durch die Stadt und schaute die märchenhaften Auslagen der Geschäfte an, in denen alle schönen, guten und teueren Dinge der Welt zu sehen waren, Zylinderhüte, Kurschinken, Seidenstrümpfe. Becherbitter, Oblaten, Kristallglas und Geflügel. Aber wie er sich schon mehrmals die Augen gerieben hatte, erstaunte ihn stärker als alles Bisherige eine Auslage mit unerhörter Blütenpracht hinter einer Scheibe, die schier so groß war wie sein Scheuntor daheim. Da prangten neben Rosen und Nelken Blumen, die er sein Lebtag noch nicht gesehen hatte, eine herrlicher als die andere. Und neben der Scheibe trat ein liebreizendes Fräulein unter die Tür und lächelte.

Sein erster Gedanke — soweit kannte er die Stadt schon — war der, daß er nun wohl für die genossene Pracht etwas zahlen müsse. Als er aber das Fräulein verlegen nach der Schuldigkeit fragte, lachte es und sagte: »Für das Anschauen ist nichts zu zahlen, nur für das Mitnehmen.«

»So«, sagte der Bauer, »nimmt man Blumen auch mit? Zu was denn nachher?«

»Nun, wenn man einen Besuch macht, oder zu einer Hochzeit gratuliert, oder zu einer Taufe geht, natürlich auch zu einem Begräbnis. Am schönsten aber ist es, wenn ein Mann seine Frau recht gern hat und ihr einen schönen Strauß heimbringt.«

Das wär eine Sach, dachte der Bauer; einmal was anderes für deine Alte. Und es dauerte nicht lang, da ging er mit einem großen farbigen Strauß aus dem Laden. Die Blumen schimmerten aber nur ein wenig durch das Seidenpapier, das darumgeschlagen war.

Indem er an den Patzen Geld dachte, den die Blumen gekostet hatten, trug er den Strauß sorgsam an allen Wirtshaustüren der Stadt und der Dörfer vorbei und kam gut in seinem Dorfe an.

Vor dem Tor schlug er das Seidenpapier herunter, daß die Blüten in ihrer ganzen Schönheit und Fülle zu sehen waren, und schritt so, den Strauß feierlich vor sich haltend, auf den Hof hinein.

Da trat eben die Bäuerin in die Haustür und ersah ihn. »Jesus Maria«, rief sie, »ist das heut ein Tag! Der Braune ist dämpfig, die Magd hat sich verbrüht, ein Saugerl ist draufgangen, und jetzt kommt der Mann besoffen auch noch!«

ÜBER DEN DURST

Die überlieferungsmäßige Carolusfeier am 28. Jänner hatte die Gäste des »Löwen« zu Zwickau in Böhmen bis tief in die Nacht vereint. Nun aber waren sie alle davon, bis auf vier, die weder konnten noch durften, denn sie wären unweigerlich erfroren.

Der Wirt des »Löwen« ließ den Kutscher wecken: er müsse die Herren in ihre Wohnungen bringen.

Der Kutscher kannte die Gäste nicht; daher sagte ihm der Wirt das Nötige, als die vier mit einiger Anstrengung auf die vier Sitze des Landauers verstaut waren.

Der Landauer fuhr weg, aber schon bald nachher hörte man ihn wieder vorfahren. Verwundert eilte der Wirt hinaus: »Ja was ist denn los, warum kommen Sie denn wieder zurück?!«

Der Kutscher, reichlich geknickt, stammelte: »Herr Chef, sein Se ok nej biese, Sie müssen mir die viere noch ejmol sortieren, die sein mr unterwags olle dorcheinandergerollt!«

WIRTSHAUSGESCHICHTEN

Das Gesellschaftsspiel

In einem Wirtshaus saß ein Agent bei den Bauern und machte sich ihnen mit Geschichteln, Scherzen, Rätseln und Spielen angenehm.

»Das neueste Spiel«, sagte der Vielbewanderte, »ist dieses: Jeder setzt eine Krone, und alle schauen auf den Einsatz. Wer dabei das dümmste Gesicht macht, der hat gewonnen. Ich bin der Schiedsrichter.«

Also legten die Bauern jeder eine Krone dar, und der Reisende machte den Schiedsrichter. Er schaute in die angestrengt dummen Gesichter und wollte schon ein-, zweimal den Preisträger ausrufen, aber er zwang sich zu Gerechtigkeit und prüfte die Gesichter bis zum Letzten. Dieser Letzte am Ende der Bank, ein Seidel Tropfbier in beiden Fäusten, war der Hirt, der grinste auf das viele schöne Geld hin. Der Agent schaute ihn an und schrie geradezu: »Der hat gewonnen!!« Da tippte der Hirt an die Stirn: »Du Depp! ich spiel doch gar nicht mit!«

Hasenbraten im April

Ein Fuhrmann, schon mehr ein Fuhrherr, mit einer schwersilbernen Uhrkette breit über den Bauch, saß im Wirtshaus und erzählte von seinen weiten Fahrten und dem großen Leben, das er mit den vielen Goldstücken in der Katze hatte führen können, damals, in seinen jüngeren Jahren, als noch keine Eisenbahnen durch die Länder gingen. Und weil inzwischen das Meiste von den Goldstücken geschwunden war, hatte die Herrlichkeit der Erinnerung zugenommen, und unser Fuhrmann erzählte von allem das Schönste und Großartigste und Beste.

»Da bin ich dazumal von einem Fürsten zum Mittagessen eingeladen gewesen. Es war erst Anfang April, aber es hat trotzdem schon Gurkensalat zum Hasenbraten gegeben —«

»Jetzt halt ein wenig«, unterbrach ihn der Heger; »den Gurkensalat will ich dir glauben; aber daß ein Fürst und Waidmann im April sich einen Hasenbraten auftragen läßt, — nein, das glaub ich dir nicht!«

»Hättest mich doch weiter erzählen lassen!« sagte der Fuhrmann ärgerlich. »Der Hase war selbstverständlich geselcht.«

Das unmündige Wesen

Im Wirtshaus saßen etliche Männer beisammen und rühmten die hervorragenden Gaben ihrer Sprößlinge.

Einer, der wohl im Augenblick vergessen hatte, daß auch der Herr Pfarrer dabeisaß, lachte: »Meiner ist erst fünf Jahr, aber fluchen tut er wie ein Großer!«

»Nun«, mischte sich der Seelsorger in das Gespräch, »kann er denn beten auch schon?«

»O mei!« sagte der Vater, »so ein kleines, unmündiges Wesen, und soll schon beten können!«

Das Unterscheidungsmal

Es war ein dicker Müller, der ließ sich die Kleie wenig oder nichts kosten, und so mästete er damit die Schweine und hatte die größten und fettesten weit und breit.

Darauf war er nicht wenig stolz, und als ein herumziehender Photograph in die Mühle kam, ließ er sich im Kreise seiner Mastsäue abnehmen. Alles zusammen waren leicht tausend Kilo auf dem Bild.

Der Müller reichte es im Wirtshaus herum, und auch der Herr Pfarrer schaute es an, länger als die anderen, nachdenklich und stumm; vielleicht dachte er an das Gebot Gottes, durch dessen Nichtbefolgung der Müller samt den Säuen so dick geworden.

Der Müller aber vermeinte, dem Pfarrer wäre an dem Bilde nicht alles klar, und sagte: »Der mit dem Hut, Herr Pfarrer, das bin ich!«

Die Überzieher der Gemeindeväter

Etliche Jahre ist der Franz im Gemeindeausschuß gesessen und hat sich darauf nicht wenig eingebildet; aber dann ist neu gewählt worden, und er ist nicht mehr drangekommen. Daher seine unfreundliche Meinung von den neuen Gemeindevertretern.

Einmal geht er ins Wirtshaus, da hat der Wirt gerade geschlachtet, und an den Haken hängen die Kalbshäute. Als der Franz die Wirtsstube betritt, sieht er einige Mitglieder des Gemeindeausschusses; sie haben eine Sitzung abgehalten. Der Franz schaut aber nicht weiter hin, sondern wendet sich laut und vernehmlich an den Wirt: »Ist denn heut Sitzung vom Gemeindeausschuß gewesen? Ich hab draußen die Überzieher gesehen ...«

Der alte Brauch

Es ist sicher nicht vornehm, wenn man zu jemand plump heraus sagt: »Geh, zahl mir eine Halbe!«

Rudolf Kubitschek, der uns die Böhmerwäldler Stückeln aufgezeichnet hat und allein schon dabei im Laufe von Jahrzehnten Tausende von Halben zahlen durfte, teilt die drei höflichsten Formen mit, in denen er um ein Bier angegangen wurde:

Einmal sagt ein Waldler vor allen Wirtshausgästen laut zu ihm: »Ich dank dir schön!«

»Wofür denn?« fragt er.

»Na, für die Halbe, die du mir zahlen willst.«

Ein andermal klagt ihm einer vor: »Jeder Mensch hat sein Kreuz, aber ich hab doch das allergrößte!« Er sagt es immer wieder.

Bis ihn Kubitschek fragt: »Ja, was ist es denn?«

»Ein'n Durscht hab ich, und niemand will mir eine Halbe zahlen!«

Und einmal setzt sich in Rudolf Kubitscheks Heimat Fürstenhut (»Manner vo Füarschtenhuat, / Trinkts, wann's enk düarschten tuat!«) ein Bayer zu ihm und raunt: »Nix für ungut, Dokter, geh, zahl halt a Maß, daß der alte Brauch nit abkommt!«

Die Bitte an den Schwänkesammler

Rudolf Kubitschek sitzt wieder einmal im heimatlichen Wirtshaus unter seinen Bauern, trinkt, schweigt und lauscht.

Wie einer das letztere bemerkt, sagt er: »Dokter, wann du uns wo einitust, lieber in die Zeitung, da dauert das Gerede nur etliche Tag; im Kalender aber hört das Gespött das ganze Jahr nicht auf!«

Die Wasserscheide

Die Kreuzschenke zwischen Wiesenthal und Morchenstern, muß man wissen, ist ein besonderes Haus: Sie ist Wasserscheide, wie das Posthaus auf dem Brenner. Von den Dachkanten, die 631 Meter über dem Meeresspiegel von der Kreuzsckenke abstehen, läuft der Regen auf der einen Seite nach der Neiße und damit zu Oder und Ostsee, auf der anderen Seite nach der Kamnitz, zu Elbe und Nordsee. Auf dem First der Kreuzschenke kann sich's also mancher Tropfen noch überlegen, wohin er will.

Einmal auf die Nacht gingen zwei Gäste aus diesem Wirtshaus, und der Wirt geleitete sie hinaus. Unter der Tür blieb er noch ein Weilchen stehen, nach dem Wetter zu schauen; da bemerkte er, wie die beiden, die sich schon allein glaubten, gleich auf dem Hofe sich ihres drängendsten Anliegens entledigen wollten. Der Wirt hatte etwas gegen diesen Gebrauch seines Hofes, und so sagte er: »Bitte tun Sie mir den Gefallen und gehn Sie die paar Schritt weiter! Es muß ja ne gerade die Ostsee sein!«

Ein Hermsdorfer, einer aus Hermdorf im Braun'schen, redete den Korn an: »Du verdammtes Teifala, du host menn Vooter schon ei a Stroßagroba geschmessa, du forkelst ach mich emmer hie on ha, du host schon so moncha zom Offa gemacht — marsch! nonder met dir!!«

IRRTUM BEI EINER BEERDIGUNG

Der beliebte Dechant Bichler von Maffersdorf, mit dem Abgeordneten Bobek und dem Sekretär Röttig Stammgast in der »Pilsner Hütte« in Reichenberg, zog einen guten Trunk in Gesellschaft vor, bis er eines Tages zu seinem fünfzigsten Geburtstag so viele Flaschen mit vorzüglichen Weinen bekam, daß er jeden Tag schon zum Mittagessen eine leeren mußte, um nach und nach der Wohlmeinung seiner Gratulanten zu entsprechen. Dies fiel ihm als geborenem Rheinländer nicht schwer, doch brachte es naturgemäß gewisse Veränderungen in seinen Lebensumständen mit sich, die der Umgebung nicht verborgen blieben und zu einem leisen Raunen unter seinen Maffersdorfern führten.

Einmal war Dechant Bichler nach einer gut befeuchteten Mahlzeit wieder in einen Mittagsschlaf gesunken, der bedeutend tiefer war als sein Nickerchen zu gewöhnlichen Zeiten. Er wäre noch lange nicht mit Schlafen fertig gewesen, als ihn der Mesner weckte: »Herr Dechant! Herr Dechant! Es ist ja schon höchste Zeit zum Begräbnis!« Trotz eindringlichem Zureden brauchte es eine geraume Weile, bis dem Dechant dämmerte, weshalb er aus dem Schlaf gerissen war. Nun folgte er dem Mesner in die Sakristei und ließ sich die liturgischen Gewänder anlegen und zuletzt den Vespermantel umhängen. Als sie auf dem

Friedhof erschienen, wo die Trauergemeinde schon weit über die Zeit gewartet hatte, fiel den Leuten bereits auf, daß die große silberne Schnalle des Vespermantels bis auf die Achsel verschoben war, der Mantel höchst unordentlich um seinen Träger hing und bedenklich am Boden schleifte. Indes sammelte sich der Amtierende an den geläufigen lateinischen Formeln so weit, daß ihm die Klarheit kam, er müsse nun einige geziemende Worte am Sarge eines toten Feuerwehrmannes sprechen. »Gott zur Ehr«, begann er, »dem Nächsten zu Wehr! Nach diesem Wahlspruch hat auch er gelebt, an dessen Sarge wir trauernd stehen. Wieder ist einer von den Wackeren aus unserer Mitte geschieden, die im Dienste der Nächstenliebe — —«

Ein Murmeln hatte sich erhoben und war zum Gemurre angewachsen, hie und da untermischt mit herausgeplatztem Lachen. Schließlich trat jemand aus der Gruppe der Leidtragenden auf den Dechant zu und zog ihn von dem Grabe weg —

Nanu?! Was denn?!

In dem Sarg lag nämlich ein altes Mutterl.

LOHN DER FREUNDLICHKEIT

Da sitzt am frühen Vormittag in einer Gartengastwirtschaft in Brünn ein guter Gast vor einem guten Gulasch, stellt jedoch fest, daß er eigentlich Appetit auf eine Scheibe fettes Rindfleisch mit Essigkren hätte. Also bestellt er's, winkt einem Dienstmann, der draußen hin und wider geht, und sagt: »Da, essen S', lieber Freund!« Schiebt ihm auch das Semmelkörbel hin, und weil er grad ein Viertel Tannowitzer bestellen will, bestellt er gleich zwei. Der Dienstmann sitzt da, schweigt, ißt und trinkt, es sieht schier aus, als machte er eine anständige Arbeit. Wie der Teller blank ist und das Schoppenglasel leer, putzt er sich mit dem blauen Sacktuch umständlich den Schnauzer, steht auf, nimmt seine rote Mütze, macht mit dem Unterärmel das Messingschild blank und wartet. Auf was wohl?

»Wünschen Sie noch etwas?« fragt der Herr.

»Ja, bitt schön: ich krieg noch zwanzig Kreuzer.«

»Ja aber, Mann Gottes, Sie haben doch gegessen und getrunken —«

»Sell schon, Herr; weil Sie mir's ang'schafft haben. I hob Eahnern Auftrog ausg'führt, net, und mei' Zeit vasamt, net? I wollt iatzt jo gor nit essen.«

Man lernt nicht aus, denkt der Menschenfreund und zahlt sein Lehrgeld, eh nur zwanzig Kreuzer.

VON BETTELMÄNNERN

Wie ein Bettelmann kündigte

Das Gebiet zwischen Bensen und Kreibitz war vom Lieben Gott dem Leierseff zu Lehen gegeben; das war ein Bettelmann, der in selbiger Gegend herumzog und von Haus zu Haus ging, in bestimmten, sozusagen befreundeten Häusern aber durfte er auf einer Schütte Stroh oder einem Strohsack übernachten. Er blieb diesen Häusern durch viele Jahre hindurch treu, und aus der Gewohnheit entwickelte sich auch hier ein Recht.

Einmal kam ein Bauer spät aus dem Wirtshaus. Da stand in seiner Stube beim Schein einer Kerze eine lange dürre Gestalt in weißem Hemd. Dem Bauer fuhr der Schreck in in die Knochen, seine Knie gaben nach, er schlug ein Kreuz und rief: »Alle guten Geister —«

Da lachte der Geist hellauf: »Bauer, siehst denn nicht, daß ich der Leierseff bin?!« Und er lachte noch mehr über den Schreck, den er dem Bauer eingejagt hatte.

Dem Bauer war es zuwider, daß er in seiner eigenen Stube von einem Bettelmann ausgelacht wurde, und so schimpfte er den Leierseff einen unverschämten, frechen Kerl und noch einiges dazu. Da fuhr der Seff wieder in seine Hosen und sagte: »Weißt was, Bauer? Such dir einen anderen Bettelmann, ich such mir einen anderen Bauern!« Sprach's und ging.

Ein elendes Dorf

Ein Bettelmann kam eines Tages im Winter in ein Dorf. Im Nu war er von wütenden Hunden umbellt, die ihn an keine Haustür heranließen. Er bückte sich nach einem Stein, die Meute zu scheuchen, aber der Stein war angefroren. »Elendes Dorf!« schrie der Bettelmann. »Die bissigen Köter lassen sie los und die Steine binden sie an!«

Zufriedenheit

Da war ein Strabanzer, wie der in der Sonne lag und vom Betteln ausruhte, sagte er, das Herz voller Dank: »Ich bin grad recht. Wär ich gescheiter, so müßt ich arbeiten, und wär ich depperter, so täten sie mich ins Narrenhaus. So aber bin ich grad recht.«

BAUER UND KNECHT

Der fromme Bauer

Es war ein Bauer, der war sehr fromm und sehr geizig. Jeden Tag betete er in der Bodenkammer, wo ein großes altes Kreuzbild lehnte, und so manchmal hörte der Knecht,

wie der Bauer den Gekreuzigten anrief: »Herr, laß mich dein sein!« Das ärgerte den Knecht, der dabei an die dünnen Suppen denken mußte, die der Bauer seinen Dienstboten vorsetzen ließ. Einmal lauerte er in der Nebenkammer, und als der Bauer wieder so inbrünstiglich betete:

»Herr, laß mich dein sein!«, rief der Knecht mit verstellter Stimme durch ein Astloch hinter dem Herrgottsbild: »Brockst nicht ein, gehörst nicht mein!«

Der Bauer erschrak zutiefst und schlich mit zitternden Knien aus der Kammer und zu der Bäuerin hinunter. »Hörst, Alte, unser Herrgott hat zu mir gesprochen! Wir müssen tüchtige Brocken in die Suppe tun!«

Das geschah, und der Knecht war es zufrieden. Er wollte jedoch seinem Bauer auch den Himmelslohn nicht vorenthalten; also paßte er wieder einmal beim Beten auf, bis der Bauer rief: »Herr, laß mich dein sein!« Da ertönte es: »Jetzt brockst ein, jetzt gehörst mein!«

Der geruhige Knecht

Der Viehmann-Schani läßt seinen Knecht, den Korl, auf dem obersten Dachboden schlafen. Mitternacht ist es und wetterleuchten tut es wie Ohrfeigen und auch schon rumpeln, daß die Fensterscheiben tscheppern. Sagt dem Viehmann-Schani seine Alte: »Schani, ma waaß fei net, wenn's liebe Gewitter einschlägt. Da Korl sollet runterkumma, ich hul de geweihta Kärz'en.« Also schreit der Schani über die Bodenstiegen hinauf: »Korl, kumm runter, es dunnert!« Schreit der Korl von seiner Alm herunter: »Ä! ich här's scho ub'n aa!«

Der widerspenstige Knödel

Eines Tages im Herbst nahm der Großknecht die Herausforderung seines Bauern an, fünfzig abgezählte Zwetschkenknödel auf einem Sitz zu essen. Bis zum vierzigsten ging es ganz gut, bei jedem Zehner wurde die Schnalle des Leibriemens ein Löchlein weiter gesteckt. Aber vom vierzigsten an ging es immer schwerer, beim siebenundvierzigsten lief der Knecht bläulich an, beim achtundvierzigsten schwitzte er wie ein Laugsack, und beim neunundvierzigsten schmeckte es ihm eindeutig nach Magen im Maul. Der fünfzigste Knödel aber lag vor ihm in der Schüssei und schien ihn anzugrinsen. Da packte den Knecht die Wut, und er schrie: »Du grundschlechter Kerl du, hätt ich gewußt, wie du mir trotzt, hätt ich dich als ersten gefressen!«

Der faule Knecht

Bei einem Bauer diente ein Knecht, das war der faulste weit und breit. Einmal vertraute er sich dem Hütbuben an und gähnte: »Zum Essen tät ich ja recht gern sitzen, wenn ich nur bei der Arbeit liegen könnt!«

Geiziger Bauer, geiziger Knecht

Im Schlesischen hat man ein Sprichwort: »Wing Gald, wing Musik.« Es ist eine alte Musikantenregel und bewährt sich immerdar.

Ein geiziger Bauer beobachtete seinen Knecht beim Brotabschneiden. Der setzte das Messer so an, daß es eine

Scheibe gegeben hätte, an drei Finger dick.

Der Bauer sagte: »Seichter.«

Der Knecht rückte mit dem Messer hinauf.

»Seichter«, sagte der Bauer.

Der Knecht rückte noch etwas.

»So«, sagte der Bauer, »jetzt schneid durch.«

Darnach ging der Knecht aufs Feld hinaus.

Abends frug der Bauer: »Hast gemaht?«

»Ja«, sagte der Knecht, »auf der Arschkerben.« (Dies ist ein da und dort vorkommender Flurname, der sich rein sachlich auf die Form des Geländes bezieht und von niemand als unanständig empfunden wird.)

»Das ganze Stück?« frug der Bauer.

»Seichter«, sagte der Knecht.

»Dreiviertel?«

»Seichter.«

»Ja, zum Teufel, am End nur die Hälft?!«

Der Knecht grinste: »Jetzt schneid durch.«

DER TRAUM DES LEHRBUBEN

»Meister«, sagte der Lehrbub zum Schuster, »heut hat mir was ganz Besonderes träumt.«

Der Meister gab durch einen Knurrlaut zu erkennen, daß der Lehrbub erzählen durfte.

»Mir hat träumt, wir sind, der Meister und ich, in Prag gewesen und sind über die Prager Bruck gangen.«

Der Meister lauschte und nickte eifrig, denn einmal nach Prag fahren und dann auch über die Prager Bruck gehen, das hatte er schon immer wollen.

»Wir sind aber nicht miteinander gangen, der Meister ist drüben gangen und ich hüben.«

Wär auch richtig, dachte der Meister bei sich; wenn unsereiner endlich einmal in Prag ist, nachher wird er grad mit seinem Lehrbengel rumlaufen! —

»Wo der Meister gangen ist, war lauter Honig auf dem Pflaster, aber wo ich gangen bin, war lauter Dreck.«

»Hahahahaaa!« lachte der Meister aus vollem Halse.

Lach du nur nicht zu bald! dachte der Lehrbub und erzählte weiter: »Da sind wir alle zwei hingefallen, der Meister in den Honig und ich in den Dreck.«

Nicht übel! dachte der Meister und lachte von Herzen.

Da erzählte der Bub zu Ende: »Und nachher — nachher — nachher hat einer den anderen abgeleckt.«

»Dummer Kerl«, sagte da der Meister mit krauser Stirn, »denk du lieber an die Arbeit und verklopf mir keine Nägel!«

DAS FETTAUGE

Als unser Herr noch auf Erden wandelte und wieder einmal mit dem Heiligen Petrus über Land ging, da spürten sie einen rechten Hunger. Also luden sie sich bei einer armen Häuslerin ein und baten, sie möge ihnen eine Suppe kochen; für jedes Fettäugel darauf werde sie einen Groschen kriegen. Die Häuslerin hatte nur mehr ein Ranftel Brot und einen Rest Schmalz in der Almer, damit kochte sie. Das bisserl Schmalz aber machte Tausende von Fettäugeln auf der Wassersuppe, und wie die unser Herrgott im Nu gezählt und der Petrus bezahlt hatte, war die Häuslerin eine reiche Frau.

In ihrer Freude sagte sie es gleich herum. Da war in der Nachbarschaft eine Großbäuerin, die hatte es gar eilig, die beiden Reisenden auf ihren Hof einzuladen; trug ihnen auch eine gute Suppe an und nahm dazu ein Trumm Schmalz, bald wie zwei Fäuste groß. Als sie die Suppe auf den Tisch brachte, stand das Fett fingerdick über die ganze Schüssel dar, ein einziges Fettaug, und dafür kriegte sie auch einen einzigen Groschen und nachher vom vielen Ärger die gelbe Sucht.

UNTERM KIRCHTURM

Umweg eines Westenknopfes

Bei der Pfarrköchin sitzen drei Weiber aus dem Dorf bei Kaffee und Kuchen. Sie haben ihr Strickzeug mit, und die Pfarrköchin selber näht. Wie sie das Sackel mit Knöpfen in den Schoß ausleert, einen passenden Knopf zu suchen, ruft ihre Nachbarin aus: »Der Knopf! Grad so einer fehlt meinem Mann am Leibel!«

»Den können Sie gern haben«, sagt die Pfarrköchin. »Nähen Sie ihn nur recht fest an. Er stammt aus dem Klingelbeutel.«

Der Hansel

Ein Bauer brachte seinen Siebenten zur Taufe.

»Wie soll er denn heißen?« fragte der Pfarrer.

»Ei, taufen wir ihn halt Hansel«, sagte der Bauer. »Wir brauchen ihn eh nur zum Kühhüten.«

Bauernschläue im Beichtstuhl

Ein Landpfarrer war ein leidenschaftlicher Schnupfer und schneuzte sich in sein blaues Sacktuch, daß es mehrfach von den Gewölben widerhallte; so hielt er es bei allen Verrichtungen, und also auch im Beichtstuhl. Die Bauern warteten mit den ärgsten Sünden, bis das Schneuzen einsetzte, dann luden sie ab. So konnte es der Herr Pfarrer nicht hören, und der Herrgott wußte es eh.

Die himmlische Gerechtigkeit

Bei der österlichen Beichte bekennt ein Bauer, er sei sündhaft der Sonntagsmesse ferngeblieben.

Der Pfarrer fragt: »Was hast du denn derweil gemacht?«

Der Bauer druckst herum, dann gesteht er: »Im Wirtshaus bin ich gesessen und hab Karten gespielt.« Er weiß, daß das ein erschwerender Umstand ist; doch am End ist das andere — im Beichtstuhl — ein erleichternder Umstand: »Ich hab tüchtig verloren; ein Kalbel hab ich verspielt!«

»Siehst du, siehst du!« sagt der Pfarrer. »So hat dich der Herr in seiner Gerechtigkeit auf der Stelle für dein sündhaftes Tun und Lassen bestraft!«

Das Beichtkind ist ja recht zerknirscht, wie es sich gehört, aber alles kann es doch nicht hinnehmen. »Herr Pfarrer«, sagt der Bauer, »da stimmt etwas nicht! Der Schwaben-Naz hat das nämliche gemacht wie ich, und der hat das Kalbel gewonnen!«

Die verbotene Frucht

Eine Frau beichtete und bekam eine Buße auf. Die war ihr aber zu schwer, und so sagte sie es dem Geistlichen.

Der ließ mit sich reden und antwortete: »Eine Buße muß ich Euch geben. So nennt mir halt eine Speise, die Ihr nicht gern eßt!«

»Zwiebeln«, sagte sie, »die kann ich nicht riechen.«

»Also esset sieben Wochen lang keine Zwiebeln«, sagte der Beichtvater.

Als die sieben Wochen um waren, hatte sich die Frau zu einer leidenschaftlichen Zwiebelesserin entwickelt.

Der Kreuzwegbeter

Ein Bauer im Schönhengster Oberland hatte ein gar frommes Weib, das redete ihm eindringlich zu, doch auch einmal die Kreuzwegandacht in der Kirche mitzumachen. Da ging denn der Bauer in Gottes Namen mit. Aber bevor noch die Hälfte der Stationen begangen war, mußte die Frau feststellen, daß sich ihr Mann abgesetzt hatte. Kaum war sie selber mit der vierzehnten Station fertig, eilte sie ins Wirtshaus. Sie hatte sich in ihrer Vermutung nicht getäuscht: der Mann saß da. Scharf zur Rede gestellt, sagte er treuherzig: »Ich kunnt's nimmer uschaan, wos die mit unserm Herrgoot fürgebn homm!«

Grüße an den Apostel Paulus

Ein Bauernpfarrer stand auf der Kanzel und hatte die Epistel zu verlesen. Da begann er: »Es grüßt euch der heilige Apostel Paulus.«

Da wandelte es ihn an, eine Prise Tabak zu nehmen, das erledigte er in aller Gemütlichkeit und recht umständlich. Hierauf begann er nochmals: »Es grüßt euch der heilige Apostel Paulus.«

Da mußte er niesen und anschließend sich schneuzen. Er tat es und wußte nun die Bahn frei. Also sagte er abermals frisch: »Es grüßt euch der heilige Apostel Paulus.«

Da stand der Gemeindevorsteher auf und sprach mit Würde: »Wir danken ihm recht schön und lassen ihn ebenfalls bestens grüßen.«

Predigerkünste

Ein Pfarrer vor der Osterpredigt ließ seine Blicke über die versammelte Gemeinde hingehen und stellte fest, daß etliche Bauern zu lang die Auferstehung gefeiert hatten und jetzt den Schlaf nachholten. Da schrie er, auf den Kanzelbord schlagend: »Trumpf! Trumpf! Trumpf!!« Und auch die Schläfer schraken auf und starrten zu ihm empor. Der Prediger aber fuhr fort: »So ruft der Kartenspieler. Wir Christen aber rufen heute: ‚Triumph! Triumph!' Denn unser Heiland ist vom Tode erstanden!«

Der Kirchenpatron von Platten im Erzgebirge ist der Heilige Laurentius, der auf einem eisernen Rost zu Tode gebraten wurde. Also bestieg auf dem Plattener Kirchenfest ein Prediger die Kanzel, schnupperte nach allen Seiten, doch ohne ein Wort; endlich, unter der gespanntesten Aufmerksamkeit seiner andächtigen Zuhörer sagte er: »Es riecht nach was.« Dann wieder Schnuppern und Schweigen, und schließlich: »Ja, es riecht nach gebratenem Menschenfleisch!« Und es folgte eine herzbewegende Predigt über den Heiligen Laurentius.

Die Pfarrschwestern und der Festtagsbraten

Ein Pfarrer hatte seine drei ledigen Schwestern bei sich, die Anna, die Mari und die Resi, die führten ihm den Haushalt. Es waren gar fromme Personen.

Einmal an einem hohen Festtag zelebrierte der Pfarrer das Hochamt. Zwischendurch freute er sich schon auf den Entenbraten, denn er war auch nur ein Mensch.

Wie er beim »Dominus vobiscum« und »Per omnia saecula saeculorum» sich zur Gemeinde wendete, bemerkte er zu seinem Schrecken, daß sich zu den zwei Schwestern, die schon bei der Predigt in der Kirche gewesen waren, auch noch die dritte gesellt hatte. So knieten sie alle da, die Anna, die Mari und die Resi, und der Pfarrer sah im Geiste, wie der Entenbraten auf der einen Seite anbrannte.

Da wandte er sich, breitete die Hände und sang: »Anna-wend-d'-Ent-um!«

Aber die Anna begriff nicht und blieb.

Da drehte sich der Pfarrer wiederum, breitete die Hände und sang: »Mari-wend-d'-Ent-um!«

Aber auch an der Mari ging es vorbei.

Da wandte sich der Pfarrer noch einmal und sang laut und beschwörend, so daß ihn die Resi endlich verstand: »Resi-wend-du-sie-um!«

Der falsche Märtyrer

Zu seinem Namenstage, an dem zahlreiche Bauernwallfahrten eintreffen würden, sollte die hölzerne Statue des

Heiligen Leonhard auf neuen Glanz gebracht sein. Als jedoch der Tag unmittelbar bevorstand, hatte der Maler eben erst die alten Farben abgelaugt und die neuen noch nicht aufgetragen, und die Verlegenheit war groß. Da wollte eine freundliche Fügung, daß ein Bettelmann in den Ort einkehrte, ein gar getreuer Kostgänger des Pfarrhofes. Als der Pfarrer seiner ansichtig wurde, sagte er zu dem Mesner: »Mesner, ich hab's! Wir lassen den Hadernseff Sankt Leonhard sein!« Der Handel wurde abgemacht und der Seff eingekleidet, mit einer Kette versehen und auf den Seitenaltar gestellt.

Der fromme Schwindel wäre gut abgegangen, wenn nicht die Wallfahrer Kerzeln zwischen die Zehen des Heiligen gesteckt hätten. Weil sich die Zehen des neuen Leonhard zugänglicher erwiesen als die des alten, machten viele Andächtige davon Gebrauch, so daß dem Heiligen acht Kerzeln zwischen den Zehen brannten. Solange nur das Wachs tröpfelte, war es auszuhalten, denn Bettlerbarfüße sind nicht gar empfindlich. Als aber die Kerzeln herunterbrannten, da half kein Gedanke mehr an den Lohn, den der Pfarrer verheißen hatte; der Sankt Leonhard sprang herab, in die aufkreischenden Beter, und schrie: »Da soll der Teufel Heiliger sein!«

Vorbereitung auf den heiligen Ehestand

Ein Pfarrer fragt am Anfang der Brautlehre mit tiefem Ernst: »Habt ihr euch auch gut vorbereitet?«

Die Braut sagt: »Ein Kalb haben wir geschlachtet und die große Sau, zwei Zickeln und zwei Lämmer, sechs Gäns und ich weiß nicht wieviel Hühner; gebacken und geschmalzen haben wir, an vierzig Kuchen, an zweihundert Kücheln, und der Vater hat drei Eimer Bier zuführen lassen. Also denk ich halt doch, daß wir uns gut vorbereitet haben.«

Ansprache an die Brautleute

Der Pfarrer von Berg im Böhmerwald hatte ein Paar zu trauen, das er gar wohl kannte, und das auch seine Gemeinde gar wohl kannte. In seiner Ansprache sagte er mit mildem Lächeln: »Für euch, mein liebes Brautpaar, ist dieser Tag von größter Bedeutung; ihm werden Jahre der Reue folgen.«

Der Pfarrer auf dem Motorrad

Als der Pfarrer von Berg durch das Alter wohlbeleibt, aber auch schwach auf den Beinen geworden war, schaffte er sich ein Motorrad an — eines der ersten in seiner entlegenen Gegend, und noch dazu mit einem alten Hochwürden darauf! Des Wunderns und Beredens war kein Ende. Einer seiner Bauern gab der Sache folgenden Ausdruck: »Seit unser Herr Pfarrer das Motorrad hat, kannst grad noch sagen: ‚Gelobt sei Jesus Christus!' und schon ist er beim Teufel!«

Pastoralklugheit

Einem Pfarrer taten die Burschen beim Osterschießen zuviel. Sie wollten keinen Wink verstehen, sondern ließen es krachen, soviel sie nur konnten. Statt etwa die Macht seines Amtes und seines Ansehens zu strapazieren, verfuhr der Pfarrer klüglich. Er forderte die Burschen auf, nach Herzenslust zu schießen: er werde das Pulver bezahlen. Da machten die Burschen dem Herrn Pfarrer gerne die Freude, und er zahlte. Im nächsten Jahr geschah dasselbe. Im dritten Jahr aber sagte der Pfarrer: »Heuer ist es mir unmöglich, das Pulver zu bezahlen; ich muß leider sparen.« Da raunzten die Burschen untereinander: »Han, was denkt denn der?! Sollen wir für unser gutes Geld Pulver verbrauchen, daß ein anderer seine Freud hat? Nein, das tun wir auch für den Herrn Pfarrer nicht!« — Und das Osterschießen unterblieb.

VON WALLFAHRERN

Der Vorbeter und die Seinen

Aus einem Dorf in der Luditzer Gegend ging eine Wallfahrt nach Maria-Stock, und weil das Dorf keinen Pfarrer hatte, führte der Vorbeter die Fahrt. Er sagte mit lauter, tönender Stimme die Verse der Wallfahrtslieder vor, und mancher Pfarrer hätte von ihm lernen können; die Wallfahrer aber sangen ihm voller Vertrauen nach.

Als sie schon stundenlang durch den heißen Tag gezogen waren, kamen sie an einen lehmigen Feldweg, in dessen

Furchen noch die Wasser eines Wolkenbruches standen. Man mußte den Steig oberhalb auf dem Feldrain benutzen.

Der Anführer und Vorbeter rief in seinem gewohnten Ton: »Leuteln, gehts am obern Weg, denn der untre ist voll Dreek!«

Und die Wallfahrer sangen in müdem Trott:

»Leuteln, gehts am obern Weg,
Denn der untre ist voll Dreek ...«

Das nötigste Vaterunser

Der Pfarrer von Sablat im Böhmerwald, der Pater Josef Stürzel, hatte auf einer Wallfahrt schon manches Vaterunser für gute Meinungen beten lassen, da rief er: »Und jetzund wollen wir ein andächtiges Vaterunser aufopfern für alle, die gern mitgegangen wären, für alle, die nicht haben mitgehen können, und für alle, die nicht haben mitgehen mögen!«

Erbsen und Erbsen sind zweierlei

Zwei Bauern aus demselben Ort hatten bei der österlichen Beichte schwer abgeladen und beide als Buße auferlegt bekommen, zu Fuß eine Wallfahrt nach Maria-Kulm zu machen, mit Erbsen in den Stiefeln.

Sie gingen denn auch miteinander. Aber während der eine guten Mutes ausschritt, mit lauter Stimme die Litaneien und den Rosenkranz mitbetete und die heiligen Lieder sang, stöhnte der andere immer mehr und sagte schließlich zu seinem Gefährten: »Du, jetzt kann ich nimmer! Wie ist denn das möglich, daß du läufst wie ein Has?« — »Nachbar«, sagte der andere, »wir hätten uns besser verabreden sollen; ich hab sie gekocht.«

Schlechte Geschäfte

In dem nordböhmischen Wallfahrtsorte Filippsdorf hielt Seff seine selbstgeschnitzten Herrgötter feil. Ein Bekannter kam vorbei und rief: »Nun, wie gehn die Geschäfte, Seff?« — »Ach, laß mich aus!« klagte der; »kein Teufel mag einen Herrgott!«

KORBINIAN

Korbinian ist ein schöner, klang- und kraftvoller Name und in Bayern, wo der Heilige, der zu diesem Namen gehört, in hohem Ansehen steht, sehr beliebt. Aber anderswo verhält man sich zu einem solchen Namen wieder anders; das erwies sich vor rund hundert Jahren in einem Dorf des Schönhengstgaues.

Da war ein Pfarrer, der hielt es eisern mit einem gestrengen und abschreckenden alten Brauch, wenn ein uneheliches Kind zu taufen war. Wohl trug er es nicht mehr, wie es häufige Übung gewesen, auf dem hinteren Deckel der Taufmatrik ein — vielleicht nur deshalb, weil dort kein Platz mehr war; doch erhielt jedes solche Kind den Namen, der am Tage seines Eintritts in das irdische Jammertal gerade im Kalender stand. Auf diese Weise wurden den ewigen Annen und Marien, den Franzen und Josefen die Makariusse, Polykarpe, Zyriake, die Isidoren, Philomenen und Bibianen untermischt, was ja auch manches für sich hatte.

Da war wieder einmal eine vorzeitig zu einem Kind gekommen, und das Kind, ein Bübel, mußte getauft werden. Noch durchs Fenster rief die Wöchnerin den Taufpaten und der Hebamme nach, sie sollen ihr ja einen Franzel heimbringen. Das wollten die dreie auch, aber der Pfarrer wollte es nicht. Die Gesichter, mit denen sie aus der Kirche zurückkehrten, ließen die Bübelmutter nicht Gutes ahnen. Sie rief ihnen angstvoll entgegen: »Bringt ihr mir einen Franzel?« Nach etlichem Zögern antwortete die Hebamme: »Nein — er heißt Korbinian.« Da heulte die Mutter und rang die Hände: »Kua Teufel i dr Höll huaßt su wej mei Buibla!«

Verwundert vernahm diesen Wehschrei im Himmel droben der Heilige Korbinian.

AUSGANG DES LEBENS

Gelassenheit

Zum alten Kühnel-Weber im nordmährischen Girsig sagte der Arzt: »Es hat ja doch keinen Sinn, lieber Kühnel-Vetter, wenn ich Euch die Wahrheit verschweige: die linke Lunge ist nun weg, und von der rechten ist nicht mehr viel übrig ...«

Da blickte der Alte dem Doktor tröstlich in das traurigernste Gesicht und sagte: »Ach, Herr Doktor, wenn's oach längt, soloang ech lab!«

Auf dem Sterbebett

Ein Häusler lag im Sterben; seine Alte hatte die Sterbekerze angezündet und eine Weile gebetet, nun strickte sie, um die Zeit zu nutzen, an ihrem Strumpfe weiter. Immer einmal schaute sie, wieweit es schon mit ihrem Mann war, und klagte: »Kinderlen, Kinderlen, die Zeit vergeht, das Licht verbrennt, und der Mann will nicht sterben!«

Wieder ein anderer Sterbender war selber so sparsam, daß er ächzte: »Hörst, Weib, — mir ist ein klein wenig leichter, — lösch die Sterbkerzen derweil wieder aus!«

Und wieder einem sterbenden Häusler lag seine Ehefrau mit Wehklagen und zärtlicher Beschwörung in den Ohren: »Nur ein einziges süßes Wörtel sag mir noch, mein allerliebster Mann, nur ein einziges süßes Wörtel!« Da hob der Sterbende, der sich schon zur Wand gedreht hatte, ein wenig den Kopf und sagte: »Honig«, und alsdann nichts mehr und verschied.

Die Drohung

Ein böses Weib ließ seinem verstorbenen Mann einen Grabstein setzen mit der Inschrift:

»Ruhe sanft,
bis wir uns wiedersehen!«

WUNDERWIRKUNG EINER TINTE

Kaum hatte sich der Bauer niedergelegt, als er ganz furchtbare Zahnwehtung kriegte. Seine Alte, die ihn wimmern hörte, fragte: »Ja trauter Mann, was tut dir denn so weh?« — »Die Zähn halt«, wimmerte der Bauer. »Wart, ich lang dir den Franzbranntwein her, reibst dich im Gesicht ein, das hilft ganz gewiß.« Und sie stand auf, tastete sich ans Brettel und langte ihm ein Flaschel her. Der Bauer tat den Stöpsel heraus, stülpte das Flaschel fleißig auf die Hand und rieb sich das Gesicht ein. Alles im Finstern. Und schier im Augenblick war der Schmerz weg.

Der Bauer schlief ein und schlief gut und lang. Aber am Morgen weckte ihn ein furchtbares Geschrei seiner Alten: »Jesus Maria, ein Neger — ein Neger!!«

Er machte die Augen auf und fragte: »Was schreist denn so?!«

Da erkannte sie, daß es ihr Mann war, und daß sie im Finstern das Tintenflaschel mit dem Franzbranntwein verwechselt hatte.

Weil die Tinte schier ganz verbraucht war, ging der Bauer in den Laden um neue. »Es muß aber die nämliche sein«, sagte er, »genau die nämliche. Das ist eine sehr gute Tinte, gut für allerhand.«

RECHT

Zwei Bauern waren in einen Streit geraten und wollten ihre Sache zuerst dem Vorsteher vortragen, daß er schlichte.

Am Sonntag nach der Kirche erschien der eine und legte genau dar, wie die Dinge stünden, und warum es ihm das einfachste Rechtsempfinden verböte, seinem Gegner recht zu geben.

Der Vorsteher verabschiedete ihn mit dem gewichtigen Wort: »Du hast recht.«

Kaum war er fort, kam der andere Streitteil herein und machte dem Vorsteher in lebhafter Rede deutlich, wie sonnenklar das Recht auf seiner Seite stünde.

Der Vorsteher hörte ihm nachdenklich zu und sagte am Ende: »Und du hast auch recht.«

Als der zweite hinaus war, kam des Vorstehers Weib von nebenan, wo sie alles mitangehört hatte, und rief: »Aber Mann, wie können denn alle zwei recht haben?!«

Da sagte der Vorsteher: »Und du hast auch recht!«

SO SAGT MAN IM GEBIRGE ...

Es war auf dem Reichenberger Kreisgericht

Wieder einmal nahm Oberlandesgerichtsrat Huyer die Personalien eines Angeklagten auf. Man kam zu den strafmildernden Umständen, und zwar zu den objektiven, für die der Angeklagte nichts kann, zum Beispiel Versorgungspflicht gegen eine alte Mutter. In die zu berücksichtigenden Versorgungspflichten hatte die tschechoslowakische Gesetzgebung auch die Fürsorge für die nicht ehelich angetraute Lebensgefährtin einbezogen, und dieser Fall war hier gegeben.

Dr. Huyer: »Sie leben da mit dieser Frau zusammen ...«

Der Angeklagte: »Jo — ich lab mit'r em Zölibate.«

Die Presseberichter, junge Männer aus dem Egerland und aus dem Elbetal, lachten einstimmig heraus.

Dr. Huyer mit mildem, nachsichtigem Blick zum Pressetisch hin: »Ja, so sagt man im Gebirge ...«

EIN MILDER RICHTER

Einmal hatte der gute Oberlandesgerichtsrat Doktor Franz Biegler in Reichenberg einen Mann vor sich, der in der Trunkenheit allerhand angestellt hatte. Nur der Nachweis von Volltrunkenheit konnte ihn retten. Der Richter, der nicht bloß ein Menschenfreund, sondern auch ein Freund eines guten Tropfens war und etwas von der Sache verstand, fragte, wie der Rausch zustandegekommen sei, denn es handelte sich um keinen Säufer. Aus der Schilderung des Angeklagten ging hervor, daß er wenig im Magen gehabt hatte, als das Bier hineingegossen wurde. Der Richter fiel ihm ins Wort: »Sehen Sie, das war der schwerste Fehler Ihres Lebens! Niemals soll man trinken, wenn man nicht vorher anständig gegessen hat, niemals! Lassen Sie sich das eine Lehre für Ihr weiteres Leben sein. Niemals!« Und er fällte ein Urteil von bemerkenswerter Milde.

Ein andermal wurde über eine Diebin gerichtet, die einen Wintermantel gestohlen hatte, aber derart kühn das Gegenteil behauptete, daß sie in dem Mantel zur Verhandlung kam. Die Bestohlene konnte jedoch leicht nachweisen, daß es sich um ihr Stück handelte, und so wurde die Angeklagte verurteilt. Nachdem Oberrat Biegler die Begründung des Urteils gegeben und die Verhandlung geschlossen hatte, wandte er sich an die Bestohlene und sagte: »Frau Privatbeteiligte, das Urteil ist gesprochen und damit sind Sie zu Ihrem Recht gekommen. Aber nun ein Wort außerhalb des Gerichts: Auch der Dieb ist ein Mensch. Wir haben heute scharfen Frost, und die Verurteilte hat einen weiten Weg nach Hause. Sie müßten eigentlich den Mantel sofort ausgefolgt erhalten. Ich bitte Sie aber, ihn der Verurteilten für den Heimweg zu leihen.« Und die Diebin verließ das

Gericht in einem Mantel, den sie gestohlen und dessen rechtmäßigen Besitz sie frech genug verteidigt hatte, und der ihr nun von Menschenfreundlichkeit umgetan war.

DIE WAFFE DES WILDERERS

Von vielen vorbildlichen Heimatmuseen der Sudetendeutschen war das Freudenthaler wohl das vorbildlichste. Sein Hauptschöpfer war der Zeitunger Erwin Weiser, und diesem Ursprung gemäß war es das lebendigste Museum, das man sich in solch bescheidenem Umfang vorstellen kann. Es hatte sogar eine Kriminalabteilung, die reich beschickt war, von mittelalterlichen Folterwerkzeugen angefangen bis zu Stücken jüngster Vergangenheit. Unter diesen fiel ein »Gewehr« auf, wie wir alle es als Buben verfertigt haben, um mit was Gewehrähnlichem zu spielen. Doch mit diesem Stück war geschossen worden, obzwar es nur aus einem Meter Gasrohr, etwas Holz und einer unglaublich schlichten Abzugvorrichtung bestand. Es handelte sich um die Waffe eines Wilderers, der damit im Freudenthaler Stadtwald ein Reh erlegt hatte. Der Täter wurde damals gefaßt, Wildbret und Waffe wurden beschlagnahmt, und bald hernach stand der Wilderer, ein Anfänger seines Faches, vor dem Bezirksrichter. Wie immer in solchen Fällen wurde der Gerichtssachverständige für das Schießfach gehört. Er bestätigte die Möglichkeit und die Tatsache, daß das Reh aus dem Gasrohr erlegt worden war, schloß jedoch sein Gutachten mit dem Satze: »Daß der Angeklagte noch lebt, hat er meiner Überzeugung nach einem Zufall zu verdanken.« Daraufhin erklärte der Richter das Beweisverfahren für geschlossen, winkte dem staatsanwaltschaftlichen Funktionär und dem Verteidiger des Angeklagten ab und verkündete einen Freispruch mit der kurzen Begründung, das Bezirksgericht wolle in einem solchen Falle das Gottesurteil gelten lassen.

DIE GESCHICHTE EINER REDENSART

In Körber im Schönhengstgau sagte man, wenn etwas gestohlen worden war: »Du hot oaner weder a Stund schie(n) geloit« — »Da hat einer wieder eine Stunde schön geläutet«. Diese Redensart geht auf ein Wort des Knott-Flurl, eines gewissen Florian Baar zurück, der um die Jahrhundertwende und früher in Körber lebte und wirkte. Er war ausnehmend lang, hager und stark. Lang hatte ihn unser Herrgott wachsen lassen; hager erhielten ihn alle drei Gewerbe, die er betrieb: er war Totengräber, Glöckner und Weber; die Stärke aber, die mit seiner Armut verbunden war, verführte ihn leichter als andere zum Holzdiebstahl.

Einmal war es ein riesiger Stock im Walde des Lotschnauer Freisassen. Sooft der Flurl, der damals in Neuwaldeck wohnte, mit dem Schubkarren über den Zwittauer

Steig liefern fuhr, sah er diese ungenutzte Masse Holz liegen; der Stock schien die mächtigen Wurzeln wie Arme nach ihm auszustrecken und ihm mit den Würzlein daran zärtlich lockend zuzufingern, er möge ihn doch mitnehmen! Aber der Schubkarren war auf dem Heimweg von Zwittau wohl leer, doch viel zu klein. Also besorgte es der Flurl eines Nachts mit einem geliehenen Vorderwagen. Der Lotschnauer Freisasse stellte den Schaden fest, die Gendamerie den Täter. Der ging um schönes Wetter bitten. »Wer war denn mit?« fragte der Freisasse, dem an der Reinigung der sozialen Atmosphäre gelegen war. »Ich hab ihn ganz allein aufgeladen und heimgeführt«, schwor Knott-Flurl. »Dann hast du ihn nicht gestohlen, dann hast du ihn verdient«, sagte der Freisasse und entließ den Sünder in Gnaden.

So hätte es ja auch der Fürst von Thurn und Taxis gehalten, wenn der Flurl mit dem riesigen Dürrling auf der eisernen Achsel ihm begegnet wäre; aber der Arme hatte das Pech, statt dem Fürsten dem fürstlichen Heger in den Weg zu laufen. In der Verhandlung beim Leitomischler Bezirksgericht sagte der Angeklagte Florian Baar aus Körber, seines Zeichens Totengräber, Glöckner und Weber, ohne Vermögen, geständig: »Herr Richter, ich hab nicht gestohlen, ich hab den Baum nur in Zahlung genommen! Da war doch sechs Wochen vorher der alte Herr Fürst gestorben, der Patronatsherr von unserer Kirche. Da hab ich eine Stunde schön geläutet — und was hab ich dafür gekriegt? Nichts! So hab ich gedacht: die werden dich halt vergessen haben — holst dir dafür einen Dürrling aus dem fürstlichen Wald . . .«

An dieser Stelle des Verfahrens erhob sich der Vertreter der fürstlich Thurn-Taxis'schen Forstverwaltung und erklärte, daß sie an einer Verurteilung des Angeklagten nicht interessiert sei. Der öffentliche Ankläger ging mit ihm einig, und der Angeklagte ging frei.

Die Körberer aber lachten, jetzt und später, und sie sagen seitdem, wenn etwas einen unrechtmäßigen Herrn gefunden hat: »Du hot oaner weder a Stund schie(n) geloit!«

GESTILLTER KUMMER

Der Kaiser und das Leierkastenweiblein

Einem Leierkastenweiblein in Böhmen verunglückte der Kasten so schwer, daß der Orgelbauer ihr sagen mußte, unter fünf Gulden sei da nichts zu machen.

Fünf Gulden, das war ein Vermögen für sie. Der Leierkasten aber war ihr Brot.

Während sie hin und her sann und der Verzweiflung nahe war, hörte sie, auf einer Reise durch Böhmen sei der Kaiser Franz in der Nähe. Sie machte sich auf und bat, dem Kaiser ihre Not klagen zu dürfen. Das wurde ihr nicht verwehrt, und der Kaiser willfahrte gnädig ihrer Bitte um fünf Gulden und reichte ihr ein Goldstück.

Als sie es draußen besah, da war es ein Zehnguldenstück. Auf der Stelle kehrte sie zum Kaiser zurück: »Herr Kaiser, Ihr habt Euch vergriffen: es sind nicht fünf Gulden, es sind zehn!«

Der Kaiser sagte: »Behalt Sie nur die zehn Gulden und heb Sie fünf davon auf! Ich kann nicht alleweil in die Gegend kommen, wenn Ihre Orgel eine Reparatura braucht!«

Das Familienunglück

1906 besuchte Erzherzog Eugen, der Hoch- und Deutschmeister des Deutschen Ritterordens, das Ordensgut Langendorf bei Mährisch-Neustadt und nahm im sogenannten Oberschloß Quartier. Ehrenposten aus dem Forstpersonal standen Wache. Eines Tages erblickte der Hochmeister als Posten einen alten Bekannten: den Forstaufseher Ihm, Custozza- und Solferinokämpfer, mehrere Tapferkeitsmedaillen auf der Brust. »Nun wie geht's?« fragte ihn Erzherzog Eugen. Ihm anwortete: »Danke allergehorsamst, Kaiserliche Hoheit, es muß gehen; aber ich habe viel Pech in der Familie gehabt.« — »Wie«, fragte der Erzherzog, »ist denn jemand von Ihren Leuten krank, oder gar gestorben?« — »Doas groad nie, Kaiserliche Hoheit, oabr zwa Schwein sein mr krepiert.«

Der Erzherzog trug mit einer ansehnlichen Spende zur Behebung dieses Leides bei, dann ging er hin und lachte.

DER ZAUBERSPRUCH

Dr. Franz Spina, der Hochschullehrer und Politiker, erzählte einem anderen treuen Sohn des Schönhengstgaues, dem Bauerndichter Karl Hübl, vergnügt und ungemein angetan ein Erlebnis:

»Unlängst fuhr ich mit dem Zug von Böhmisch Trübau nach Abtsdorf. Im gleichen Abteil saß ein altes Mütterl und ein Mädel, Großmutter und Enkelin. Das Mädel schaute zum offenen Fenster hinaus. Auf einmal rief es: ‚Großmutter, Großmutter, es ist mir was ins Auge gefallen!'

‚Da reib nur nicht erst', sagte die Großmutter, ‚sondern sprich mir nach!' Und sie sprach langsam und feierlich vor:

‚As is mr wos is Aag gefolla.'

Das Enkelkind sagte es ebenso nach:

‚As is mr wos is Aag gefolla.'

‚Aus n Aag in n O . . . . gefolla.'
‚Aus n Aag in n O . . . . gefolla.'
‚Aus n O . . . . in n Grund.'
‚Aus n O . . . . in·n Grund.'
‚Du mei liebs Aag. wa ner wiedr gsund!'
‚Du mei liebs Aag. wa ner wiedr gsund!'

Als das letzte Wörtel des Spruches verklungen war, hatten die Tränen das Aschekorn, das dem Kind in das Auge gefallen war, herausgeschwemmt, und das Mädel konnte wieder fröhlich in die Welt schauen.«

DAS NÜTZLICHSTE TIER

Die Ziege, »die Kuh der Armen«, ist im Böhmerwald, im Erzgebirge, im Iser- und Riesengebirge und im Reiche des Altvaters hochgeschätzt, nicht nur bei den »Ziegenagrariern« selber. Der Volkswitz fand zu den allbekannten Vorzügen noch weitere:

Die Ziege ist das nützlichste Tier. Sie gibt auch alles, was man zum Kaffeekochen braucht: sie gibt ein Wasser, sie

liefert Bohnen, nicht weit davon kann man Zichorie abbröseln, und sie gibt sowieso Milch; wenn sie am Schwanz gezogen wird, macht sie einen Zucker. Und ist der Kaffee fertig, so kann man ihre Hörndeln eintunken.

DIE ROLLE DES VATERS

Einmal im Winter kam jemand zu einem Einödbauern in der Gegend von Eisenstein. Da fand er den Bauern mit gespreizten Beinen in der Stube stehen, und etliche Kinder krochen hintereinander durch, und so immer wieder. Dabei sangen alle zusammen: »Zwischen Spitzberg und Eisenstraß ist ein Tunell —«

Der Vater mit seiner schwarzen Stimme: »Fährst hinein, so wird's finster —«

Darauf die Kinder jauchzend: »Fährst hinaus, so wird's hell!«

Die Bäuerin aber saß auf der Ofenbank und lachte.

»Ja mei, Bauer«, rief der Besucher, »was treibst denn da?!«

»Ja merkst es denn nicht?! Die Kinder sind die Eisenbahn, und ich bin das Spitzberger Tunnel!«

IN DER SCHULE

Die Wurst des Armen

Ein kleiner Böhmerwäldler hatte vom Einödhof einen weiten Schulweg, da mußte er den Mittag im Dorf und winters in der Schulstube verbringen. Dann malte er eine Wurst an die Tafel und wischte zu jedem Bissen Brot ein

Stückel davon weg. Und als er mit beidem fertig war, sagte er fröhlich bei sich: »Hiazt waar aa dö echte weg!«

Die Heirat des Schulbuben

Der Lehrer einer Schule im Böhmerwald fragt: »Wie heißt das große Urwaldgebiet des Böhmerwaldes? Lechenbauer!«

Der Bub rührt sich nicht.

»Lechenbauer!«

Er rührt sich nicht.

»Ja zum Donner, heißt du denn nicht Lechenbauer?!«

»Naa, Herr Lehrer«, sagt er; »ich schreib mich jetzt Bachl; wir haben nämlich geheiratet.«

Vom Kuhländchen

Im Erdkundeunterricht der Odrauer Bürgerschule fragte der Fachlehrer: »Wie nennt man das fruchtbare, durch seine Viehzucht bekannte Gebiet, das sich über die Bezirke Neutitschein, Wagstadt, Fulnek und Odrau erstreckt?«

Der Schüler antwortete: »Das Kuhländchen.«

»Richtig!« sagte der Lehrer. »Und wie nennen wir die Bewohner dieses Ländchens?«

Der eifrige Schüler, der schon vorausgedacht hatte, schnellte seine Antwort wie einen Pfeil von der Sehne: »Die Kuhländler Rinderrasse!«

Unterrichtserfolg

Es war ein alter Lehrer, wenn der den Kindern die Kugelgestalt der Erde veranschaulichen wollte, bediente er sich seiner runden Schnupftabakdose. »Denkt nur immer an meine Schnupftabakdose!« sagte er. Diese Dose hatte er jedoch nur an Wochentagen im Gebrauch; am Sonntag trug er eine schöne neue bei sich, die war mit Perlmutter eingelegt und eckig.

Den Kindern war das natürlich nicht entgangen. Und als einmal der Herr Inspektor kam und neben anderem auch fragte, welche Gestalt die Erde habe, meldete sich ein kleines Mädchen und antwortete gar frisch: »Unter der Woche ist sie rund und am Sonntag eckig!«

Wann der Herr Jesus geweint hat

In den meisten Gegenden des Sudetenlandes, besonders nahe der Sprachengrenze war es üblich, Kinder zum Tschechischlernen ins Tschechische zu schicken. In der Regel geschah es auf Tausch, so daß eine halbwegs gute Behandlung gewährleistet war. Gleichwohl war diese Verschickung für mindestens ein Schuljahr höchst unbeliebt und der Aufenthalt in der fremdsprachigen Gegend die erste und schwerste Heimwehzeit des Lebens. Auch der, dem es nicht oder erst später bevorstand, wußte es von einem älteren Bruder oder von einem anderen Buben im Dorf.

Fragte in einem deutschböhmischen Dorf der Pfarrer, wann der Herr Jesus geweint habe. Da meldete sich einer der Buben und gab die Antwort: »Das erste Mal, wie er sich bei der Wallfahrt in Jerusalem verloffen hat und seine Eltern verloren, und nachher das zweite Mal, wie ihn seine Eltern ins Tschechische tan haben.«

Nicht zu neugierig

Der Kanonikus Göttlich, der Seelsorger von Georgswalde, wurde einmal von einem kleinen Kerl gefragt, woher die Kinder kämen. Da antwortete er: »Natürlich vom Lieben Gott.« Darauf wollte der kleine Ignaz auch

noch wissen, wie es dabei zugehe. Da sagte der Kanonikus: »So kleine Jungen wie du sollen nicht so neugierig sein; sie brauchen nicht alles zu wissen.«

Eines Tages ging der Kanonikus in seinen Garten, da betrat er den Nazl und dessen Spielkameraden beim Äpfelstehlen. Der Kamerad rannte davon, der Nazl aber schwang sich nur auf einen Zaunpfosten und blieb dort abwartend sitzen.

»Komm mal her«, sagte der Herr Kanonikus ganz freundlich, »ich will dir was sagen.«

»Nein, Herr Kanonikus«, sagte der Nazl, »ein so kleiner Junge wie ich braucht nicht alles zu wissen.« Und er rutschte auf der sicheren Seite hinunter und bieste davon.

Zeichen der Hoffart

In Gastorf bei Leitmeritz war der Herr Pfarrer eben daran, die Sünde der Hoffart zu behandeln: »Sag mir einmal einer, wer hoffärtig ist?«

Nach dem üblichen Zuwarten und neuerlichen Ermuntern meldete sich endlich die kleine Friedel. Beinah geheimnisvoll sagte sie: »Herr Pfarrer, ich denk, die Braun-Rosa ist hoffärtig!«

Die Braun-Rosa, die Hausgehilfin vom Kohlenhändler Braun, war ein hübsches Mädel, aber als hoffärtig war sie dem Pfarrer eigentlich nicht bekannt. Also frug er: »Woran erkennst du das, Friedel?«

»Wissen Se, Herr Pfarrer, wenn die gieht, dann wackelt sie so mit dem A . . . .!«

DER RASCH

Eines der bedeutenden Originale des Sudetenlandes war Pater Albert Lachmann, nach der Jahrhundertwende Direktor des Stiftungs-Obergymnasiums und des fürsterzbischöflichen Studentenkonvikts in Duppau bei Karlsbad, Egerländer Bauernsohn, Weltpriester, hervorragender Lehrer, von sicherstem Selbstbewußtsein und großer Naivetät, mit denen er die Schüler für seine Strenge entschädigte.

Eines seiner häufigsten Wörter war »Rasch!«; also hießen ihn seine Schüler den Rasch.

Der Rasch hatte einen jüngeren Bruder, den Dr. phil. und Dr. theol. Johann Lachmann, der zeitweilig ebenfalls am Duppauer Gymnasium unterrichtete und später als Professor für griechische, hebräische und aramäische Sprache an der theologischen Fakultät der Deutschen Universität in Prag wirkte. Auf diesen Bruder, der mit höchster Auszeichnung, nämlich *sub auspiciis maiestatis* promoviert hatte, womit die Verleihung eines kostbaren Ringes durch den Kaiser verbunden war, auf diesen Bruder war Direktor Lachmann überaus stolz.

»Es bin schon ich gescheut«, pflegte er zu sagen, »aber mein Bruder Hans ist noch viel gescheuter!«

Auch auf seine Mutter hielt Albert Lachmann große Stücke; das äußerte sich dann etwa so:

»Kleopatra wurde dreiundsechzig Jahre alt, Maria Theresia wurde dreiundsechzig Jahre alt und auch meine Mutter.«

Er war wohl der nationalste unter den ständigen Lesern der »Kölnischen Zeitung« und der »Reichspost«, und die Niederlage von 1918 und die gewaltsame Besetzung des Sudetenlandes durch tschechische Truppen trafen ihn schwer.

Eines Tages hing in der obersten Klasse auch seiner Anstalt die funkelnagelneue Karte der »Tschechoslowakischen Republik«.

»Was machen Sie eben, Herr Kollege?«

»Ich unterrichte Staatsbürgerkunde.« Im alten Österreich hatte der Gegenstand Vaterlandskunde geheißen ...

Der Rasch blickte auf die Landkarte, auf das Staatsgebilde, dessen Künstlichkeit und Willkür sich schon in der äußeren Form ausdrückte. »Ein bißchen lang geraten«, sagte er, mit der Hand der Form folgend, »fast wie eine Wurst . . .«

Und schon hatte er die Kreide zur Hand und rechnete aus, wie breit die Tschechoslowakei sein dürfte, wenn sie um den Erdball herum reichte. Es war sehr anschaulich.

Der Rasch liebte auch einprägsame Folgen von Fragen und Antworten. Er verfaßte sie selber und übte sie ein.

»Welche Sprache lieben wir?«.

Es meldete sich ein Schüler, der den Lausbuben besonders gut hinter einer tiefernsten Miene zu verbergen wußte.

»Wir lieben unsere deutsche Muttersprache, Herr Direktor.«

»Welche Sprache schätzen wir?«

»Wir schätzen die lateinische und die griechische Sprache.«

»Und welche Sprache lernen wir?«

»Wir lernen die tschechische Sprache.«

»Wozu lernen wir die tschechische Sprache?«

»Als Wehr und Waffen im Wirtschaftskampf. — Beachten Sie bitte die Alliteration: *Wehr, Waffen, Wirtschaftskampf*!«

Hier winkte jedoch der Rasch ab, denn dieser rühmende Hinweis war nur für seinen eigenen Gebrauch gedacht.

Auf den Gedanken, daß ein Schüler ihn uzen könnte, kam er nie.

Einmal gebrauchte der Rasch bei der Übersetzung aus dem Lateinischen für tote Tiere nicht »krepiert« oder »verendet«, sondern das bäuerlich-kräftige »verreckt«. Dieses Wort machte einen, der es nur aus der Mundart kennen mochte, lachen. Das heißt, er würde das Lachen gerne verdrückt haben, aber es platzte heraus.

»Sie sind ein dummer Kerl!« rief der Rasch und begegnete, umherblickend, in diesem Sinne auch dem Feixen etlicher anderer. »,Verreckt' ist ein gutes deutsches Wort! Das kommt davon, wenn man sich beim Sprechen nichts vorstellt, wenn man zum Worte nicht sieht und denkt! — Passen Sie auf!«

Er saß am Katheder und begann mit seiner Vorführung. Erst hielt er die Hände nach vorn und bewegte ein wenig die Finger.

»Was tue ich?« fragte er und gab gleich die Antwort: »Ich rege mich.«

Dann ballte er die Hände zu Fäusten, stieß sie in die Höhe und ließ sie den Körper nachrucken.

»Was tue ich jetzt? Jetzt tue ich etwas ungleich Kräftigeres, und dem entspricht auch das kräftigere Wort: ich recke mich!«

Nunmehr stieß er die Arme zunächst dahin und dorthin in die Luft, doch bald wurde aus kräftig krampfig, Glieder, Rumpf und Haupt wollten noch, aber sie konnten nicht mehr, also streckten sie sich auf der Tischplatte hin, zuckten, verzuckten, — die Augen hinter der goldenen Brille aber verdrehten sich nach oben, sie drehten sich fragend zur Klasse: »Und was habe — was bin ich jetzt?«

Erst wagte niemand zu antworten, dann aber rief der Klassendümmste: »Und jetzt, Herr Direktor, sind Sie verreckt!«

»Jawohl, sehr richtig!« rief der Rasch, indem er aufsprang. Die Fröhlichkeit in der Klasse, die sich da und dort bemerkbar machte, verstand er durchaus als Freude über das so trefflich vermittelte Wissen.

Der Rasch war streng, und er war jähzornig.

Als einmal beim Einschreiben in das Klassenbuch die

Feder sich sträubte, warf er sie an die Wand, an die gegenüberliegende Wand. Über die ganze Klasse hinweg an die gegenüberliegende Wand.

Ein Schüler, ohnedies keiner von den Besseren, hatte etwas ausgefressen, und nun lag ihm natürlich daran, sich dem Herrn Direktor angenehm zu machen. Also sprang er beflissen hin, dem Gestrengen seinen Havelock abzunehmen.

»Hinein!!« donnerte Zeus. »Du weißt wohl nicht, welche Ehre das ist, wenn du mir den Mantel abnehmen darfst?!«

Direktor Lachmann machte nur selten Witze.

Da war eine der verbotenen Übersetzungen aus dem Lateinischen und dem Griechischen »von einem Schulfreund«, die wurde kurz »der Freund« genannt.

Es geschah nur in höchster Not, daß beim Rasch geschwindelt wurde, in Lagen, wo alles gewagt werden durfte, weil nichts mehr zu verlieren war. Und dann konnte es tatsächlich leicht schiefgehen.

Einmal war es wieder so, daß der Rasch hinter der goldenen Brille zu schlummern schien. Plötzlich aber sprang er vom Katheder und lähmte die hastigen Bewegungen eines Schülers mit dem Donnerwort: »Zurück, du rettest den Freund nicht mehr!!«

Direktor Lachmann war selber ein wandelndes Lexikon, doch konnte auch er das Konversationslexikon nicht völlig entbehren. Erhob sich im Professoren-Speisezimmer ein wissenschaftlicher oder sonst ein Wissens-Streit, dann schaltete er sich sofort als Schiedsrichter ein — oder aber er schien nicht hinzuhören und einmal hinauszumüssen — und bewies dann, zurückgekehrt, seine verläßliche Sachkenntnis.

Einmal fädelten die Professoren, oder vielleicht nur einer, einer von den jungen, einen Streit um Borneo ein, um ein Detail von Borneo; es war keine Schande, wenn man es nicht wußte, aber es wäre eine Ehre gewesen, wenn man es gewußt hätte, ohne der britische Vizegouverneur zu sein.

Der Herr Direktor verschwand.

Als er wiederkam, redete er von etwas anderem.

Bei »Borneo« war ein Zettel eingelegt gewesen: »Guten Abend, Herr Direktor!«

DER BERÜHMTE NAME STIFTER

Der Fleischergeselle Friedrich Stifter, Stifter-Fritzl geheißen, ein lustiger alter Bursche und sehr beliebt, kehrt von einem Rundgang in etlichen Böhmerwalddörfern nach der Stadt zurück. Ein Sommerfrischler, der ebendorthin will, ist sein Weggenosse.

Ein Bauer geht vorbei und ruft: »Grüß dich Gott, Stifter!«

In einem Dorf rufen die Kinder: »Der Stifter! Der Stifter!« und tun, als ob sie sich geschwind verstecken müßten, denn so manche Mutter hat gedroht: »Wenn du nicht gleich folgst, geb ich dich dem Stifter mit!«

Im nächsten Dorf fragt ihn eine freundliche Hauswirtin: »Gehst heut leer heim, Stifter?«

So durch alle Ortschaften und Einschichten: freundliche Zurufe und freundliche Antworten.

Auch der Sommerfrischler möchte etwas Freundliches beitragen; da sagt er: »Sie haben einen sehr berühmten Namen, Herr Stifter.«

»Das will ich meinen«, sagt der Stifter-Fritzl. »Ich tu ja auch schon dreißig Jahr lang in der ganzen Gegend die Küh und die Ochsen und die Kalbeln und die Säu z'sammkaufen!«

GOETHE IN KARLSBAD

Irrtümliche Feier

Als Goethe im Jahre 1818 wieder zur Kur in Karlsbad war, besuchte ihn eines Morgens wie gewöhnlich sein Leibarzt, der mit ihm gekommen, der weimarische Hofmedikus Doktor Wilhelm Rehbein. Er traf Goethe bei bester Laune an, die sich ohneweiters aus der Flasche Wein erklären ließ, die Goethe vor sich stehen hatte. Der Geheimrat schenkte dem Arzte ein und forderte ihn auf, mit ihm auf seine, Goethes, Gesundheit zu trinken. Sein Zungenschlag verriet, daß er auch schon allein dem guten Tropfen kräftig zugesprochen hatte. Der Arzt stand verwundert da, fragend, was denn eigentlich los sei. Sein erster Gedanke war, der Geheimrat wolle ihn, zu dergleichen stets aufgelegt, foppen und ihm vormachen, heute sei Johann Wolfgang von Goethes Geburtstag. Aber dann mußte er begreifen, daß es Goethe ernst meinte. Das bedeutete aber, daß der Jubelgreis sich irrte: es war gar nicht der 28. August!

»Aber Exzellenz«, rief Doktor Rehbein, »Ihr Geburtstag ist heute ja gar nicht!«

»Was?! Mein Geburtstag wäre nicht?«

»Heute gewiß nicht!«

»Laßt doch einmal sehen!« sagte Goethe und bewegte sich mit würdigen Schritten, denen eine gewisse Anstrengung anzumerken war, zu dem Kalender, stellte umständlich den Sachverhalt fest, legte den Kalender schweigend hin und kam mit nachdenklicher, ernster Miene zurück. »Nun, da schau mal einer an!« sagte er. »Da hab ich mich heute umsonst besoffen.«

Einmaliger Böttiger

Eines Tages kam Goethe in Karlsbad merkbar aufgeregt von einem Morgenspaziergang zurück und teilte auch sogleich mit, was ihm begegnet war: »Da habe ich von fern einen Mann vorbeirutschen sehen, der Kerl hat mich ordentlich erschreckt: ich glaubte, den leibhaftigen Böttiger erblickt zu haben!« Sein Freund Doktor Riemer grinste; er wußte längst, daß der Rektor Böttiger aus Weimar, den Goethe nicht ausstehen konnte, ebenfalls in Karlsbad zur Kur weilte, hatte aber der guten Laune Goethes nicht mit einer solchen Mitteilung Abbruch tun wollen. Jetzt freilich war es soweit. »Oh«, sagte Riemer, »Ihre Augen haben sich da nicht versehen!« Da rief Goethe, freudig, erlöst: »Gottlob, gottlob, daß Gott nicht ein zweites solches Schafsgesicht geschaffen hat!«

Schillers »Glocke« von Goethe

Am Karlsbader Neubrunn liebäugelte Goethe mit einem reizenden Wesen, einem weiblichen natürlich, und kam mit ihm ins Gespräch. Die Schöne wußte, daß er ein berühmter Dichter war, versicherte, sie habe seine Werke mit großem Vergnügen gelesen, und schrieb ihm bei dieser Gelegenheit den »Ardinghello« zu, der sie ganz besonders beeindruckt habe. Nun, war Goethe auch nicht der Verfasser des »Ardinghello«, so war doch diese Leserin reizend, und man mußte nicht unter allen Umständen Autor sein, am wenigsten ein eitler Autor ...

So wenig es Goethe etwas ausmachte, wenn er mit Heinse verwechselt wurde, so empfindlich war er gegen Verwechslungen mit Schiller. Aber auch daran mußte er sich gewöhnen. Wohlgelaunt, wie er seine Tage in den deutschböhmischen Weltbädern verbrachte, vergnügte er sich sogar an solcher Verwechslung.

Eines Tages wurde ihm eine dicke Bankiersgattin aus Prag vorgestellt: dies sei schon lange ihre Sehnsucht gewesen. Es sei ihm ein Vergnügen, behauptete Goethe. »Oh«, rief die Dicke begeistert, »ich habe das Vergnügen schon lange: ‚Fest gemauert in der Erden Steht die Form, aus Lehm gebrannt . . .'!«

KOMPONISTEN

Beethovens Pech

Als der Komponist Wenzel Tomaschek Ludwig van Beethoven im Jahre 1798 in Prag zum ersten Male konzertieren hörte, war er besonders von einer Fantasie, mit der Beethoven schloß, gepackt und »auf eine ganz fremdartige Weise erschüttert«.

Aber ein nächstes Mal hörte er kritischer hin; da bewunderte er zwar noch Beethovens Spiel, fand aber dessen Kompositionen in so mancher Hinsicht mangelhaft. Der Fall erfüllte ihn mit aufrichtigem Bedauern; Wenzel Tomaschek äußerte: »Wenn Beethoven bei mir gelernt hätte, wäre etwas anderes aus ihm geworden!«

Dessauer und Schlesinger

Vor einem runden Jahrhundert lebte in Prag ein reicher Geschäftsmann, der nebenher unter dem Namen Dessauer komponierte. Er verlegte in Paris, bei Moritz Schlesinger.

Die Honorarfrage wurde von diesem damit gelöst, daß er seinem Dessauer eine goldene Uhr gab.

Nach einer Zeit beklagte sich der Komponist bei dem Verleger: die Uhr gehe nicht.

»Passen Sie auf«, sagte Schlesinger: »ich hab Ihnen gegeben eine goldene Uhr; aber hab ich dazu was gesagt von ‚gehen'? Gehen am End Ihre Kompositionen?«

Unsterbliche in Karlsbad

Der Komponist Karl Goldmark und der Cellist David Popper treffen sich in Karlsbad und gehen als alte Freunde miteinander spazieren.

Diese Häuser, diese Gassen, die ganze Stadt — Geschichte! Politische Geschichte, Kulturgeschichte, Literaturgeschichte, Musikgeschichte! Hier hat Wallenstein und hier hat Blücher, und hier hat Bismarck, und hier Goethe, und hier Schiller, und hier hat Beethoven, und hier Brahms — —

»Siehst du, Goldmark«, sagt Popper, »in hundert Jahren wird an dem Haus, wo du jetzt wohnst —«

»Laß das, Popper, hör auf! Red keinen Unsinn —«

»Dagegen wirst du gar nichts machen können, man wird dich nicht fragen! In hundert Jahren, sag ich —«

»Laß, Popper, ich kann so dummes Zeug einfach nicht hören —«

»Dumm hin, dumm her, Goldmark, in hundert Jahren wird genau so eine Tafel an dem Hause hängen: ‚Hier sind Zimmer an Kurgäste zu vermieten.'«

INFANTERIST RILKE

Eines Tages im Ersten Weltkrieg wurde auch Rainer Maria Rilke eingezogen, nicht für lange. Er wurde dem

k. u. k. Kriegsarchiv zugeteilt und sollte an der Aufzeichnung besonders rühmenswerter Kriegstaten mitwirken. Dort betreute ihn aufs schonendste ein anderer Deutschböhme, der Dichter Franz Karl Ginzkey, ehemaliger Berufsoffizier, Militärkartograph, nun wieder im Dienst. Der setzte Rilke in ein freundliches, abgelegenes Zimmer, das mit Maria-Theresianischen Akten und solchen aus den Napoleonischen Kriegen gefüllt war, und der Chef, ein Oberst, ließ ihn Rechnungsbogen linieren, um ihn nicht mit literarischer Zwangsarbeit quälen zu müssen. Mit großer Geduld und Sorgfalt erfüllte Infanterist Rilke diesen militärischen Auftrag.

Wenn am späten Nachmittag die Stunde der Erlösung geschlagen hatte, und »der sonderbarste Soldat der k. u. k. Armee«, wie ihn Ginzkey nennt, das Dienstgebäude verließ, mußte er sich beim wachhabenden Unteroffizier mit Zeitpunkt und Namen eintragen. Einmal nun war der Infanterist René Rilke geistesabwesend oder auch, wenn man will, geistesanwesend genug, sich mit dem schönsten Schwung der schönsten Dichterhandschrift seit Goethe zu unterschreiben: »Rainer Maria Rilke«.

Der Unteroffizier schaute ihm wie entgeistert nach, dann schüttelte er den Kopf und brummte: »Dös is mir aa no net fürkemma: a Soldat, der Mizzi hoaßt . . .!«

VON UNSEREN DICHTERSLEUTEN

Die Ebner

Marie von Ebner-Eschenbach, die große Dichterin und kleine, unhübsche Person, wußte sehr wohl, wer sie war, und ließ sich insbesondere von keinem Standesgenossen beeindrucken; im Gegenteil, sie begegnete dem Volk mit

Liebe, dem Adel jedoch mit unnachsichtiger Kritik, weil er Ansprüche erhob, die in ihren Augen allenfalls einem höheren Menschentum, keinesfalls aber der höheren Gesellschaftsschicht zukamen. Die übliche »Bildung« der Adeligen kennzeichnete sie als »die Fertigkeit, dieselben Albernheiten in verschiedenen Sprachen zu sagen«.

Einmal kam sie verspätet in eine große Gesellschaft und war infolgedessen der allgemeinen Aufmerksamkeit ausgesetzt. Da hörte sie, wie einer der adeligen Herren äußerte: »Wenn ich so häßlich wär, tät ich nicht zu spät kommen.« Augenblicklich drehte sich die kleine Baronin um und sagte: »Für einen so groben Kavalier komm ich früh genug.«

Stifter und die Sprache des Volkes

Adalbert Stifter hatte in Wien einen Kleiderputzer, dessen urtümliches Wesen ihm manchen Spaß bereitete.

Einmal fragte ihn Stifter wie allmorgendlich nach dem Wetter. »Euer Gnaden«, kam die Antwort, »ein Nebel, daß man ihn aufs Brot streichen könnt, und dazu eine Luft, daß sich eine Sau daran reiben möcht!«

Mehrmals sah dieser dienende Meister der anschaulichen Sprache sich zu den Worten veranlaßt: »Prahlen Sie nicht mit Ihrer Jugend, Herr von Stifter! Ich kann noch mit Ihren Gebeinern die Nüss' vom Baum schmeißen!«

Er starb jedoch lange vor Stifter, wie es im Plan der Natur gelegen. Gerne hat sich der Dichter des Volkssprachekundigen erinnert, jedoch von dem Elemente der unsanften Gewalt seiner dichterischen Sprache nichts einverleibt.

Der vortreffliche Brockhaus

Der Dramatiker Dietzenschmidt, Anton Franz Schmidt aus Ebersdorf bei Teplitz, war in Berlin weit bekannter als in Reichenberg. Gleichwohl erkannte ihn Herr Hartwig auf den ersten Blick, als der Dichter eines Tages die Buchhandlung von Paul Sollors Nachf. betrat; doch wartete der Verkäufer achtungsvoll ab, ob der Kunde sein Inkognito lüften würde. Dietzenschmidt tat es nicht; er bat nur, sich die Neuerscheinungen ansehen zu dürfen.

Auf dem Verkaufspult lag auch der jüngste Band des zwanzigbändigen Brockhaus mit dem Buchstaben F.

»Ah, der neue Brockhaus«, sagte Dietzenschmidt, »F, F. Da ist wohl der Band D auch schon erschienen?«

»Gewiß, mein Herr«, sagte Herr Hartwig und eilte die Leiter empor, den Band herunterzuholen.

Der Dichter nahm ihn dankend zur Hand und blätterte: Damast, David, Debet, Diameter — — dann verweilte er lange an einer Stelle und noch etwas länger. Schließlich legte er den Band wieder hin und nickte: »Ein gutes Lexikon!«

Halt die Namen . . .

Gelegentlich der Reichenberger Dichterwoche 1925 waren mehrere Dichter Kaffeegäste eines der ersten Reichenberger Häuser. Die Dame des Hauses war über die Herren nur teilweise im Bilde und hatte obendrein kein gutes Namensgedächtnis. So entwickelte sich folgende Unterhaltung:

Die Dame zu Kolbenheyer: »Was haben Sie denn schon alles geschrieben, Herr Kohlheimer?«

Kolbenheyer: »Einiges.«

Nach einer stummen Weile wurde der allzeit freundliche Robert Hohlbaum von der Dame angeredet: »Nicht wahr, Herr Hohlfeld, Sie werden mir's sagen?«

Hohlbaum, dem vor lauter Fassungsbewahrung die Eingeweide schmerzten, bemühte sich, der Dame schonungsvoll das Nötigste über Kolbenheyers Werke beizubringen.

Dankbar hörte sie ihm zu. Während dessen verließ jemand lautlos das Zimmer, bevor ihn seine Kraft verließ. Die Dame bemerkte es zunächst nicht, doch nach einer Weile vermißte sie den Gast und fragte: »Ja wo ist denn unser Herr Sedlmayer?«

Sie meinte Dietzenschmidt.

Nach fünfhundert Jahren ...

Aus Anlaß der Reichenberger Dichterwoche 1925 wurde Dietzenschmidts Volkskomödie »Vom lieben Augustin« aufgeführt. In der Nacht nach der Aufführung schlief Dietzenschmidt als Wohngast des Dichters Friedrich Jaksch mit Hans Watzlik in einem Zimmer. Selbstverständlich ging die Rede weiterhin von der Aufführung und dem Stück, auch noch in den Betten.

Da sagte Hans Watzlik, der geschworene Feind aller Fremdwörter: »Aber warum verwendest du in einem Stück, das vor Jahrhunderten spielt, ein Fremdwort so ganz aus unserer Zeit wie ‚pervers'? Das stört doch sehr!«

Dietzenschmidt verteidigte sich: »Weißt du, Hans, du mußt bedenken, wie das in fünfhundert Jahren wirkt!«

»Dietzenschmidt«, sagte Watzlik, sanft und beinahe singend, »in fünfhundert Jahren — — —!« Drehte sich auf seine Schlafseite und begann bald leise zu schnarchen.

BESCHEIDENHEIT

Hans Watzlik hatte in einer Schule aus seinen Werken gelesen und den begeisterten Beifall der Schüler und Schülerinnen entgegengenommen. Als er gehen wollte, trat eine Schülerin mit einem Poesiealbum vor, knixte und bat artig, er möge seinen Namen und den Tag einschreiben.

Kaum hatte sich der Dichter angeschickt, diesen Wunsch zu erfüllen, als eine Art papierenes Unwetter losbrach: Notizbücheln, Taschenkalender und Hefte wurden gezückt, Blätter herausgefetzt, es wurde um Blätter und Zettel gebalgt, und der Dichter sah sich von stürmischer Jugend umringt. Er setzte sich geduldig nieder, nach dem Satze »Gleiches Recht für alle« zu verfahren.

Aber weniger geduldig als er waren die jungen Leute. Bald hatte er keinen Ellbogen mehr frei, bald stießen sie an Katheder und Stuhl, so daß er Mühe hatte, seinen Namen zu schreiben. Er hielt inne: »Also seid doch vernünftig, Kinder! Es kommen ja alle dran! Aber je mehr ihr drängelt und rempelt, desto länger dauert es!«

Ein Weilchen ging's, doch nur ein Weilchen. Dann mußte er neuerlich einhalten, und so nochmals und wieder.

Während er seufzend ausblickte, wann er endlich diese Arbeit hinter sich haben würde, sah er ganz im Hintergrunde, von dem drängenden Schwarme entfernt, einen Jungen mit schwarzen Kraushaaren, der hielt sittsam ein Blatt Papier in beiden Händen und wartete. Wo er stand, konnte er nur als allerletzter drankommen.

»Ja, es hat was auf sich mit dem Geiste solcher Häuser«, dachte der Dichter. »Uralte Erfahrung im Umgang mit Menschen anderer Art teilt sich schon den Kindern mit«, und ähnliche Gedanken mehr. Dann setzte er seine Arbeit fort.

Als er endlich fertig war und sich den Schweiß wischte, hatte er den kleinen Mann in der Ecke ganz vergessen. Da stand dieser plötzlich vor ihm, immer noch das Blatt in beiden Händen, verneigte sich und sagte: »Herr Watzlik! machen Sie mir ein schönes Gedicht!«

FEUERWEHRMANN VIKTOR HEEGER

Man sollte es nicht für möglich halten, daß Viktor Heeger, dieser herzensgute Sänger Sudetenschlesiens, einmal nichts wie Jauche über die Leute geschüttet hat, und noch dazu über brave Feuerwehrmänner, die mit aller Anstrengung dabei waren, das Gut ihres Nächsten zu retten! — Das kam so:

Es war im Fasching 1883, da schwenkte auf dem Turnerball der junge Lehrer Viktor Heeger seine Resi im Tanz, als plötzlich Feueralarm die Tanzmusik übertönte. Im Nu rennen die Feuerwehrmänner nach Hause, ziehen sich um und eilen im Sturmschritt zum Brandplatz. Ihre Körper dampfen in dem grimmigen Frost, als sie beim Kreuzerbauer in Altstadt ankommen. Die Scheune brennt, sie ist nicht mehr zu retten, denn der Brunnen ist leergepumpt und sonst kein Wasser in der Nähe. Was aber trotzdem versucht werden muß: zu verhindern, daß die wirbelnden Funken das Strohscheibeldach des nahen Wohnhauses in Brand setzen! Die Leitern an das Dach, Männer hinauf, Eimerkette bilden! — Schon sitzt mit seinem Spezel Thiel-Max der Heeger-Lehrer rittlings auf dem First. In die Eimer aber wird mangels einer anderen Flüssigkeit Jauche geschöpft, und sowie sie oben ankommt, schütten Heeger und Thiel sie in kräftigem Schwung über das Scheibeldach und unvermeidlich auch darüber hinaus. »Saulader ihr!« tönt es von unten, »tut 's Doch bejauchen, nie unsere Köpp! Natürlich Thiel-Max und der Heeger-Lehrer! Saulader ihr!!«

Das Wohnhaus des Kreuzerbauern wurde gerettet. Es stank, aber es stand. Eine Nachbrandkneipe fand diesmal nicht statt, denn auch wenn es der beste Freund war, konnte keiner den anderen riechen.

SLEZAK

Zuständigkeiten

In Wien gibt es ein Ärzte-Orchester, das sich hohen Ansehens erfreut. Eines Tages beehrte es sich, Herrn Kammersänger Leo Slezak zu einem Konzert einzuladen. Der Überbringer der Einladung fragte: »Der Herr Kammersänger wird doch kommen, wenn er spielfrei ist?« Darauf Slezak: »Nein. Ich geh ja auch nicht zu den Philharmonikern, wenn ich eine Blinddarmentzündung hab.«

Slezak ausgehöhlt

Leo Slezak weilte in Karlsbad. Nicht zum Singen, nicht zum Scherz, sondern zur Kur; daher auch »weilen«. Seine ihn innig liebende Gattin weilte mit und paßte auf, daß er seinen Brunnen trank und nicht mehr aß, als mit der Kur halbwegs zu vereinbaren war.

Eines Tages ging er spazieren und schaute dabei in die Auslagen mit den guten Freßsachen. Aber neben ihm ging seine Getreue und hielt ihn unbarmherzig auf dem Pfade der Tugend.

An der Promenade stand eine selbsttätige Waage. Slezak trat auf die Plattform, warf ein, und die Waage zeigte sechs Kilo.

Da richtete Leo seinen vorwurfsvollsten Blick auf seine Frau und tönte: »Schau her — dein Ärmstes — es ist schon ganz hohl!«

VON NAMHAFTEN LANDSLEUTEN

Die drei Dittriche

Als der Amtshauptmann von Freiwaldau Karl Ditters von Dittersdorf auf das Schloß Johannisberg bei Jauernig übersiedelte, zu seinem Gönner, dem Bischof von Breslau Graf Schaffgotsch, um sich ganz seinen Tonschöpfungen zu widmen, da wurde Ignatz Dittrich Amtsverweser von Freiwaldau. Er hatte drei Söhne; der eine wurde Arzt, der andere Apotheker: Begründer der Dittrich-Apotheke in Prag, des bekannten Arzneiversandhauses, und der dritte Pfarrer. Allen dreien ging es gut, und die Leute sagten: »Wie sollt es denen schlecht gehen? Die drei Dittriche braucht jeder zum Sterben: den Arzt, der ihn zu Tode kuriert, den Apotheker, der ihm das letzte Tränklein braut, und den Pfarrer, der ihn versieht und einsegnet.«

Der Moor-Schreiber

Der Böhmerwälder Lehrer Hans Schreiber, in der ganzen Welt bekannt als Moorforscher und daher der Moor-Schreiber geheißen, war auch der Schöpfer des Böhmerwald-Museums in Adalbert Stifters Geburtshaus und ein hervorragender Volksbildner.

Wenn er bei seinen zahlreichen Vorträgen Bauern, Glasmacher und Holzhauer vor sich hatte, die ihrerseits ein Bier und ein Gestandenes vor sich hatten, dann sagte er gern zur Einführung: »Essen könnts, trinken könnts, rauchen könnts, aber — das bitt ich mir aus — zum Lärmmachen bin ich da!«

Das Geheimnis des Tom Jack

Tom Jack, von seinen Landsleuten Weißschädel genannt (er war ein Weißling), erwies sich allzeit als ein heimattreuer Böhmerwäldler, wenn er auch in der ganzen Welt als amerikanischer Kettensprenger und Eiskönig (»To Ya und seine Eisfamilie«) auftrat.

Als er sich wieder einmal in seiner Heimat aufhielt, wurde er gebeten, bei guter Gelegenheit in der Fremde etwas für seine Böhmerwaldheimat zu tun.

»Mei«, sagte Tom Jack, »dös geht nit. Da kaamet ja da ganz Schwindel außer; ich sag ja überall, daß ich vom Nordpol bin!«

Anhalter Theodor Körner

Auch ein Bundespräsident kann einmal — zum mindesten unerkannt — verdächtigt werden oder einen Korb kriegen, oder beides zusammen.

Auf einer Reise, die der österreichische Bundespräsident Theodor Körner (aus Kratzau im Sudetenland) im Mai 1954 in die Steiermark unternahm, sah er ein kleines Mädchen, das eine schwere Milchkanne schleppte. Er lud die Kleine ein, in seinen Kraftwagen einzusteigen. Aber nach einem höchst mißtrauischen Blick auf den weißbärtigen alten Herrn erklärte das Mädchen entschieden: »Mit fremden Männern fahr i net!«

DER EILBRIEF GOTTES

Der Physiker und Philosoph Ernst Mach, einer der großen Sudetendeutschen, gehörte in Wien einem Stammtisch an, der ihn regelmäßig mit seinem bedeutenden Landsmann Josef Popper-Lynkeus und anderen Persönlichkeiten zusammenführte. Diesem Kreise zählte auch der Zeitunger Ignaz Benkendorf zu, ein leidenschaftlicher Gottesleugner.

Mach, der es selber gewöhnt hatte, als Gottesleugner mißverstanden zu werden, nahm Benkendorf gern auf den Arm, ja er brachte es einmal dahin, daß Benkendorf wütend den Stammtisch verließ. Am nächsten Tag sagte der Eiferer zu Mach: »Herr Professor, ich erkenne Sie nicht mehr! Es scheint, ich habe die Ehre, mit dem Herrn Domkapitular von Sankt Stephan zu sprechen!«

Ernst Mach nahm es hin. Am folgenden Abend, als das hochansehnliche Dutzend wieder beisammen saß, trat der Eilbriefzusteller herein und fragte nach Herrn Benkendorf, »zur Stunde am Stammtisch in der ‚Goldenen Birne'«, wie es in der Anschrift hieß. Benkendorf übernahm den Brief, las die Anschrift, vermißte den Absendervermerk und sagte: »Jedenfalls ein scharfer Herr, dieser Absender, schreibt einfach ‚Ignaz Benkendorf', ohne ‚Wohlgeboren' und ohne ‚Herr'.« Dann öffnete er den Brief und las:

»Mein lieber Benkendorf!

Ich existiere doch.

Gott.«

VON GROSSEN ÄRZTEN

Rokitansky

Der Deutschböhme Karl Rokitansky, als Begründer der modernen pathologischen Anatomie einer der Großen der »Wiener Schule«, hatte drei Söhne. Als er einmal nach deren Beruf gefragt wurde, sagte er: »Der erste heilt, der zweite heilt, der dritte heult.« — Der eine war Internist in Innsbruck, der andere Gynäkologe in Graz, der dritte war Sänger an der Hofoper in Wien.

Ein junger Arzt, etwas zu eitel für seinen verantwortungsvollen Beruf, äußerte zu Rokitansky: »Gestern konnte ich vier meiner Patienten geheilt entlassen.« Rokitansky sagte ungerührt: «Ja, das kommt davon, wenn man sich so wenig um seine Patienten kümmert.«

Der Befund

Wieder einmal wurde ein Toter aus der Universitätsklinik des berühmten Prager Internisten Hofrat Jaksch-Wartenhorst drüben bei Professor Ghon seziert. In einem verschlossenen Umschlag war der Befund der Internen mitgekommen. Hofrat Jaksch stand bei dem Sezierenden, die Assistenten standen im Kreis um die Gruppe. Es war jedesmal derselbe erregende Vorgang für die Kliniker der beiden Abteilungen. Ghon war nun soweit, daß er den Befund feststellen konnte. So öffnete er denn das Schreiben der Internen, las und sagte: »Herr Hofrat, da habts fei' wieder einen um'bracht.« Jaksch langte in die Hosentasche, zog eine Zündholzschachtel heraus und fragte den Kollegen Ghon: »Was ist da drin?« — »Zündhölzeln halt«, sagte Ghon. »Ein'n großen Schmarr'n!« erwiderte Jaksch und stipste die Schachtel auf: »Hosenknöpf!«

DER HOFRAT

Als Professor der Physiologie wirkte an der medizinischen Fakultät der Prager Deutschen Universität von 1913 bis zur Vertreibung eine Leuchte seines Faches: Dr. Armin von Tschermak-Seysenegg, wegen seiner Lebhaftigkeit von den Studenten Tschermak-Sausumseck genannt. Er hatte im alten Österreich den Titel und Charakter eines Hofrats verliehen erhalten, war Ehrendonat des Souveränen Malteserordens, Großoffizier der Krone Italiens, Ritter des päpstlichen Sankt-Georgs-Ordens und Komtur des japanischen Ordens der Aufgehenden Sonne. Den Studenten galt am meisten der Ehrentitel des Schöpfers und Betreuers des Deutschen Studenten-Notopfers, das unter anderem die Mensa erhielt.

Von allen diesen Titeln war für die Anrede nur der Hofrat zu gebrauchen, und so legte er denn auch größten Wert auf ihn. Es ging die Sage, er spreche von seiner Frau als von seiner »Gemahlin, der Frau Hofrat Professor Tschermak-Seysenegg«.

Verbürgt ist, was er einer Medizinstudentin sagte, die ihn mit »Herr Professor« angeredet hatte: »Wissen S' was, Fräulein? Sagen S' gleich Armin zu mir!«

Eines Tages stellten sich ihm drei Studenten vor, die er noch nie gesehen hatte. Sie machten einen vorzüglichen Eindruck und überbrachten zudem die Empfehlungen des Bürgermeisters einer Stadt im Erzgebirge. Dieser habe sie mit einer Vermittlung bei dem Herrn Hofrat beauftragt. Es handle sich um die Bitte, der Herr Hofrat möge zustimmen, daß ein von der Stadt zu erbauendes Erholungsheim, ein sehr ansehnliches Objekt, den Namen »Hofrat-Professor-Dr.-Armin-von-Tschermak-Seysenegg-Erholungsheim« erhalten dürfe.

Der Herr Hofrat zeigte sich so liebenswürdig wie erfreut. Selbstverständlich sei er damit einverstanden, und er bitte, dem Herrn Bürgermeister seinen Dank für diese Ehrung und seine besten Grüße zu bestellen. Die Herren Kollegen möchten ihn über den Fortgang der Angelegenheit auf dem laufenden halten und sich bald wieder sehen lassen.

Der Sprecher der drei verneigte sich: »Das wird zunächst in der kommenden Woche der Fall sein, wenn wir bei Herrn Hofrat zur Physiologieprüfung antreten.«

»So, da haben S' eine Prüfung bei mir! — Da setzen Sie sich doch bitte nebeneinander, daß ich Sie ja wiedererkenne.«

«Gewiß, Herr Hofrat!«

Also setzten sie sich nebeneinander, und der Herr Hofrat erkannte sie wieder. Der Eindruck, den sie als Prüflinge machten, entsprach nicht ganz dem persönlichen Eindruck, den der Herr Hofrat empfangen hatte. Deshalb führte er mit ihnen eine Art wissenschaftliche Unterhaltung, in welcher der Hauptpart, wie ja nur natürlich, dem Gelehrten des Faches zukam. Aus der milden Art dieser Stunde zogen auch noch andere Kandidaten Vorteil.

Jedenfalls bestanden die drei, die nebeneinander saßen.

Und jedenfalls hat man nie mehr etwas von einem Hofrat-Professor-Dr.-Armin-von-Tschermak-Seysenegg-Erholungsheim gehört.

SCHULHYGIENE

Kandidaten für das Lehramt an Mittelschulen, wie die Oberschulen im alten Österreich und in der Folge auch in der Tschechoslowakei hießen, hatten eine Nebenprüfung in Schulhygiene abzulegen.

Diese Prüfung galt als Kinderei, und der Professor dieses Faches als Menschenfreund. Letzteres mit Recht.

Eines Tages erschien ein Kandidat, der hatte den Professor sein Lebtag nie gesehen. Wegen des weißen Arbeitsrockes hielt er ihn für einen Laboratoriumsdiener und fragte ihn: »Sagen Sie, wird denn dieser Hygieneprofessor nicht bald auftauchen?« Darauf der Professor, unverlegen und sachlich: »Ich bin schon da.«

War dieser Kandidat auch offenbar ein schlechter Hörer gewesen, so wurde er doch als guter Leser befunden: der

Professor hatte ein kleines Buch über Schulhygiene veröffentlicht, das war von dem Kandidaten gern für den Verfasser genommen worden, und also bestand er.

Ein Kollege von ihm hatte nur zwei Schoppen Wein vereinnahmt, um dem wohlbegründeten Prüfungsfieber zu begegnen und sein Ingenium zu beflügeln. Der Wein wirkte jedoch kein Wunder, es wäre denn ein blaues. Als ihm nämlich der Professor das brustkorblose Skelett eines Rumpfes reichte, aber, weil es sich gerade so fügte, verkehrt, nahm dies der Kandidat für gut und richtig, demonstrierte die Schulterblätter als Beckenknochen und die Beckenknochen als Schulterblätter und versuchte mit pfiffigem Lächeln, während sich seine Äuglein drehten, das Steißbein mit dem Schädel zu krönen, unbeirrt durch das Kichern der Kollegen. Der Professor aber nahm ihm die geschändeten wissenschaftlichen Knochen sanft aus den Händen und sagte: »Ich danke Ihnen im Namen aller für das Vergnügen, Herr Kandidat; setzen sie sich nun wieder auf Ihre Schulterblätter!«

CHEMIE

Professor Meyer trägt an der medizinischen Fakultät der Deutschen Universität Prag Chemie vor. Das ist kein gar wichtiges Fach für den Mediziner, aber ein bißchen was muß bei der Prüfung doch verlangt werden.

Heute hat Professor Meyer einen der zahlreichen Kandidaten aus Ungarn vor sich. Die Deutschkenntnisse würden zur Verständigung ausreichen, doch die übrigen Kenntnisse lassen keine Verständigung zu. Den Professor, der viel Kummer gewöhnt ist, packt diesmal eine gelinde Verzweiflung. Die einfachsten Fragen werden falsch beantwortet oder bleiben schlicht ohne Antwort. Er würde den Prüfling nach seinem Geburtsdatum fragen, wenn es nur irgendetwas mit Chemie zu tun hätte.

Da fällt der ständig zum Himmel und von dort wieder zu Erde kreisende Blick des Professors auf eine Eprouvette mit fluoreszierender Flüssigkeit. Er reicht sie dem Kandidaten: »So. Nun bewegen Sie dieses Gefäß und sagen einfach, was Sie sehen!«

Der Prüfling bewegt das Glas, und tiefes Mißtrauen malt sich in seinen Zügen. Plötzlich leuchten sie wie von dem Widerschein des Wunders in seiner Hand.

»Nun«, fragt der Professor, »was sehen Sie?«

»Herr Professor! Schau ich so on, ist dunkel! Schau ich schief on, glänzt!«

»Originell, nicht wahr?« sagt Professor Meyer. »Ich schaue Sie schon so lange schief an, aber Sie glänzen nicht!«

OSKAR KRAUS

Zu den Originalen der Prager Deutschen Universität zählte der Professor der Philosophie Oskar Kraus, zum

Unterschied vom Fackelkraus der Meyeriadenkraus geheißen: sein Gymnasiastenepos »Die Meyeriade«, das er als Gymnasiast verfaßt und für 72 Mark dem Reclam-Verlag verkauft hatte, erreichte die höchste Auflage aller Reclambändchen. Er, der Jahr für Jahr seine Anzahl Doktoren der Philosophie machte, hatte nie den Doktor der Philosophie gemacht, sondern sich mit dem Doktor beider Rechte beschieden. Er schrieb die erste Albert-Schweitzer-Darstellung und die erste Albert-Einstein-Parodie und hatte den Mut, öffentlich die Frage zu verneinen, ob T. G. Masaryk ein Philosoph sei.

Der Philosoph, den er vor allen gelten ließ, war sein Wiener Lehrer Franz von Brentano. Dessen Darstellung der Perioden in der Geschichte des Denkens, »Die vier Phasen der Philosophie«, ein schmales, ungemein klares und gründliches Werk, war eine unerläßliche Voraussetzung für jede Prüfung bei Oskar Kraus.

Einmal trat zum »Philosophicum« oder »Nebenrigorosum« ein Kandidat an, der von sich aus den Ton auf das »Neben« legte und das Ganze nicht sehr rigoros nahm. Er hatte sich lediglich mit Kollegen über die Sache unterhalten.

Die Prüfung sollte wie üblich eine halbe Stunde dauern; sie dauerte jedoch keine halbe Minute.

Friedrich der Große entadelte auf der Stelle jeden Offizier, der ihm nicht bekannt war. Es gibt Professoren, die lassen den Betreffenden auf der Stelle durchfallen. Oskar Kraus wollte das sonst nicht.

»Nun, Herr Kandidat, was haben Sie für diese Prüfung gelesen?«

»‚Die vier Fasern der Philosophie' von Clemens Brentano, Herr Professor.«

»So«, sagte Kraus. »Dann gehn Sie nach Hause und lesen Sie sie noch einmal!«

GESCHICHTEN VOM KAISER JOSEPH

Der Geltsch und Kaiser Josephs Narr

Auf einer Reise durch das nördliche Böhmen wurde Kaiser Joseph von seinem Hofnarren begleitet.

Östlich von Leitmeritz, im Gebiet der Herrschaft Liebeschitz zog der Geltschberg die Blicke der Reisenden auf sich, eine mächtige Erhebung.

Der Kaiser wandte sich an den Narren: »He, wieviel Körbe wären wohl nötig, den Berg da fortzuschaffen?«

»Majestät«, erwiderte der Narr, »wenn der Korb groß genug ist, genügt einer.«

Kaiser Joseph nahm eine Gelegenheit wahr, einen Einheimischen nach dem Namen des Berges zu fragen.

»Er heißt Geltsch«, erfuhr er da.

Es dauerte nicht lang, da fing der Schalksnarr an zu lachen.

»Warum lachst du?« fragte der Kaiser.

Aber die Antwort war die Frage: »Majestät, welcher Bezirk in den Ländern Eurer Kronen ist wohl der reichste?«

»Das kann ich nicht so einfach sagen; da müßte ich meinen Minister für Finanzen fragen.«

»Den brauchen wir nicht«, lachte der Narr. »Der reichste Bezirk ist die Herrschaft Liebeschitz, denn sie hat einen Berg, der Geltsch heißt.«

Äpfel vom Birnbaum

Als Kaiser Joseph das Schloß Reichstadt besuchte, begegnete er einer Frau mit einem Korb Äpfel, die waren so schön und appetitlich, daß der Kaiser lebhaft wünschte, auch etliches von dieser Ernte zu haben. Also fragte er, woher diese herrlichen Äpfel stammten.

Die Frau, die den Kaiser nicht erkannte, lachte: »Die Äpfel, lieber Herr? Die sind vom Birnbaum.«

»Aber das ist doch nicht möglich!«

»Es ist gar vieles möglich«, sagte die Frau. »Der Bauer, von dem ich die Äpfel hab, heißt Birnbaum.«

»Nein, so was!« sagte der Kaiser. »Ja, es gibt schon merkwürdige Dinge auf dieser Welt! Was meint Ihr wohl, liebe Frau, wer trägt seiner Mutter Kopf in der Tasche?«

Die Bäuerin rief: »Aber das ist doch nicht möglich!«

»Es ist gar vieles möglich«, sagte der Kaiser, und er zog einen Taler mit dem Kopf der Kaiserin Maria Theresia aus der Tasche und hielt ihn der Frau dar.

Da ging ihr ein Licht auf, und sie war dem Umsinken nahe. Der Kaiser aber drückte ihr den Taler in die Hand: »Zum Andenken!« sagte er und schritt lachend seines Weges.

Nonne oder vielleicht doch lieber Kaiserin ...

Im Jahre 1770 besuchte Kaiser Joseph ein Prager Damenstift, das eine Stiftung seiner Mutter zur Ausbildung von Offizierstöchtern war. Der Kaiser beschied die jungen Fräulein einzeln zu sich; jedes durfte sich eine Gnade ausbitten. Die meisten baten um Kost, wie man sie »draußen« hatte, einer aber war es in dem Stift immer noch zu weltlich, und sie wollte in ein Kloster. Der Kaiser, der bereits den Gedanken in sich bewegte, die Klöster in seinen Erblanden aufzuheben, zeigte wenig Verständnis für diesen Wunsch.

»Will Sie denn nicht lieber heiraten?«

»Nein, Eure Majestät.«

»Ich gebe Ihr einen Offizier — einen von der Garde — einen General.«

»Nein, Eure Majestät.«

»Und wenn ich selber Sie nehme?«

Sie errötete: »Dann — dann würde ich mich besinnen.«

»Dann hat Sie aber doch keinen Beruf zur Nonne, und die Gnade muß Ihr verweigert werden.«

Und auch die verhinderte Heilige erhielt — bessere Kost.

Zwischenspiel der Geschichte

Als Friedrich der Große im Jahre 1770 Kaiser Joseph II. in Mährisch-Neustadt besuchte, war im Gefolge des Kaisers auch General von Laudon, der Sieger in der Schlacht bei Kunersdorf. Bescheiden wie er war, wollte er ganz unten an der Tafel Platz nehmen. Da faßte ihn der König am Arm und sagte: »Hierher zu mir, Herr General! Ich habe Sie viel lieber neben mir als gegenüber.«

Seltene Gelegenheit

Als Kaiser Joseph der Zweite im Herbst des Jahres 1779 das kaiserliche Schloß in Krombach bei Zwickau in Böhmen besuchte, kehrte er mit seiner Begleitung in Juliusthal bei Schubert-Knobloch ein, einen Imbiß zu nehmen. Das Wirtshaus, später »Zum Kaiser Joseph« geheißen, stand noch in unseren Tagen, bis der hölzerne Bau durch einen steinernen ersetzt werden mußte.

Der Kaiser ließ sich ganze zwei Eier auftragen.

Als sein Adjutant bezahlte, hörte man zu einigem Staunen, daß die Wirtin zwei Gulden verlangte.

Kaiser Joseph lächelte: »Frau Wirtin, sind denn bei Euch die Eier so rar?«

»Die Ejer ne«, antwortete die Wirtin, »ober die Kaiser.«

Kaiser Joseph und die Hexe

In einem nordmährischen Dorfe wurde die alte Wenzelin für eine Hexe angesehen; sie heilte Krankheiten und trieb böse Geister aus, leider nicht alle. Nach ihrem Tode ging sie um und ängstigte die Leute. Da grub man ihre Leiche aus und verbrannte sie. Während das Feuerlein loderte und sauste, schnurrte im Hause der Hexe ihr Spinnrad ganz von selber, die Hafendeckel schepperten, und die Pantoffeln der Alten ergingen sich allein auf der Dorfstraße. Es ist nicht überliefert, wer diese Dinge wahrgenommen hat, während doch gewiß alle Leute um das Hexenfeuer versammelt waren. Jedenfalls aber wurde der Richter des Dorfes zu dem Kaiser geschickt, daß er den heimgesuchten Einwohnern helfe. Es war dies Kaiser Joseph II. Der hörte sich die Geschichten und Klagen an und dachte sogleich: Jawohl, euch werde ich helfen! — Und er sagte: »Der Fall ist freilich ernst. Wenn sich die Hexe noch einmal bemerkbar macht, dann bleibt gar nichts anderes übrig, als das ganze Dorf anzuzünden und es samt den Einwohnern zu verbrennen.«

Doch siehe da: die Hexe, die ja schon zu Lebzeiten auch manche gute Seite gezeigt hatte, machte sich nie mehr bemerkbar.

CASANOVAS LETZTES ABENTEUER

Bei einem Gesellschaftsabend in Paris, den der venezianische Gesandte gab, lernte Graf Joseph Carl Emanuel Waldstein, der Schloßherr von Dux im nordwestlichen Böhmen, den weitbeschrieenen Casanova kennen, den Herrn Giovanni Jacopo Casanova de Seingalt. Der Graf nahm Anteil an dem alten Abenteurer, und dem altgewordenen Liebling der Frauen ging es miserabel; also wurde man einig, daß Casanova nach Dux mitgehe und das Amt des gräflich Waldstein'schen Schloßbibliothekars übernehme, großzügig entlohnt.

Casanova in Dux, das war ein bitterer Witz, und Casanova vertrug keine Witze. Zwischen ihm und den Beamten und Bedienten des Schlosses gab es immer Krieg, zumal Graf Waldstein meistens abwesend war. Der Alte, der einst so viel bessere Tage gesehen, wollte das die Banausen fühlen lassen, aber sie lachten ihn nur aus, und einer hatte gar den stolzen Namen des Italieners verhunzt und ihn statt Casanova, was soviel wie Neuhaus bedeutet, »Kossa nowa« genannt, auf deutsch »neue Ziege«, und wenn es auch nicht der Alte selber verstand, so verstanden es doch die anderen und lachten.

Da war er eines Tages auf und davon. Doch nirgends fand sich ein zünftiges Abenteuer, nirgends ein galanter Unterschlupf für den Zahnlosen. So kehrte er denn in das Duxer Schloß zurück.

Als der Graf sich wieder einmal auf einer seiner häufigen und ausgedehnten Reisen befand, glaubte der Abenteurer eine Möglichkeit zu sehen, dem Kartoffelbrei des Alltags eine pikante Würze beizumischen. Der Graf hatte seine Geliebte zurückgelassen, ein ebenso schönes wie loses Fräulein. Indes war wohl das Einzige, was sie mit dem Alten verband, die Langeweile. Casanova lebte auf, er machte ihr auf Teufel komm raus den Hof, verfaßte für sie verrucht galante Briefe an andere, und sie ermunterte ihn, nicht zuwenig und nicht zuviel, denn sie hatte genauere Nachrichten von dem Grafen als der Bibliothekar.

An dem Tage, da Casanova nur mehr auf die Nacht wartete, um die heiß Angebetete endlich in die Arme zu schließen, kehrte Graf Waldstein zurück.

Er fragte seine Geliebte, wie sie die Zeit verbracht habe, und sie erzählte ihm einiges, das sehr heiter war, und sie lachten beide.

Als Casanova zu der Stunde, die er sich soviel schöner vorgestellt hatte, einsam in der Bibliothek hockte und in einem uralten Folianten nachlas, wie gar unzuverlässig das Schicksal und wie eitel alle Dinge dieses Lebens, tat sich die Tür auf, und herein schritt der Graf, stumm, steif, in der einen Hand einen Armleuchter, in der anderen aber ein schwarzes Tablett, auf dem Casanova, wie nun der Graf mit feierlichem Stelzen näher kam, zwei Pistolen erkannte.

Er erhob sich schlotternd, fing an zu weinen, umarmte den Grafen und rief: »Wie könnte ich meinen Wohltäter töten! Bella cosa!« Weinend bekannte er seine Furcht, für einen Feigling gehalten zu werden, nahm die Pistolen an, reichte sie graziös zurück, schluchzte abermals und redete von etwas anderem. Graf Waldstein auch. —

Aus der Zeit nachher ist nichts mehr über Casanova bekannt, abgesehen von seinem Sterbedatum, dem 4. Juni 1798.

NESTROY IN BRÜNN

Gleich anschließend an die Befreiungskriege zeigten die deutschen und sonstigen Tyrannen, daß sie auch noch da waren. In Brünn war es der Polizeidirektor Hofrat Muth.

Im Frühjahr 1826 wies er den jungen Komödienspieler Johann Nestroy aus Brünn aus, alldieweilen dieser suspekte Kerl es gewagt hatte, gegen die Polizei und trotz mehrfacher Verwarnung und trotz einer Abstrafung mit Arrest sogar gegen ihn selbst, den Hofrat Muth, seinen Spott spielen zu lassen.

Es war folgendes geschehen:

In Brünn wurde damals die »Teufelsmühle am Wienerberge« aufgeführt, mit Herrn Nestroy aus Wien als Gast. Er gab den Kasperle.

Als der Ritter dem Kasperle zusprach: »Mut, Kasperle, Mut!«, rief er: »Laßt mich aus mit dem Muth, mir geht der Muth schon an den Hals!«

Da ging ihm der Muth auch noch an den Kragen und bereitete dem Gastspiel ein jähes Ende.

DAS TOLLE JAHR 1848 IN BÄRRINGEN

Im Jahre 1848 war auch in Bärringen im böhmischen Erzgebirge eine Nationalgarde aufgestellt worden. Da sagte sich der Großherzog von Toskana an: er werde von seiner Besitzung Schlackenwerth nach Bärringen kommen und sich die Dinge besehen. Bärringens Nationalgarde war schon am frühen Morgen vollzählig gestellt, den Großherzog zu empfangen. Aber es verging Stunde um Stunde, und der Großherzog ließ warten, als käme er nicht von Schlackenwerth, sondern von Toskana. Es nahte der Mittag, aber kein Großherzog. Es meldete sich auch ferner kein Großherzog, wohl aber der Hunger. Da ließ der Oberleutnant der Nationalgarde etliche Laibe Brot und mehrere Pfund Quark kaufen, und jeder Nationalgardist kriegte einen tüchtigen Quarkfiz. Damit jedoch die Männer verläßlich in Bereitschaft blieben, sollten sie ihr Mittagsmahl im Glied halten, und diese Anordnung erwies sich als richtig: denn auf einmal krachten die Böller, und der Großherzog fuhr auf den Bärringer Marktplatz herein. Im Nu mußte jeder seinen restlichen Quarkfiz verschwinden lassen, einige taten ihn unter den Hut, andere schoben ihn zwischen den Knöpfen unter die Rockbrust, wieder andere in die Schößeltasche, manche traten auf ihn, manchem steckte noch der Brocken im Maule — Kommando erscholl, die Nationalgarde riß sich zusammen — überall aber waren Spuren von Quark zu sehen, in den Gesichtern, Haaren, an den Hüten, Kokarden, Besätzen, Taschen, Gewehren, Stiefeln — weißer, leuchtender Quark.

Der Großherzog von Toskana nahm die Meldung des Kommandanten der Nationalgarde Bärringen entgegen, ein respektvoller Trommler deutete dezent ein Träumlein von Aufruhr gegen Fürsten und Throne an, und in diesem Rhythmus schritt der Großherzog von Toskana, der Verwandte des Kaiserhauses, die Aufstellung der Bärringer Nationalgarde ab. Er schmunzelte hinter seinem starken Schnurrbart und murmelte: »Quark. Mal so, mal so, aber allemal Quark. Quark.«

Und er drückte vor den angetretenen Revolutionären ihrem Kommandanten seine angenehme Überraschtheit und volle Anerkennung aus.

Dies war die große Stunde der Bärringer Nationalgarde im tollen Jahr 1848.

AM RANDE DER WELTGESCHICHTE

Pressefreiheit

Es war im Jahre 1848, da wurde den unzufriedenen Völkern endlich Pressefreiheit gewährt. Das Wort »Pressefreiheit« wurde bei den Weinhauern im südmährischen Saitz verstanden, wie es verstanden werden mußte: eine Presse war dort eine Traubenpresse, und die Freiheit, mit ihr umzugehen, wurde dementsprechend ausgelegt. Die Saitzer Winzer schimpften: »Da machen sie so ein damisches Gesetz — hat einer was gehört, daß sie uns Weinhauer gefragt haben?« — »Soll sich einer trauen, auf meiner Press' zu pressen —!!«

Und wenn es auf die Saitzer angekommen wäre, hätte die Pressefreiheit, kaum daß sie eingeführt war, auf der Stelle wieder abgeschafft werden müssen.

Bismarck und Moltke in Reichenberg

Am Morgen des 30. Juni 1866 trat das preußische Große Hauptquartier die Reise nach dem Hauptkriegsschauplatz in Böhmen an. Am Abend traf es in Reichenberg ein, am Morgen des 1. Juli ging es nach Sichrow weiter. Über die Nacht in Reichenberg erzählte Bismarck unter anderem: »Damals kamen wir in Reichenberg in eine recht bedenk-

liche Lage. Dort waren nur etwa dreihundert Trainsoldaten. In Leitmeritz aber, sechs Meilen davon, standen sechs österreichische und sächsische Kavallerieregimenter, die in vier Stunden herüberreiten und den König mit dem Hauptquartier aufheben konnten. Das wäre dann nicht tragisch, sondern lächerlich gewesen. Ich ging zu Moltke und stellte ihm die Gefahr vor. ‚Ja', sagte der, ‚im Kriege ist alles gefährlich.'«

O du mein Österreich!

Eines Tages im Jahre 1896 hielt Karl Iro, der großdeutsche Abgeordnete aus Eger, im Wiener Reichsrat eine Rede über die Verfolgung der volksbewußten Deutschen in Österreich. Auch der Vorwurf des Hochverrates werde ihnen gemacht. »In Österreich sollte man mit dem Worte Hochverrat nicht so leichtsinnig umgehen! Es sind Männer wegen Hochverrates verurteilt worden, und nachher sind sie zu hohen Ehren gekommen!« Eben war der Tscheche Dr. Pocak aus dem Kerker entlassen worden, er hatte eine Strafe wegen Hochverrates abgesessen; Iro benützte diesen Umstand: »Wer kann wissen, ob Herr Dr. Pocak nicht noch Minister wird?!«

Die Verhandlungsschrift des Reichsrates verzeichnet an dieser Stelle »stürmische Heiterkeit des ganzen Hauses«.

Diese Heiterkeit wiederholte sich bei den Gegnern Iros, sooft er in seinen eindringlichen Reden groteske Aussichten eröffnete.

Dann vergaß man's und lachte über andere Dinge. Es waren ja auch schon Jahre seit jener Rede Iros hingegangen. Schließlich ein ganzes Jahrzehnt: 1906.

Da saß Dr. Pocak als tschechischer Landsmannminister im Kabinett Beck.

DER THEATERGRAF

Auf Schloß Chiesch im westlichen Böhmen saß Reichsgraf Leopold Lazansky, Freiherr von Bukowa, und spielte Theater: er unter dem Künstlernamen Neuhof, der von dem unfernen Gut und Schlößchen Neuhof genommen war, mit Einheimischen und Gästen. Mit den Gästen von städtischen Bühnen hatte es meistens seine besonderen Bewandtnisse. Er beherbergte sie vorzugsweise im Neuhofer Schlössel, bei dem er einen umfänglichen Fliederpark angelegt hatte, und er beherbergte sie in geschlossener Folge: die gräfliche Kutsche, welche die Pilsner Schauspielerin an den Zug brachte, nahm in der Regel gleich die aus Teplitz mit. So junggesellig lebte der Theatergraf bis an sein Ende. Ein Vierteljahrhundert nach seinem Tode gewann die Tochter einer Schauspielerin einen Erbschaftsprozeß und ein reichsgräflich Lazansky'sches Palais in Wien, und noch später kam Ferien für Ferien ein Realschulprofessor aus Österreich nach Chiesch, der sich überflüssiger Weise als Sohn des Grafen Leopold bezeichnete; wenn ihn die alten Chiescher erblickten, glaubten sie, der Theatergraf habe die Gruft auf dem Spitzberg verlassen, um sich in den Gäßlein von Chiesch zu ergehen. Dieser Sohn versuchte immer wieder, an den damaligen Schloßherrn, seinen Vetter Prokop, heranzugelangen, der aber ließ sich auf gar nichts ein; denn wie leicht hätte sich ein anderes Verhalten unter den Nachkommen seines Oheims herumsprechen und zu einem Run auf das Chiescher Schloß führen können! —

So wenig die künstlerische Ader und der Drang nach Außerordentlichem zu einem guten Schauspieler reichten, so kräftig förderten sie das Auftreten des Reichsgrafen Leopold Lazansky als das eines nationalen Tschechen. In der von einem deutschen Schneider zusammengestellten slawischen Nationaltracht mit Schnürrock und Konfederatka erschien er in Wien auf dem Hofball und erregte das Aufsehen, das er auf der Bühne des Burgtheaters gewiß nicht erregt hätte. Sein wirkungsvollster Auftritt aber war der am Fahrkartenschalter des Bahnhofes Teplitz. Als er hier tschechisch bedient sein wollte, randalierte er, weil man nur Deutsch verstand, machte die Herbeirufung der Polizei nötig, wollte sich nicht festnehmen lassen, legte sich auf den Boden und ließ sich aus dem Bahnhof schleppen. Die Zeitungen schrieben darüber.

Am deutschen Volke schätzte er nur die Frauen und die Besucher seines Theaters. Doch mußte sein getreuer Hibsch, ein Halbslawe, ehedem deutscher Volksschullehrer und später Neuhofer Oberförster, ihm bis vom Balkan Proben von Frauenschönheit herbeischaffen.

Mit den deutschen Besuchern seines Theaters aber war es so: Eine Zeitlang wirkte der Reiz des reichsgräflichen Spieles, vielleicht um so stärker, je unzulänglicher es war; schließlich aber konnte man sich den Reichsgrafen wegdenken, und der mittelmäßige Spieler blieb übrig. Als dann der Theatergraf immer stärker als Deutschenfeind in Erscheinung trat, wurde es auch für die deutsche Gutmütigkeit zuviel.

Eines Tages schickte der Reichsgraf seine Einladung und den Theaterzettel an die Spitzen der Karlsbader Gesellschaft, die so oft unter seinen Zuschauern gewesen waren. Am Nachmittag vor der Aufführung fragte der Herr, der bisher die Theaterzüge von Karlsbad über Petschau nach Chiesch zusammengestellt hatte, telegraphisch an: »Sind die ersten fünf Sitzreihen noch zu haben?« Graf Leopold drahtete hocherfreut zurück: »Sitze der ersten fünf Reihen noch frei.«

Nun kam ein Telegramm aus Karlsbad: »Reichsgräflichen Gnaden Lazansky Chiesch Wenn die Sitze jetzt noch frei, werden Sie sie schwerlich mehr anbringen.«

DER KAISER IN SCHÖNTHAL

In Schönthal bei Karlsbad gab es eine große Aufregung: aus der Bezirksstadt kam ein eiliger Bote und meldete, Seine Majestät der Kaiser werde von Karlsbad her durch Schönthal kommen. Da wird geschwind eine Ehrenpforte aufgestellt und daraufgetan, was die Bauerngärten an Farben hergeben, und der Böller in Bereitschaft gehalten; es langt gerad für drei Schüsse.

Der Vorsteher und die Gemeindeausschußmitglieder stehen im schwarzen Zeug da und sind aufgeregt, wie wenn ein Ameisenhaufen in ihre Hosen verteilt wär. Sie warten und warten. Endlich hört man was daherkommen, und es hebt sich der Staub wie von etlichen Kutschen. Da wird den Leuten am Böller das Zeichen gegeben — nachher wollte es niemand gewesen sein —, und es kracht, einmal, zweimal, dreimal. Beim dritten Mal ist es endlich herangekommen: der Gemeindehirt mit den Schafen. Während die alle durch die Ehrenpforte ziehen, kampeln sich die Schönthaler Obersten, und wie sie gar nimmer weit haben zu einer regelrechten Rauferei, kommt auch der Kaiser. Der Böller riecht nur mehr nach Schwarzpulver, es ist wie auf einer Leich, bei der es nicht für Musik gelangt hat. Aber Seine Majestät nickt huldvoll lächelnd, die Hand an der Generalskappe, und der Vorsteher stottert einige Worte, die als Begrüßung gemeint sind; zum Schluß ruft er: »Seine Majestät unser allergrößter Kaiser, er lebe wohl — lebe wohl — lebe wohl!«

Der Kaiser nickt und lächelt: »Es war sehr schön, es hat mich sehr gefreut!«, grüßt mit der Hand an der Kappe, und die kaiserlichen Kutschen rollen davon.

DER HUSSITISCHE SCHLACHTGESANG

Ein paar Offiziere, ein Tscheche, ein Madjar, ein Wiener und ein Dalmatiner saßen in einer Offiziersmesse der k. u. k. Armee beisammen und spielten. Aber diesmal nicht Karten, sondern eines ihrer Gesellschaftsspiele; es hieß »den Wenzel ärgern« und bedeutete, daß der jeweils anwesende tschechische Kamerad bei seinem überspannten Nationalgefühl angegangen wurde.

»Bedauerlich«, sagt der Madjar. »Aber wos sog ich!: Oißerst bedauerlich!«

»Wos soll sein: oißerst bedauerlich!?« fragt Oberleutnant Pospischil.

»Ja, weißt es net?« antwortet der Wiener. »Die ganzen Täg her ham ma ka andres Thema: diese unbegreifliche

Flucht! Einfach laufen — Herrschaften, einfach davonlaufen! Vor einer schwarzen Madonna —!!« Er kann sich gar nicht fassen.

»Werr soll do gelaufen sein?!« fragt Oberleutnant Pospischil mit drohender Schärfe.

»Herr Kamerad Pospischil belieben heute Unkenntnis in historischen Angelegenheiten leise zu simulieren«, sagt der Dalmatiner, der die deutsche Sprache beherrscht wie einer, der sie gelernt hat.

»Stell dich doch net so an!« ruft der Wiener. »Wo ist denn sonst einer gelaufen — vor einer schwarzen Madonna —!«

»Kamerad Brandl maint: Schlocht am Waißembörgö!« vermittelt Graf Kálnokyi.

»So!« zischt Oberleutnant Pospischil. »So! Meinst du diese! Die Schlacht am Weißen Berge meinst du! So! Sein auch Dajtsche dabei gewesen!«

»Ich weiß«, sagt der Wiener gedehnt und behaglich. »So is es ja immer. Die Deitschen greifen an, die Deitschen laufen davon, und merkwürdig: die Tschechen verlieren die Schlacht.«

»Oißerst bedauerlich!« murmelt Kálnokyi.

»Sag, lieber Kamerad Pospischil«, schaltet sich mit milder Stimme der Dalmatiner ein, »du weißt, die Verhältnisse hier oben sind mir nicht so gänzlich vertraut, — sag, Pospischil, mit ungeschminktem Herzen: waren nicht vielleicht doch auch ein ganz klein wenig, leise, ein paar Tschechen dabei, die sich, sozusagen, dem allgemeinen Aufbruch angeschlossen haben?«

»Ja, waren! Waren!!« schäumt Oberleutnant Pospischil. »Waren!! Aber in den husitischen Kriegen sein nur Dajtsche gelaufen! Nur!! Wie die Hasen sein s' gelaufen, sowie die Husiten bereits schon ihren Schlachtgesang angestimmt haben!« Und Pospischil führt vor, bis an die Tür, wie die Deutschen gelaufen sind, es ist wie ein Schnelläufertraining.

Oberleutnant Brandl quietscht, Kálnokyi wimmert, Hauptmann Collaltino-Boskovic lächelt. Brandl aber, als er wieder reden kann, sagt: »Herrgott Sakerment, Pospischil, müssen die aber miserabel gesungen haben — —!«

VON KASTELLANEN UND FREMDENFÜHRERN

Wallenstein in Jitschin

Als seine Wallensteinforschungen Anton Ernstberger ins Jitschiner Schloß führten, wurde er an einen würdigen Alten gewiesen. Ernstberger redete tschechisch mit ihm.

»Wallenstein?« Der Mann schüttelte den Kopf zum Zeichen, daß ihm nichts dergleichen bekannt sei. Nein, auch »Waldstejn« nicht.

Ernstberger mühte sich weiter: gewiß werde noch einiges da sein, schließlich sei dies doch Wallensteins Residenz gewesen; freilich sei das schon lange her .

»Jo jo«, nickte der Alte mit aufrichtigem Bedauern, »da bin ich noch gar nicht da gewesen.«

Wallensteins Ermordung

In den Jahren nach der Vertreibung kam einmal ein Ausländer nach Eger, fragte nach dem Pachelbel'schen Hause und bat dort den tschechischen Führer durch das Wallensteinmuseum, deutsch natürlich, er möge ihm den Raum zeigen, wo Wallenstein ermordet worden ist.

»Bitte schän, mein Herr«, sagte der Museumsführer, »zeig ich Ihne gern, abr bitte, sag ich Ihne gleich: Wallenstein is schon vor Aussiedlung und nicht von Tschechen ermordet!«

In der Macocha

Manche Besucher der Höhlenwelt der Macocha werden sich noch mit Vergnügen des »böhmakelnden« Führers durch die unterirdischen Abenteuer erinnern.

»Hier kommen wir in die Masarykhähle, welche erfunden ist von Professor Absalon in Briin.«

Aber er war auch freiwillig witzig.

So in dem Motorboot, worin der unter Wasser feenhaft erleuchtete unterirdische Fluß Punkwa befahren wurde. Das zauberisch heraufglühende Grün verlockte dazu, sich über den Rand zu neigen und in die Tiefe zu staunen.

»Hier müssen achtgeben, daß nicht hineinfallen, hier ist Punkwa fünfzehn Metr tief!«

Und nach einer Weile: »Hier brauchen schon nicht mehr so achtgeben, — hier ist Punkwa nur acht Metr tief.«

Die Burgfräulein von Pürglitz

Auch der Führer durch das romantische Fürstenberg'sche Schloß Pürglitz in Böhmen war ein Tscheche, der zweckmäßig deutsch sprach und seinen Text gut beherrschte. Einer seiner Sätze lautete: »Auf diesen hohen Sällär standen im Mittelaltr die Burgfrailains und warrteten auf ihre ausgezogenen Rittr.«

TSCHECHEI

F S

Schon im alten Österreich hießen die Angehörigen der Finanzwache »Fichtelsch .....«, weil sie bei ihrem Streifendienst genötigt waren, zu gewissen Verrichtungen das dichtere Unterholz aufzusuchen. Daran knüpfte an, wer die biederen Finanzer verächtlich machen wollte, zum Beispiel die Pascher.

Als das alte Österreich untergegangen und die Tschechoslowakei erstanden war, dauerte es auch nicht mehr lange, und die Finanzwache erschien in ihren neuen Uniformen.

»Na also«, sagte ein Erzgebirgler zu einem Finanzer, »jetzt habt ihr's ja schriftlich!«

»Wieso?!« fragte der.

Der biedere Grenzbewohner wies auf den Spiegel am linken Oberarm: auf einem grünen Lindenblatt prangte silbern die Abkürzung des tschechischen Wortes für Finanzwache: Financni Straz, also F S.

Die neue Besuchskarte

Als nach dem Zusammenbruch des Habsburgerreiches in einzelne Nachfolgestaaten der Adel abgeschafft wurde, demonstrierten Angehörige des Adels verschiedentlich mit neuen Besuchskarten. In Wien ließ sich Graf Sternberg Karten mit der Aufschrift drucken: »Sternberg. Geadelt von Karl dem Großen, entadelt von Karl Renner.« In Friedland aber verwendete der letzte Graf Clam-Gallas und der letzte Clam-Gallas überhaupt, nachdem auch noch die sogenannte tschechoslowakische Bodenreform über seinen Besitz hingegangen war und ihm unter anderem das Stammschloß in Reichenberg weggenommen hatte, eine Visitkarte mit dem Text: »Franz Clam, Holzhändler.«

Selbsterkenntnis

Zur Zeit des »Völkerbundes« saßen in Genf Diplomaten der verschiedensten Staaten beisammen und rühmten die europäische Größe Schillers, dieses wahren Weltbürgers, der da gesagt hatte, es sei doch eine erbärmliche Sache, daß man nur in einer einzigen Sprache dichten könne!

Ein Franzose eiferte: »Uns Franzosen hat er die herrliche ‚Jungfrau von Orleans' geschenkt, Italien den ‚Fiesco' und ‚Die Braut von Messina', England ‚Maria Stuart' und Spanien den ‚Don Carlos'; den Schweizern den großartigen ‚Wilhelm Tell', den Russen den ‚Demetrius', und Ihnen —«

Hier wandte er sich zu Außenminister Benesch, um den Tschechen den »Wallenstein« zuzuerkennen; aber Benesch winkte hastig und ärgerlich ab.

Er selber nämlich meinte »Die Räuber«.

Der Schulen-Erbauer

Es war in der ersten Tschechoslowakei, da hatten die tschechischen Nationaldemokraten in Pilsen einen Abgeordneten, der war dafür berühmt, daß er den Bau tschechischer »Minderheitsschulen« im sudetendeutschen Gebiet ohne Rücksicht auf Verluste betrieb. Selbst Tschechen gewannen allmählich den Eindruck, das Errichtenlassen von tschechischen Schulen (in die dann deutsche Kinder gepreßt wurden, deren Eltern vom Staate abhängig waren) sei Herrn Lukavsky nur mehr eine Frage des Baugrundes.

Einmal hielt er eine Versammlung in einem kleinen westböhmischen Orte ab, da begegneten einander zwei Tschechen:

»Wohin so eilig, Honso?«

»In die Versammlung!«

»An deiner Stelle würde ich nicht hingehen.«

»Warum denn nicht?«

»Wenn der Lukavsky deine Glatze sieht, stellt er prompt eine Minderheitsschule darauf.«

Nachdem Hitler in Prag eingezogen war, erschien bei dem Standesbeamten des Magistrates ein tschechischer Bürger mit dem Vorbringen, er wolle um die Änderung seines Namens einkommen.

Wie er denn heiße?

»Adolf Prd.«

Der Beamte nickte. »Prd« ist ein sogenanntes onomatopoetisches, ein lautmalendes Wort und bezeichnet treffend den explosionsartigen Austritt der Verdauungsgase. Keinem Menschen ist es zu verdenken, wenn er nicht mehr als Prd herumlaufen will.

»Gewiß«, sagte der Beamte. »Die Änderung Ihres Namens wird Ihnen wohl ohne Umstände bewilligt werden. Wie wollen Sie denn künftig heißen?«

»Miroslav Prd.«

DIE FALSCHE ZEITUNG

Es war in den dreißiger Jahren, da fuhr ein Sudetendeutscher von Prag nach Reichenberg. In dem kleinen Abteil saß außer ihm nur noch ein Fahrgast, am Fensterplatz ihm gegenüber. Es war ein Tscheche, der soeben seinen »Národ« entfaltete. Der Deutsche tat ein gleiches mit seiner deutschen Zeitung, und indem er ein wenig über den Rand zu seinem Nachbar hinüberschaute, empfing er den ihm bereits vertrauten stechenden Blick.

Die Zeit ging hin, und es ergab sich, daß der Deutsche für eine Weile das Abteil verlassen mußte. Auf seinem Platz lag die Zeitung, und weil diese allein nicht genügt hätte, den Platz als belegt zu bezeichnen, auch sein Hut. Als er zurückkam, war das blaue Licht eingeschaltet, aber er sah, daß auf seinem Sitz nur noch der Hut lag. Verwundert blickte er umher. Da sah er, was geschehen war: Sein slawisches Gegenüber hatte sich zur Nachtruhe ausgestreckt. Als anständiger Staatsbürger schonte er das Gut seines Eisenbahnärars, indem er eine Zeitung unter die Stiefel legte, und diese Zeitung war diesmal eben das deutsche Blatt des deutschen Gegenübers, und mit dem Ordnungssinn und der sozialen Rücksicht ließ sich sonst noch etwas verbinden.

Seine eigene Zeitung, der »Národ«, lag ober dem bereits Eingeschlafenen oder eingeschlafen Tuenden im Gepäckhalter. Der Deutsche sah davon ab, seine Zeitung unter den tschechischen Stiefeln hervorzuziehen, und langte einfach nach dem »Národ«, um sich seiner zum Zwecke einer Unterlage zu bedienen. Mochte jener sanft schlummern; er schloß das Abteil ab, legte sich lang und schlummerte ebenfalls.

Sie waren manche Station weiter und hatten über die Hälfte der Strecke hinter sich, da ergossen sich Reisende eines Anschlußzuges in ihren Wagen. Durch den Lärm wurde auch der Deutsche geweckt und hörte vor der Tür des Abteils das tschechische Gespräch zwischen einem Reisenden und dem Schaffner. Ja, sagte der, so sei es leider, der Zug sei jetzt überfüllt. Nein, sagte der andere, die zwei Plätze, die noch benötigt würden, seien da drin reichlich vorhanden, die Herren brauchten doch nicht jeder eine ganze Bank, das sei doch schließlich kein Schlafwagen, die Bänke seien zum Sitzen da und nicht dazu, daß zwei darauf lägen und sechs dabei stünden, — und so weiter, alles mit dem gereizten Scharfsinn des Übernächtigen vorgebracht.

Der Deutsche wollte sich so schlafend wie möglich steilen und war froh, daß er mit dem Gesicht gegen die Wand lag.

Der Schaffner öffnete die Schiebetür, sehr geräuschvoll,

um die Schlafenden nicht mehr wecken zu müssen, und schaltete das weiße Licht ein. Einen Augenblick war es noch still, dann trat der Schaffner an den Tschechen heran, schüttelte ihn und sagte in tschechischer und in deutscher Sprache, was auf dieser Strecke nicht einmal seinen Vorschriften entsprach und nur als eine Fleißaufgabe seiner Ironie zu betrachten war: »Stehen Sie auf, Herr!«

Der andere räkelte sich und knurrte schlaftrunken: »Proc?« Warum?

»Weil Leute hier sind, die sich setzen wollen!« Die Unterhaltung wurde jetzt nur tschechisch geführt.

»Proc?« fragte der andere wiederum; er war noch nicht richtig wach.

»Weil hier immer so viele Leute zusteigen. Aber schließlich geht Sie der Grund doch gar nichts an; Sie haben Platz zu machen!«

»Ale proc?« fragte der andere. »Ich meine nämlich: warum soll gerade ich aufstehen?!«

Der Schaffner rief deutsch und mit schneidender Schärfe: »Weil jemand aufstehen muß!«

Der Deutsche erwachte nun zur vollen Klarheit seiner Gedanken. Haha! er hatte den »Národ« unter den Stiefeln!

Der andere erhob sich und schrie den Schaffner an, tschechisch: »Warum reden Sie deutsch mit mir, wo ich tschechisch rede?!«

Der Schaffner erwiderte, ganz Hohn: »Weil hochwohlgeborener Herr auf einer Hakenkrajclerzeitung liegen!« Hei! er mußte es dem Deutschen hineinpfeifen. Man kannte diese Herren: wenn sie lang genug in Prag herumschmarotzt hatten, dann redeten sie oft tadellos tschechisch, und dann waren sie noch einmal so aufgeblasen!

»Sie, die Zeitung geht Sie nichts an, und außerdem gehört sie diesem Herrn da!«

»Und die tschechische Zeitung unter seinen Stiefeln gehört selbstverständlich Ihnen?!«

»Jawohl! Selbstverständlich!«

Der Schaffner und die Fahrgäste lachten hellauf. »Sie«, sagte der Schaffner, »gehen Sie bei Haschler ins Engagement, aber hier sind wir auf der Eisenbahn — lassen Sie die Herren endlich auf die Sitze!«

Dem entschiedenen Ton des Schaffners verliehen die beiden Reisenden Nachdruck, indem sie eindrangen und ihr Gepäck in den Halter krachen ließen. Mürrisch genug machte ihnen der Volksgenosse Platz. Der Deutsche lauschte; aber sein Freund blieb stumm, und in der guten Weile, die der Deutsche zum Wiedereinschlafen brauchte, bemerkte er kein Fädlein zwischen den Tschechen, eine Unterhaltung anzuknüpfen. Der Ritter vom »Národ« lehnte wohl in der Ecke und tat, als ob er schliefe, aber er konnte nicht schlafen, weil er zu wütend war.

Und in der Weile, die unser Deutscher zum Wiedereinschlafen brauchte, in der er so dalag, seinen Allerwertesten wie zeichenhaft gegen den mißverstandenen und gegen die mißverstehenden Chauvinisten gekehrt, sich auf dieser langen Bank mit viel Behagen streckte und die Schuhe an dem »Národ« rieb, dachte er über das Geschehene dankbar nach:

Hatte es ihn nicht einen Augenblick lang zu sehr gegiftet, als der Mann dort drüben mit der Absicht brutaler Herausforderung seine Zeitung genommen hatte? Und war nicht schon in dem Homor der Antwort darauf Erlösung und Freiheit gewesen? Der Lächelnde ist mächtig unter den Tierisch-Ernsten und den Gehässigen, und bisweilen zwingt er sogar das sogenannte Schicksal zu einem frohen Possen. Und denk es, o Menschlein, wenn du es einmal mit einer falschen Zeitung zu tun bekommst: abwarten, abwarten — vielleicht ist es die einzig richtige Zeitung!

DIE WEIHEGABEN VON MARIA-KULM

Eine Schwester vom Matzenfranz ist im Dienst ins Tschechische verschlagen worden und hat sich dort mit einem Tschechen verheiratet. So ist der Matzenfranz zu einem tschechischen Schwager gekommen. Begeistert ist er nicht von ihm, aber Schwager ist Schwager, und so nimmt er ihn freundlich auf, wenn er einmal zu Besuch kommt, und strengt sich an, nicht alles zu sagen, was er denkt. Und er denkt mancherlei in diesen Jahren nach 1918.

Einmal wandert er mit dem Schwager nach Maria-Kulm hinauf, um ihm etwas Besonderes zu bieten. Er zeigt ihm die Sehenswürdigkeiten der Wallfahrtskirche, vor allen Dingen was in gewöhnlichen Kirchen kaum zu sehen ist, so die Weihegaben, die wächsernen, ja sogar silbernen Herzen, Hände, Füße, als Bittgaben oder als Dank für Heilungen.

Plötzlich erblickt der Franta unter diesen Weihegaben eine silberne Maus. Verwundert fragt er, was denn die bedeuten solle.

»Da haben sie in einer Stadt unter einer schrecklichen Mäuseplage gelitten«, erzählt Schwager Franz. »Nichts hat mehr geholfen, keine Katzen, keine Fallen, kein Gift. In ihrer großen Not haben sie keinen anderen Rat mehr gewußt als eine Wallfahrt nach Maria-Kulm und haben der Muttergottes eine silberne Maus gebracht. Und richtig, wie sie von der Wallfahrt heimkommen, sind die Mäus' rein weg und verschwunden.«

Der Schwager grinst: »Abr Franz, dos glaubt ihr?!«

»Naa«, grinst der Schwager, »das glauben wir nicht, sonst hätten wir schon längst einen silbernen Tschechen hergehängt!«

TSCHECHISCH, DEUTSCH, FRANZÖSISCH

Die erweichte Null

Das auffälligste Zeichen der den Sudetendeutschen nach aller Möglichkeit aufgezwungenen tschechischen Sprache war das Hakerl, der Hatschek, auch Feindabzeichen genannt. Dieses Zeichen macht e zu je, c zu tsch, n zu nj, r zu rsch, s zu sch, z zu französisch j; darüber hinaus kann man es nicht eben ernsthaft anbringen.

Ein deutscher Gastwirt erhielt den Befehl, der tschechoslowakischen Sprachenverordnung und den Erlässen zu deren Durchführung Genüge zu leisten und alle den Verkehr mit den Gästen betreffenden Aufschriften entweder einsprachig tschechisch oder doppelsprachig anzubringen, an erster Stelle selbstverständlich tschechisch.

Auch die Tür zu dem Kleinsthäuschen nahe dem Düngerhaufen war solcherart zu beschriften.

Das bisherige oo ließ die Behörde nicht gelten.

Da setzte der Wirt auf die erste o einen Hatschek.

Und die hohe Behörde war befriedigt.

Der Feiertag

Ein tschechischer Marktfierant wollte einem sagen, wann der nächste Markt in Czistai wäre. »Dunnschtak«, sagte er, »Dunnschtak nach .... weiß ich ne: Maria fohr ich af Himmel, oder Maria such se mich heim!«

Liebendes Mißverständnis

In Prag traf Marschall Foch zu einer hohen, ja allerhöchsten Inspektion der verbündeten Streitkräfte ein und wurde von Außenminister Benesch mit einer französischen Ansprache begrüßt.

In seiner Erwiderung sagte der Marschall: »Ich habe zwar immer gewußt, wie nahe uns die tschechische Nation in allem steht. Aber erst heute ist mir bewußt geworden, wie nah verwandt auch unsere Sprachen sind!«

VOM TSCHECHISCHEN AMTSSCHIMMEL

Der »Obzor pensistu« berichtete im September 1930: »Wir haben Pensionisten, die jeden Monat ein amtlich bestätigtes Formular vorlegen müssen, in dem sie melden, daß sie noch leben. Ein Altpensionist, der längere Zeit

krank gewesen, sandte sein Formular ein, dem er aber nur die Bestätigung des Gemeindeamtes für den letzten Monat beilegte. Und was geschah nun? Es wurden ihm nicht die Pensionsbezüge für die drei Monate, die er krank war, angewiesen, sondern nur die für den letzten Monat, für den

Juli. Gleichzeitig erhielt er folgenden Bescheid: ‚Die Bestätigung des Gemeindeamtes, daß Sie im letzten Monat lebten, sandten Sie ordnungsgemäß ein, deshalb übermitteln wir Ihnen den Betrag von .... Kronen. Für die vorangegangenen Monate werden wir Ihnen die übrigen Pensionsbezüge überweisen, wenn es Ihnen gelingt, amtlich nachzuweisen, daß Sie im Monat Mai und Juni dieses Jahres gelebt haben.'«

DIE HERREN VOLKSVERTRETER

Wählerversammlung

Es war im Böhmerwald, in einer ländlichen Wählerversammlung. Der agrarische Redner und der nationale Gegenredner, beides Abgeordnete, rissen das Programm der anderen Partei herunter und ließen keinen guten Faden aneinander.

Nachher, als die Bauern immer noch zu Hunderten in dem brodelnden Saal beisammenhockten und ein Bier um das andere auf ihre erhitzten Gemüter zischen ließen, sprang das Gerücht herum, hinten im Extrastübel säßen mit ein paar anderen Großkopfeten die Herren Abgeordneten beisammen und äßen in aller Gemütlichkeit miteinander Schweinernes, Semmelknödel, Kraut und Gurkensalat.

Dies vernahm der alte Hagerer, der lange, aus Hinterhöll, und er machte sich sofort auf, die beiden so rasch versöhnten Todfeinde in Augenschein zu nehmen.

Und wirklich fand er, als er unbemerkt in das Extrastübel trat, die Herren in freundlichster Unterhaltung. Der eine fragte soeben: »Wieviel Versammlungen schaffen Sie so in der Woche, Herr Kollege?«

Da wuchs der lange Hagerer vor ihnen auf, mit gesträubtem Graubart und funkelnden Blicken, neigte sich zu den beiden, setzte die Faust auf die Tischplatte, daß die Gläser und Teller hopsten, schrie: »Enk Lumpen kenn i!« und kehrte ihnen und aller Politik den Rücken.

Mörderischer Zwischenruf

In den Jahren, als kein Beteiligter mehr an eine wirkliche Demokratie in der Tschechoslowakei zu glauben vermochte, wurde ein Werbefeldzug eingeleitet, die Prager Überstimmungsmaschine in einem freundlicheren Lichte erscheinen zu lassen. Auch deutsche Abgeordnete unterzogen sich dieser hoffnungslosen Aufgabe.

In einer öffentlichen Versammlung in Nordböhmen führte ein solcher Abgeordneter aus: »Sie müssen sich das Parlament als einen lebendigen Körper, als einen Organismus vorstellen: das Plenum ist der Rumpf, das Präsidium der Kopf, die einzelnen Ausschüsse sind die Glieder —«

In diesem Augenblick rief ein Zuhörer: »Und Sie sein dos A........!«

Trotz entschiedenster Verwahrung des Versammlungsleiters war es um die Versammlung geschehen.

IN DER VERTREIBUNG

Die Flüchtlinge von Dürer

In einer Münchner Gemäldesammlung geht ein biederer Oberbayer mit seiner Frau von Bild zu Bild. Da kommen sie zu einem, auf dem ist recht farbig und eindrucksvoll der Schwefelregen und der Brand von Sodoma und Gomorra dargestellt. Im Mittelgrund steht Loths Weib als Salzsäule, und vorn trabt Loth in der Tracht eines Juden der Dürerzeit, der pelzgefütterte Mantel weht, am geschulterten Stecken bammelt eine Feldflasche; Loths Töchter tragen Bündel und Rocken, auch ein Kasterl, von dem man nicht weiß, was drin ist. Unter dem Bild steht »Die Flucht. Von Albrecht Dürer«.

Sie schauen eine Weile hin, dann sagt er zu ihr: »Siahgst, so san dö Flüchtling: hinten und vurn ham s' an Dreck, aber malen lassen sie sich von Dürer!«

Der sudetendeutsche Lehrer

Im Hessischen, nicht weit von Melsungen, kam eine vornehme Dame, die aus Frankfurt am Main daher übergesiedelt war, zum Lehrer des Ortes, um ihren seit einem Jahr schulpflichtigen Jungen vorzustellen. Unvertraut mit der Tatsache, daß die Donaumonarchie seit Maria Theresiens Tagen das beste Schulwesen der Welt besessen, und daß auch noch die Nachfolgestaaten an diesem Vorrang teilgehabt, beseelt jedoch von der Überheblichkeit des Reichsdeutschen gegenüber dem »Volksdeutschen«, sagte sie in zierlichstem Tone: »Ich möchte Sie aber bitten, Herr Lehrer, mit dem Kinde zunächst etwas Geduld zu üben: es hat nämlich in Frankfurt einen sudetendeutschen Lehrer gehabt.« Der Lehrer gab im gleichen vornehmen Hochton die Antwort: »Da haben Sie aber Glück, gnädige Frau: ich bin nämlich auch Sudetendeutscher.«

INHALT